文春文庫

世襲人事

高杉良

文藝春秋

目次

世襲人事

文庫本　一九八七年十月　集英社文庫
一九九四年七月　新潮文庫
文春文庫化にあたり、『いのちの風』を改題、加筆修正しました。
DTP制作　エヴリ・シンク

第一章 転 機

1

きょうで四日も続いている。連夜、父子《おやこ》で遅くまで話し込んでいるのだ。

父親の広岡俊《ひろおかたかし》は日本一、いや世界的にも有数の生保会社である大日生命保険相互会社の社長で六十五歳になる。七、三に分けた銀髪は驚くほど豊富で、少し垂れ気味の眼《め》、すっきり通った鼻筋、口はやや受け口だが、いつも包み込むような微笑を湛《たた》えている。

上背は一メートル七十五センチで堂々たる押し出しだ。

息子の厳太郎《げんたろう》も、眼もと涼やかで温顔だ。体形も父親そっくりで、父親ひとりでこしらえたみたいだ、と周囲から言われつづけてきた。俊と違う点は、生え際《ぎわ》の後退も含めて、おでこが広いところだろうか。厳太郎の年齢は三十九歳、総合商社、第一物産大阪支店に勤務している。ポストは合成樹脂部の輸出課長。文字どおりエリート商社マンである。

俊と厳太郎は、玄関から奥へ向かって右手の応接間で話している。もう一時に近い。

四月の上旬で、夜になって気温が下がり肌寒《はださむ》かったが暖房はなかった。

俊は大島紬《つむぎ》の袷《あわせ》を着ている。厳太郎はワイシャツの上にカーディガンを羽織っているが、ネクタイをつけたままだ。

厳太郎が帰宅したのは十一時前だが、食堂で茶漬《ちゃづ》けを食べているところへ俊が顔を出した。というより計ったようなタイミングで、二杯目の茶漬けを食べ終ったとき、俊がやってきたのである。

「お義父《とう》さまもお茶漬けをめしあがりますか」

厳太郎夫人の美紀子《みきこ》が訊《き》いた。美紀子は、厳太郎より一つ齢下《としした》で、結婚して十三年になる。小学校六年生の長男俊一郎《しゅんいちろう》、四年生の長女恵美子《えみこ》、四歳の次男佳次郎《よしじろう》の三児の母だが、ミスで通ると思えるほど若々しい。美紀子の実父の松尾治雄《まつおはるお》は旧公爵《こうしゃく》である。美紀子のたおやかさは、そうした出自と無関係でないかもしれない。

「お茶をいただきましょうか。応接間へ運んでください」

俊は美紀子に丁寧な返事をして、「ちょっとよろしいかな」と、厳太郎を促した。

俊は東京生れだが、広岡家の養子に入って神戸に住むようになってから四半世紀を経ている。わずかだが、関西訛《なま》りがあるのは、そのためだが、家族の者にも丁寧な言葉遣いをする。

「いいですよ」

厳太郎はかすかに眉《まゆ》をひそめたが、俊に続いて食堂から出て行った。

美紀子が二度目の緑茶を運んだとき、俊も厳太郎も、深刻な面《おも》もちで口をつぐんでいた。

「きみ、先に休んでいいよ」

厳太郎が表情をやわらげて、美紀子に声をかけた。

美紀子が微笑《ほほえ》み返すと、俊もにこやかに美紀子を見上げた。

「そろそろ終りにしますよ」

「失礼しました。お休みなさいませ」

美紀子が退室すると、広岡父子はまた厳しい顔に戻った。

「わたしが物産を辞めたのも三十九のときでした。ちょうど十七年間物産に奉公させてもらったことになるが、先輩も同僚も快く送り出してくれましたよ」

「迎えるほうはどうでした」

「もちろん、皆さんよろこんでくれました」

俊は目もとを和ませた。厳太郎の気持が動いたように思えたのである。

しかし、それは俊の取り違えであった。

厳太郎の表情は一層きびしさを増している。

「お父さんのときとは時代が違います。いまの大日生命の人たちから歓迎されるとは思えません。お父さんがそうしたから、僕もそうしなければならないってことはないと思うんです。僕は、商社マンが柄《がら》に合ってると思ったから、物産に入社したんです。物産マンとして誇りもこころざしも持っているつもりです。学校を出るとき、大日生命を選ぶか第一物産をとるか、ずいぶん悩みましたが、物産を選択したのは、生涯《しょうがい》の仕事として、自分に相応《ふさわ》しいと考えたからです」

「それはわかってます。だが、大日生命は厳太郎を必要としている。大日生命に入ることが、おまえの宿命と考えてもらえないかね。わたしも物産マンとして、まっとうしたいと思わぬでもなかったが、大日生命の経営に携わることが自分の使命だと考え、むしろ運命を切り拓《ひら》くつもりで転職した……」

「ですから、何度も申しあげてるように、時代が違うんです。それに、お父さんは経営者としての資質を備えていたからこそ、大日生命の中興の祖とあがめられるまでになったんです。お父さんと僕では比較の対象になりません」

「それは違う。わたしは、おまえを尊敬している。どこへ出しても恥ずかしくない立派な経営者になれると確信してます。わが社の国際化に欠かせない人材だと信じて疑いません。だからこそ、こうして頭を下げてお願いしてるんだ」

「買い被《かぶ》りですよ。親馬鹿《おやばか》と言ってもいい」

厳太郎は苦笑しいしいつづけた。

「天下の大日生命ですから、錚々《そうそう》たる人材が掃いて捨てるほどおるんじゃないですか。たしかに僕は海外生活も経験してるし、商社マンですから、多少は国際感覚といったものを身につけてるかもしれません。ですから中に入らなくても、外からお役に立てることがあれば、多少のお手伝いはさせてもらいますよ」

「そんな、気やすめを言われても困るなあ」

俊は湯呑《ゆの》みに伸ばしかけた手をひっこめて、ソファに背を凭《もた》せて厳太郎を見つめた。

「お母さんの気持も汲《く》んであげなさい。あんなに大日生命に入社することを願っていたのに、厳太郎はそれを振り切って物産に入ってしまった。あのときわたしは、厳太郎には、わたしと同じ道を歩ませたい、商社に入って勉強したことがどれほどわたしにとってプラスになったか、計りしれないと言って宥《なだ》めたものだが、二度とお母さんを悲しませるようなことはしてもらいたくないねえ」

「お母さんは、大日生命は広岡家のものという意識が強過ぎるんです。きっとお父さんの次の社長を僕にやらせたいんでしょうが、僕に言わせればアナクロニズムですよ」

「そういう意識は、わたしにもある……」

ぽつっとした言いかたで言って、俊は湯呑みを口に運んだ。

「ありていに言えば、厳太郎ならば、われわれの期待にこたえてくれると思ってます。広岡家が未来永劫《えいごう》に大日生命に君臨したり、統治するなどと思いあがった考えは、いささかも持っておらんつもりだが、少なくとも厳太郎ならやってくれると信じてる」

「慶一郎《けいいちろう》さんのことはどう考えてるんですか」

意表を衝《つ》かれて、俊は目をしばたたいた。

広岡慶一郎は、俊の妻で厳太郎の母である佳子《よしこ》の姉の長男だから、厳太郎の従兄《いとこ》に当たり、齢は厳太郎より五歳年長である。京都大学を出て、すぐ大日生命に入社、順調に昇進し目下本社の部長職にあった。

「慶一郎君もよくやってる。いずれ大成すると思ってるが、きみと慶一郎君が力を合わせて、大日生命を守《も》り立ててくれることを祈ってるんだがねえ」

「お父さんもお母さんも、いずれ僕を大日生命の社長にしたいわけですね」

「………」

「慶一郎さんが社長になってもおかしくないのと違いますか」

厳太郎は、俊に対して酷な質問かなと思わぬでもなかったが、この際、本音を引き出せるものなら引き出しておきたいと考えたのである。

「先のことはわからないが、正直なところ、厳太郎に後事を託したいと思ってる。お母さんとわたしの目矩《めがね》違いでなければの話だが……」

俊はちょっとつらそうに、伏眼がちに言って、湯呑みをセンターテーブルに戻した。

「親父にもおふくろにも、えらい惚《ほ》れ込まれたものですねえ。僕はとてもそんな出来物じゃありませんよ。商社マンとしては、ま、並以上とうぬぼれてますが、生保でどこまで通用しますかね」

厳太郎は笑いながらくだけた言いかたをしたが、自分の気持をいつわらずにさらけ出している父親に、内心申し訳ないような気持になっていた。

「商社と生保では鍛えかたがまるで違う。元商社マンのわたしが言ってるんですから間違いありません。おまえは、わたしよりも遥《はる》かに能力が上です」

「本気ですか」

「本気です」

「恐れ入ったなあ」

　巌太郎は肩をすくめながら、おどけた口調でつづけた。

「面と向かって、いい齢した息子に対して、こんなに手放しで褒《ほ》める親がいますかねえ。お父さんぐらいのものですよ」

　気持がほぐれたとみえ、俊の顔がほころんだ。

「わたしは、誰憚《はばか》ることなく巌太郎のことを自慢してますよ」

「手がつけられませんねえ。僕の身にもなってくださいよ。これじゃあ、穴がいくらあっても足りません」

　巌太郎はことさらに渋面をつくっているが、俊は静かに微笑んでいる。

「お気持はわかりました。しかし承知しましたという気にはなれませんね。もう少し考えさせてください」

「………」

「こう毎晩、同じ話を聞かされるのもかないませんから、しばらく休戦しましょう。こんど僕のほうから声をかけますよ」

　巌太郎は腕時計に眼を落しながらソファから起《た》ちあがった。

　時刻は午前一時半である。

「もうこんな時間ですか」

　巌太郎はあくびまじりに言ってから、大きな伸びを一つした。

「おやすみなさい」

「おやすみ。よろしくお願いしますよ」

俊は、厳太郎が応接間から退室したあとも、しばらくソファから動かなかった。

厳太郎は、トイレで用を足してからそっと寝室に入って行った。隣りのベッドがかすかに軋《きし》んだ。寝返りを打って、向こう側に顔を向けた美紀子は寝入っているらしい。

枕元《まくらもと》のスタンドは豆ランプになっている。その淡いあかりを頼りに、厳太郎はパジャマに着替えてベッドにもぐり込んだ。

豆ランプを消し、眼を閉じて、じっとしていたが、なかなか睡魔は襲ってこなかった。厳太郎は寝つきのいいほうだが、父親の話で神経が高ぶっているとみえる。

厳太郎は、二、三度吐息を洩《も》らしてから、ベッドから抜け出し、パジャマの上からガウンを羽織ってリビングルームへ行った。寝酒でもやらなければ眠れそうもなかったからである。

厳太郎がサイドボードから、ブランデーボトルを取り出そうとしたとき、背後で美紀子の声がした。

「パパ、どうなさったんですか」

「すまんなあ。起こしてしもたんか。親父と話してて、寝そびれてしもたから睡眠薬がわりに、こいつを一杯やろうかと思ったんや」

厳太郎は左手にブランデーボトル、右手にブランデーグラスを持って、ソファへ移動した。

美紀子が氷を入れたタンブラーを用意して厳太郎の向かい側に腰をおろした。

「お義父さまのお話は、お仕事のことですか」

「そうや。物産を辞めて、大日生命へ来てもらいたいってことなんや。よう毎晩同じことを繰り返し話せるもんやな」

「それだけ、真剣に考えていらっしゃるのよ」

おやっ、という顔で厳太郎は美紀子を見つめた。

「ぜんぜん驚かへんのやなあ。僕の一生にかかわる問題なのに……」

「お義母《かあ》さまからうかがってます」

「なるほど」

厳太郎は、掌《て》に包んでいたブランデーグラスを口へ運んだ。

「応援してくださいって言われました」

厳太郎は口に含んでいたブランデーを喉《のど》へ送り込んだ。

「おふくろらしいな」

美紀子は黙ってうなずいた。

本人に直接話さず、人を介して意見を伝えるのが姑《しゅうとめ》の佳子の流儀であった。日常の会話はともかくとして、落度を指摘したかったり、とくに注意を与えたり意見を言いたいとき、佳子は必ず間に人を挟《はさ》む。広岡家に嫁《とつ》いできた当初、美紀子はなんでストレートに言ってくれないのかひどく不満であり気になったが、佳子は直接話すとカドが立つと固く信じているらしいのだ。それが悪意にもとづくものでないことがわかり、佳子との呼吸の合わせかたがわかってみると、逆に佳子なりに気を遣っているのだと察しがつくが、実家の母から電話で注意されたり、手紙で佳子の意向を伝えられたりして、傷ついたことは一度や二度ではなかった。

「それでママはどない思うんや」

「わかりません。ただ、お義母さまはそういう約束だとおっしゃってましたわ。そうだとしたら、大日生命にお入りになるのも仕方がないんじゃありませんか」

「そんな約束をした憶《おぼ》えはないなあ。僕が学校を出て物産に就職したとき、おふくろを宥めるために勝手に親父がそんなことを言ったらしいが、僕のあずかり知らないことや。十数年前のツケが回ってきて、親父はその清算をおふくろから迫られて閉口してるんやないかな。おふくろが親父の尻《しり》を叩《たた》いてるわけや」

「そうかしら。お義母さまの意思だけとは思えませんわ。パパにそばにいてもらえれば、いろいろ相談できますし、心丈夫ですから、お義父さまも、パパに大日生命に来てほしいと心から願ってると思うのよ」

美紀子の熱っぽい口調に厳太郎は微苦笑を浮かべた。

「ママは親父とおふくろに加勢してるの」

美紀子は言葉に詰まった。夫が物産マンとして、まっとうしたがっていることは痛いほどよくわかる――。

「お義父さまとお義母さまがあんなに思い詰めてるのを側《そば》で眺《なが》めていると、つらくなります」

「ママが思うてるほどのことはないから、心配せんでいいよ」

「……」

「そろそろ眠とうなってきたわ」

厳太郎は残りのブランデーを飲んで、ソファから腰をあげた。

ベッドに就いて、ものの三分も経《た》たないうちに、厳太郎は鼾《いびき》をかき始めた。グワァー、クワーと往復の豪快なやつである。これを聞くと美紀子はなぜか安心する。

2

あくる日午後三時半に、広岡俊は中之島の第一物産大阪支店に厳太郎を訪ねた。

「広岡俊です。息子がいつもお世話になっております」

俊は、応対に受付まで出て来た若い女性に丁寧に挨拶《あいさつ》した。広岡俊が大日生命の社長であることはわかっているし、財界とくに関西財界では重鎮として知られているから、物産の女性社員は恐縮し切って、顔を真っ赤に染めている。

「厳太郎は席におりますか」

「はい。どうぞこちらへ」

「お邪魔します」

俊は、厳太郎付の女性社員に四階の応接室に案内された。

ほどなく厳太郎が顔を出した。

「どうしたんです。びっくりするじゃありませんか」

「ちょっと近くまで来たんでね」

「たまたま席にいたからいいようなものの、席を外してることが多いんですよ」

「おらんようなら、そのまま帰ればいいわけでしょう。昨夜《ゆうべ》、厳太郎からしばらく休戦したいと言われたので、家で話すのは遠慮したんです」

「なにを言ってるんですか、休戦は休戦です。会社へ押しかけられるなんて、よけい迷惑ですよ」

厳太郎は呆《あき》れ顔で返した。

俊は、微笑を消さずに言った。

「物産には後輩もたくさんおるので懐《なつか》しいんです。この前を通ったら、つい寄りたくなってしまって……」

「四時から部内の打ち合わせがあります。あまりお相手できなくて申し訳ありません」

厳太郎は事務的な口調でつづけた。

「例の話なら、もう少し考えさせてください。僕にとって一生の問題です。そう簡単には決められませんよ」

「そろそろわたしから物産の上層部へお願いしようかと考えてるんだが……」

「そんな、性急過ぎますよ」

「今月中に結論を出したいと思ってます」

「無理ですね。そんなに急ぐ必然性があるとは思えません」

「いや、早ければ早いほどよろしい。もっと早く切り出すべきだったと後悔してるんです。二、三会社の幹部にも相談したが、賛成してもらえました」

厳太郎は、いつにない俊のしたたかさにたじたじとなった。

「僕がどうしてもノーだと言ったらどうしますか。親子の縁を切るなんて言い出すんですかねえ」

「おまえはそれほど話のわからぬ人ではありません」

俊は、にこやかに返して、つと起ちあがった。

「忙しいようだから、きょうはこれで失礼するが、そういう心づもりでいてもらいたいんです」

「そういう心づもりって、どういうことですか」

厳太郎はまぶしそうに俊を見上げた。

「今月中に物産関係者の内諾ぐらいは取りつけてほしいんです」

「降って湧《わ》いたような話をされて、今月中に結論を出せなんて乱暴なことを言われても困ります」

「物産の人たちはよくわかってくださると思いますよ。なんとしても聞きとどけてもらわなければ困るんです」

俊は相変らずおだやかな表情を変えなかった。

「どうして、突然こんなことを思いついたんですか」

エレベーターホールで厳太郎が訊いた。

俊はエレベーターに向かったままの姿勢で首を左右に振った。

「思いつきや気まぐれではない。おまえの学生時代からの懸案事項ですよ」

「それなら、僕が物産を選ぶとき何故《なぜ》反対しなかったんですか」

エレベーターのボタンを押しながら厳太郎が言うと、俊は一瞬切なそうな横顔を見せた。

「忙しいのに悪かったね。ひとつよろしくお願いします」

俊はエレベーターに乗るなり厳太郎に向かって丁寧に頭を下げた。

「どういたしまして」

厳太郎がまじめくさった挨拶を返したとき、エレベーターのドアが閉った。

俊はいったんエレベーターで二階まで下降したが、九階のボタンを押し直した。

四時の約束で、第一物産常務取締役大阪支店長の近藤昇《こんどうのぼる》を訪ねることになっていたのである。

俊が女性秘書に案内された支店長応接室はスペースも贅沢《ぜいたく》にとられ、革張りのソファも豪華なら、生花や置物も見事なものであった。

俊が壁に掲げられた五十号大の風景画に見入っていると、ノックの音が聞こえ、近藤が顔を出した。

「大先輩の広岡社長にご足労いただくなんて、恐れ多いことです。お呼びいただければわたしのほうから参上致しましたのに……」

「とんでもございません。お忙しいのに勝手を致しまして申し訳ありません」

俊はソファから腰をあげて、低頭した。

それを見て、近藤はあわてて頭を下げ直した。

近藤が頭を上げると、俊はまだ腰を折った姿勢をとりつづけている。

俊の丁寧過ぎる挨拶は有名だが、自然身についたもので取って付けた感じではないにしても、誰もがそれに身の縮む思いをする。

「広岡社長がお見えになるとお聞きして、さっきから緊張してます。なにかお叱《しか》りを受けることがあるんじゃないかと、あれこれ考えてみたりしたんですが……」

近藤が水を向けると、俊は緑茶をすすってから返した。

「申しにくいのですが、愚息のことなんです」

「厳太郎君がなにか……」

「親馬鹿と笑われますでしょうが、皆さんに厳しくご指導いただいたお陰で、厳太郎は立派に育ったと喜んでおります。そろそろわたしどもの大日生命で仕事をやらせてみたいと考えておるんですが、それには近藤さんの了承をまずいただかなければなりません」

予期せざる話に、近藤は狼狽《ろうばい》した。どうにも返事のしようがない。緑茶を飲んで気持を鎮《しず》めたが、適当な言葉が出てこなかった。

「身勝手は百も承知です。ですから、ただただお願いし、おゆるしを乞《こ》うだけです」

俊は膝《ひざ》に手を突いて、頭《こうべ》を垂れた。

「思いがけないお話で、なんともお答えしようがありませんが、広岡厳太郎君は物産にとっても貴重な人材です。将来、物産を背負って立つ男です。あえて、社長候補と申しあげてもいいと思うんです。ですから支店長マターで判断できることがらではないと存じます。トップに判断してもらわなければなりません」

「恐れ入ります。そんなに褒めていただけるとは思いませんでした。もちろん野津《のづ》社長にもお願いするつもりですが、近藤さんからもお口添えをいただければと虫のいいことを考えておるんです。物産さんには息子程度の人材ならいくらでもおると思いますが、先々のことを考えますと、国際感覚と申しますか、生保も国際化に向けて動き出そうとしておりますので、厳太郎のように海外で勉強した者が喉から手が出るほど欲しいところなんです」

「いや、厳太郎君ほどの人材は、物産といえどもそうはおりませんよ。厳太郎君はもちろん広岡社長にとって掌中の珠《たま》だと思いますが、物産にとりましても掌中の珠なんです。そう簡単にイエスというわけにはまいらんと思います」

俊の特徴のある八の字眉が動いた。

「実は、三十分ほど早く来てしまいましたので、たったいま厳太郎と話したのですが、あれが学校を出て就職するとき、わたしども夫婦の意思とは関係なく、自分で物産を選択しました。何故、あのとき物産入社に反対しなかったのか、といま息子に言われて一本取られたと思ったのですが、腹蔵なく申しますと、家内はともかく、わたしにはずるい気持があったのです……」

俊が湯呑みを口に運んだので、近藤もつられて湯呑みに手を伸ばした。

近藤が先を促すように、小さな咳払《せきばら》いをした。

「わたしもそうでしたが、若い時代に物産で仕事をし、諸先輩に手取り足取りで教えていただいたお陰で、大日生命に替ってからどれほど役に立ったかわかりません。厳太郎が自らの意思で物産を就職先に選んだとき、わたしは、正直しめたと思いました。家内は直接大日生命に入社することを希望したのですが、わたしは厳太郎が物産に入って、よかったと思ったのです。わたしと同じ道を歩ませたい、そう思ったわけです。生保と商社では鍛えかたが違います。物産の経験が厳太郎にとって、どれほどプラスになるか、わたしは経験的によくわかっておりました。十数年前、厳太郎の就職についてわたしが反対しなかったのはずるい計算があったからです。そのことを言われてしまえばそれまでですし、反論のしようもありません。内心忸《じく》怩《じ》たる思いになるばかりですが、なんとかわたしのわがままを聞き届けていただけませんでしょうか」

俊は饒舌《じょうぜつ》だった。どうしても、なんとしてもわかってもらいたい、という意気込みが聞き手にも伝わってくる。近藤は、俊の気迫に圧倒され、うつむきかげんにもっぱら聞き役に回っている。

「近藤さんは愚息のことを大層褒めてくださいますが、物産の人材の層の厚さはよくわかっておるつもりです。しかし、生保業界には、こういう言いかたはどうかと思いますけれど、厳太郎のような人材は希少価値がございます。生保業界に必要な人材なんです」

「物産にとっても必要な人材ですよ」

近藤は苦笑しながら辛《かろ》うじて言い返した。

「しかし、その度合いとなるとどうでしょうか。ひとり大日生命に限らず、生保業界活性化のために厳太郎が必要だと考えておるんです」

「ご子息をそんなにまで評価しておられる親御さんも珍しいですね」

近藤は皮肉を言ったつもりはなかったが、俊はそう取ったらしく、照れくさそうに後頭部を叩いた。

「こう手放しではいけませんね。どうも……」

俊に頭を下げられて、近藤はあわて気味に手を振った。

「いやいや、そういう意味では……。広岡社長のお気持はよくわかりました。ただ、一課長の去就という問題にとどまらず、物産にとって重大な問題ですから、人事当局なりトップの話も聞いてみませんことには、返事をさしあげられません。その点はお含みおきください」

「野津社長にはあすにでもお会いしたいと思っております」

コーヒーが運ばれて来たので、話が中断した。女性秘書が退室するのを待っていたように、近藤が言った。

「ところで肝腎《かんじん》の厳太郎君の気持はどうなんですか。かれの仕事ぶりを見てますと、溌剌《はつらつ》としているというか、実に伸び伸びとやってます。失礼ながら商社マンになるために生れてきたんじゃないかと思えるくらいですよ」

俊の表情が翳《かげ》ったが、瞬時のうちにもとの笑顔にもどっていた。

「おっしゃるとおり物産マンとして誇りを持ってやってるようですし、男子一生の仕事として取り組んでると思います。正直に申しあげると、厳太郎は大日生命に入社することが気にそまないようなのです」

「ほーお」

近藤の口から白い歯がこぼれた。

「厳太郎君の気持を大切にしてあげることがいちばん大事なんじゃありませんか」

「あの子は、必ずわかってくれると思ってます。その点は心配してません」

「広岡社長のお気持はわかりますが、生保業界に転出することは厳太郎君にとってリスキイではありませんか」

「どうしてリスキイなんですか」

俊は不思議そうな顔をした。

近藤は口をつぐんだ。何を言っても、どう答えても、いまの広岡俊には通用しそうにない。しかし、親のエゴイズムを息子に押しつけていいものだろうか、と思わぬでもなかった。しかも、なにかしら不安である。それは、漠《ばく》としたもので明瞭《めいりよう》に説明しきれるものではないが、巌太郎が大日生命で苦労するのではないかと、そんな気がしてならない。

沈黙がつづいた。二人のコーヒーをすする音だけが聞こえる。

3

週あけの月曜日の午後、広岡俊は上京した。

第一物産の野津社長に会うためで、秘書同士の連絡でアポイントが取れたのである。

野津と俊は第一物産の同期入社組で、気心の知れた仲である。

俊が秘書室長の小林《こばやし》を伴って大手町の物産ビルに着いたのは約束の四時ちょうど

であった。

俊は、小林を控室に待たせて、社長執務室で野津と会った。野津が社長応接室に通さず、社長執務室に通したのは親愛の情を込めたつもりかもしれない、と俊は思った。

「やあ、しばらくだねえ。元気そうじゃないか」

野津は、ドアの前まで俊を出迎えて、握手を求めてきた。

「ご無沙汰《ぶさた》ばかり致しまして。本日は、ご無理をお願いして申し訳ありません」

俊は鄭重《ていちょう》に挨拶してから、握手に応じた。

「さあ、どうぞどうぞ」

野津は、俊の背中を軽く押すようにして、ソファに導いた。

女性秘書が紅茶を運んでくるまで、世間話をしていたが、女性秘書が退室したあと、野津のほうから話を切り出した。

「話は近藤から聞いてるよ。それに、住之江金属の生方《うぶかた》社長からもひと月ほど前に、厳太郎君を親父に返してやってくれと頼まれた憶えがある。そのときは冗談かと思っとったんだが……。あのときはたまたま所用で大阪へ行ったんだが、北新地のクラブで、厳太郎君にも会ったよ。本人は、そんな様子はなかったがなあ。わがほうとしてはつらい話だねえ。近藤も言ってたが、掌中の珠をもぎ取られるような感じだな」

野津の表情が明るいので救われるが、俊もつらい気持になった。

「わがままばかり言いまして、ほんとうに申し訳ありません」

俊は、教師に叱られた生徒のようにうなだれている。生方に相談したのはたしかひと月ほど前のことだ。さっそく心にとどめて、動いてくれたと見える。厳太郎に話したのはつい先日のことだが……。

「参考までに人事部から厳太郎君の考課表を取り寄せたんだが、こんな高い点数は物産始まって以来じゃないのかな」

野津はコンピューター用紙の綴《と》じ込みを俊に示しながらつづけた。

「これは、厳太郎君と一緒に仕事をした上司を初めとする物産幹部の評価ということになるが、ちょっと読んでみるぞ」

野津は、背広のポケットから取り出した老眼鏡をかけてから、綴じ込みを手もとに引き寄せた。

「①短期的デメリットにとらわれず、長期的視野に立って、基盤を確立してゆく②方針設定に際しては、常に情勢変化に伴い的確なる方針を樹立する③組織力抜群、よく部下を活用する④つねに率先垂範、業務推進力を発揮する⑤読みは深く、核心をついて熟慮断行する……」

野津は綴じ込みをセンターテーブルに置き、老眼鏡を外して、まっすぐ俊をとらえた。

「間然《かんぜん》するところがないとはこのことだな。人の評価というのは見る人によって分かれるものだし、俺《おれ》はひねくれ坊主《ぼうず》だから、あらさがしをしたいところだが、全員が厳太郎君に百点満点をつけるというのは、それだけの器量を備えているということなんだろうな。人事部長に、こんなスーパーマンみたいな男がいるはずがない、きみら甘くないか、と言ってやったんだが、強《し》いて言えば欠点のないところが欠点だ、と抜かしやがった。考えてみれば、三十五歳の若さで課長になったのは厳太郎君が初めてだが、それだけのことはあったんだな」

「厳太郎が皆さんに評価していただけるのは、物産の諸先輩に厳しく育てていただいたからこそです。いくら感謝しても過ぎることはないと思ってます」

俊はうれしそうに眼を細めて、低く頭を下げた。

「人間なんて勝手なもんだな……」

野津がセンターテーブルの綴じ込みを顎《あご》でしゃくってつづけた。

「これを見たら手放すのが惜しくなった。近藤から話を聞いたときは、物産には広岡厳太郎程度の人材はゴマンといる、欲しいというものはくれてやれ、と負け惜しみを言ったが、近藤の気持がよくわかったよ。親父のきみにかっさらわれるのなら諦《あきら》めもつくと思ってたんだがねえ」

「…………」

「せっかく育てあげた幹部候補生を横取りするとは怪《け》しからん、と近藤ならずとも怒るところだな」

「申し訳ありません。わたしは、あなたに頭を下げておゆるしを乞うしかありません」

「偶然とはいえ親子二代、物産から生保へ転出というのもちょっと凄《すご》いねえ」

「わたしを含めて、物産に育てていただいた恩は忘れませんよ」

「厳太郎君は、きみの後継者として立派に大成するだろう。きみに頭を下げられたら、いやとは言えんよ。厭《いや》みや愚痴はこのくらいにしておこう」

「ありがとうございます」

俊はソファから起って、野津に向かって最敬礼した。

「もういい。坐《すわ》ってくれ」

野津は照れくさそうに手を振った。

「きみもそうだったが、商社マンとして一流の男なら、どこへ出しても通用する。厳太郎君は将来必ずや生保業界を背負って立つだろう」

俊はもう一度低頭して、ソファに腰をおろした。

4

広岡厳太郎が社用で上京したついでに、東誠一郎《あずませいいちろう》に会ったのは、俊が野津と面会した日の夕方のことだ。俊が野津と別れて大阪に帰る新幹線の車中にいたとき、厳太郎は誠一郎と皇居前のパレスホテルのラウンジで会っていたことになる。

誠一郎は、母方の従兄で、齢は厳太郎とは一回り以上離れている。財閥系の化学会社の常務取締役の職にあった。

その日昼前に、厳太郎が電話を入れると、誠一郎は夜の時間をあけてくれたのである。

厳太郎と誠一郎は、祖父の光太郎《こうたろう》のもとで一時期を共に過したことがあった。俊の物産勤務時代、両親が海外に在住している間、厳太郎の幼稚園から小学校低学年にかけてのことだ。そのころ、誠一郎は京大の学生だった。

「お兄さん、まいったですよ」

厳太郎は、挨拶が済むなり、顔を歪《ゆが》めて言った。

お兄さんという呼びかたは、幼児のころの名残《なごり》である。

「まいったって、なにがどうまいったの」

「親父が、僕に物産を辞めて大日生命に入れ言うてきかんのです」

「なるほど。それはまいるね」

誠一郎も深刻な顔になった。

「僕は物産マンとしてこのままやっていきたいし、ひとからとやかく言われることがないように、やっていくだけの自信もあります」

「そりゃあそうだろう。きみなら物産に限らず、どこでだって大成するさ」

あたりさわりのない受け答えをしながら、誠一郎は容易ならざることになったと思った。

「親父は、すでに物産の幹部に根回しに入ってます。性急というか、強引というか、今月中に退職の手続きをとらせたいらしいんです。先週、僕にはひとことの断わりもなしに、大阪支店長の近藤常務に会いに来てるんですから、驚くやら呆れるやら、まったくまいりました」

「外堀《そとぼり》を埋めてしまおうというわけか」

「近藤常務からどう伝わったか知りませんが、大阪支店では噂《うわさ》がひろまっちゃって、気の早い同僚や部下から慰留される始末です」

ウエイターが水割りのスコッチウイスキーを運んできた。

二人はグラスを触れ合わせてから水割りを飲んだ。

「厳ちゃんは大日生命という会社をどう思ってるの。まさか嫌《きら》いな会社ではないだろう」

「ええ。そういう意味でしたら好きな会社です。幼いころからわれわれの先祖の感動的な話を聞かされてきましたから親愛の情はもっているつもりです」

「叔父上を助けて、大日生命の発展のためにひと肌脱ぐ気にはならないかね」

厳太郎は口へ運びかけたグラスをテーブルに戻して、しげしげと誠一郎を見つめた。

「親父からなにか言われてるんですか」

「いや、誤解されては困る。なんの予備知識もないよ。厳ちゃんの話は初めて聞く話で、大いにびっくりしてるよ」

「そうですか」

厳太郎は浮かない顔で、水割りをすすっている。

「そんなに商社の仕事はおもしろいかね」

「おもしろいというより張り合いがありますよ。日本は貿易立国ですから、商社機能の重要性は認めていただけると思いますが、われわれ商社マンを称して民僚《みんりょう》という言いかたをする者がいます」

「みんりょう?」

聞き慣れない言葉に、誠一郎は首をかしげた。

「ええ。官僚に対する民僚です。ま、そこまでうぬぼれるのはどうかと思いますが、ビジネスを通じて国家社会の発展のために一役買っているというか、たしかに働き甲斐《がい》のようなものはありますね」

厳太郎の柔和な顔が生き生きと輝いている。誠一郎は微笑をさそわれたが、急いで表情をひきしめた。

「生保だって国家社会のため、あるいは世のため人のためになっているし、それなりに大きな使命はあるんじゃないの」

「もちろんそれはそうでしょう。しかし、僕は男子一生の仕事として物産を選択したんです。なかなか大日生命に気持が向かわないんですよね。それに広岡一族とか、世襲とか、そういう考えはもう通用しないと思うんです」

「それはちょっと違うんじゃないか」

誠一郎は間髪《かんはつ》を入れずに返した。

厳太郎が眼をまるくして、誠一郎を見返した。

「叔父上が厳ちゃんに大日生命入りをすすめてるのは、広岡一族のためとか、きみに世襲させるとか、そういうことよりも、きみの経営者としての資質なり、力量を買ってるからだろう。もっと言えば、生保業界のためにってことだろうね」

「経営者としての資質なんて、僕に備わってるわけがありません。それは、経営者になってみなければわからないことやないですか」

「理屈はそうかもしれないが、きみのお父さんは、きみのポテンシャリティを見抜いてるんだよ。つまり巌ちゃんに期待してるわけだ。巌ちゃんなら、その期待に十分こたえられる。それは、わたしが保証してもいい」

二人ともつい声高になっている。誠一郎が周りの視線に気づいて、声をひそめた。

「それは、広岡巌太郎の宿命でもあるんだよ」

「僕の大日生命入りがですか」

誠一郎は小さくうなずいた。

「親父の話では、取締役で入ってもらうということですが、僕はまだ三十九の若造ですよ。大日生命の人たちの拒絶反応はある程度予測できますし、仮に僕が命がけで生保の仕事に取り組んで、一定の成果をあげられたとしても、親の七光というか、社長の倅《せがれ》だからできたことだと見られるのが関の山です。中途入社のハンディは途《と》轍《てっ》もなく大きいと思うんです」

「どう見られたっていいじゃないの。そんなことでヘジテートするなんて巌ちゃんらしくないなあ。物産マンとして生きたいというきみの気持はわかるが、自分の都合だけでものごとを考えるわけにはいかんのじゃないか。叔父上がきみに大日生命に入ってもらいたいと願ってるのは、同族経営に固執するなんていう次元の低い発想からではないと思うな。もっと深い読みがあるに違いないね。大日生命がきみをほんとうに必要としてるんなら、自身の利害にとらわれるべきではないと思う。物産も立派な社会の公器だろうが、生保はそれにもまして社会の公器ではないのかね。光太郎お祖父《じい》ちゃんが滅私奉公とよく言ってたが、厳ちゃんもそういう観点に立って、身を処していいんじゃないの」

厳太郎は窓外に眼を遣《や》ったまま沈黙していた。テーブルのグラスが空になっているのが眼に入って、誠一郎がウエイターを手招きし、お替りをオーダーした。

「厳ちゃんが妙なことに拘泥《こうでい》して、大日生命入りを断わるようなことになると、あとで悔いが残るんじゃないかなあ」

二人はラウンジからダイニングルームに移って食事をして別れたが、別れ際に誠一郎に「大日生命に入れば、苦労が多いかもしれないが、苦労のし甲斐はあると思うな」と言われて、厳太郎は「そう思います」と晴れやかな顔で答えた。

厳太郎は、誠一郎と別れて、目黒の妻の実家へタクシーを飛ばした。

出張で上京したとき、目黒に泊ることが多いのは、鴨子《かもこ》ヶ原《はら》の自宅以上に気がおけず、清々できるからだ。

学生時代から、厳太郎は松尾邸に出入りしていた。広尾のテニスクラブで美紀子を見初《みそ》めたのは大学四年生のときで、美紀子は聖心女子大の三年生だった。

松尾家は治雄・貴子《たかこ》夫妻、美紀子の弟の健治《けんじ》を含め家族ぐるみテニスクラブのメンバーであった。美紀子と健治は年子の姉弟だが、健治が偶然、慶大法科の後輩だったことも手伝って、厳太郎と松尾家との親交は深まり、学校を卒業して、第一物産に入社してからも日曜日のテニスの帰りは必ずといっていいほど松尾邸に遊びに寄っていた。

厳太郎が美紀子にプロポーズしたのは、物産入社一年目、美紀子の卒業直後である。

厳太郎が入社直後に配属されたポストは本店経理部だが、翌々年の五月に休職扱いでカナダ・コンチネンタルグレン社の奨学資金により米国ペンシルヴァニア大学ウォートン・スクール（ビジネス・スクール）に二年間留学した。帰国後、直ちに第一物産に復職、本店経理部に勤務したが、美紀子と結婚したのは、米国留学から帰国した年の秋である。

二年後の五月に本店経理部から同穀物油脂部麦課に異動、三年間勤務したあと物産のポートランド出張所（米国オレゴン州）に赴任、三年の海外勤務を経験する。

帰国後は大阪支店穀物油脂部油脂課に配属され、同合成樹脂部輸出課課長代理を経て、四年前に同課の課長に三十五歳の若さで抜擢《ばってき》された。

そして、三十九歳のいま大日生命への転職話を父の俊から持ち出され、転機に立たされたのである。

その夜、厳太郎が目黒の松尾邸に着いたのは九時過ぎだが、皆《み》んな食事を摂《と》らずに待っていてくれた。

松尾家は、鴨子ヶ原の広岡家と似たような家族構成で、治雄・貴子の老夫婦と長男の健治一家が同居している。

「僕だけ食事してきてたのに、こんな時間まで待っていただいて申し訳ないなあ」

厳太郎はいかにも済まなそうに何度も頭を下げたが、大家族の中に融《と》け込んで食卓に向かい、むしろ健治たちがあきれるほどの食欲を発揮した。

「厳ちゃん、ほんとに夕ごはん食べたの？」

健治が不思議そうな顔で訊いたが、厳太郎はまったく屈託がない。

「ええ。水割りを三杯飲んだあと、オニオンスープと舌平目のムニエルとコンビネーションサラダ、それにフランスパンを二切れ食べました」

「よくそんなに入るなあ」

健治にとって厳太郎は義理の兄というよりも心をゆるした友達だったから遠慮はないし、いまだに学生時代の厳ちゃん、健ちゃんという言いかたで通している。

「あなた、そんな言いかたはありませんよ」

「そうですよ。なんですか非難がましく聞こえますよ」

妻の佐知子《さちこ》と母から注意されて、健治はあわてた。

「そんなつもりはありません。ただ感心してるだけです。羨《うらや》ましいといったほうがいいかなあ」

「ご心配なく。僕も健ちゃんに非難されたとは思ってませんから」

厳太郎が真顔で言ったので、治雄が破顔した。

「ここでご馳走《ちそう》になるのはわかってましたから、それでもひかえ目にしてきたんですよ」

「ひかえ目ねえ」

健治がうなるように言ったので、皆んなどっときた。

哄笑《こうしょう》がやんだあとで、佐知子が言った。

「お料理を作るほうは、ほんとうに張り合いがありますわ。それに男のかたの健啖《けんたん》ぶりは、見ていて気持がいいですね」

佐知子は、厳太郎から健治のほうへ視線を移してつづけた。

「あなたは食が細過ぎます。お義兄《にい》さまを見ならっていただきたいわ」

「厳ちゃんの真似《まね》はとてもできないな。活力が違いますよ」

厳太郎は、佐知子と健治のやりとりが耳に入っているのかいないのか、向かい側の貴子と話している。

「このカキフライ、お義母さまが作られたんでしょう?」

「ええ。美味《おい》しくありませんか」

「いいえ。すごく美味しいですよ。学生時代にもご馳走になったことがありますが、揚げかたにこつがあるんですか」

「よく憶えてますね」

遅い夕食が終ったあとで、厳太郎と健治は客間で水割りを飲みながら話した。

「今夜、誠一郎さんと会ったのは、ちょっと相談したいことがあったからなんです」

「………」

「親父から物産を辞めて大日生命に入社するように言われてるんや。気がすすまないことおびただしいけれど、簡単にノーとも言えないんでね」

健治は、厳太郎が一身上の深刻な話を笑顔さえ浮かべながら、ひとごとみたいに話していることに、あきれる思いだった。自分だったら、食事も喉に通らぬほど悩むかもしれないのに、なんという強靭《きょうじん》な神経だろう。この人にはとてもかなわない、と脱帽せざるを得ない。

「健ちゃんはどう思う?　まさか賛成じゃないでしょうね」

「どうしてですか」

「万一、僕が大日生命に入ると、きみとコンペティティブな関係になるわけやけど、それはいいとして、商社の仕事ほど躍動感がないというか、少なくとも能動的ではないような気がするんですけどね」

健治は、大日生命に次ぐ生保業界第二位の東洋生命に勤務している。勤続十五年の中堅社員で、生保業界の表裏に精通しているといえないことはない。

「たしかに厳ちゃんのようなやり手のエリート商社マンには、かったるいかもしれませんが、これからは猛烈に変っていくんじゃないですか。総合金融機関として発展してくでしょうし、いままではドメスティック（国内）専一で、国際化という面で立ち遅れてましたから、国際化へ向けてアプローチしていかなければならないわけです。厳ちゃんに目をつけるなんて、さすが広岡俊ですよ。胸がわくわくするような話です」

「なんだか焚《た》きつけるようなことを言うが、つづめたところどうなの？　賛成なのか反対なのか……」

「反対するわけがありませんよ。生保業界は善かれ悪《あ》しかれ、大日生命が断トツのリーディングカンパニーで、業界を引っ張ってるわけです。常に、われわれ二位以下の一歩も二歩も先を歩いていて、必死になって二位以下が追随し、それで業界が活性化しているようなところがあります。これからも大日生命さんには一歩も二歩も先行してもらわなければいかんのです。厳ちゃんが大日生命にスカウトされるってことは生保業界活性化のためにプラスになるに決まってますからね。そのことに反対するわけがありませんよ。賛成も賛成、大賛成です。さすがに広岡俊という人は、ミスター生保といわれるだけあって、布石の打ちかたが違いますねえ」

健治はしゃべっているうちに興奮し、色白の童顔を真っ赤に染めている。

「生保業界活性化のためなんて大袈裟《おおげさ》だなあ。人間ひとりの能力なんて、たかがしれてますよ」

「いや、そうは思いませんね。会社というところは経営トップによってすごく変るものですよ。厳ちゃんをスカウトしようとしている広岡俊はさすがです。立派ですよ」

「親父の性急さ、強引さにはあきれ返ってるんや。僕の返事も聞かないうちから物産の上のほうに、了承を求めて回ってるんやから、かなわん」

「一日でも早いに越したことはないと思ってるんでしょうね。政府の行政指導の枠《わ く》組《ぐ》みの中で、地味で波風の立たない静かな生保業界というのが通り相場ですけれど、僕は生保業界は相当なスピードで変革していくと思ってるんです」

健治が、二つのグラスにスコッチウイスキーのボトルを傾けながらつづけた。

「これからおもしろくなるんじゃないですか。やるべきことはたくさんありますよ」

「きみは、てっきり僕の大日生命入りに反対してくれると思ってたのに、あてが外れたな」

厳太郎は相好を崩して、冗談っぽくつづけた。

「誠一郎さんといい、健ちゃんといい、頼みの味方に敵に回られちゃ、形勢われに不利と認めざるを得ないけれど、身内の意見ていうのは、突き放したところがないから、いまいちのめり込めないんだなあ」

厳太郎は憂鬱《ゆううつ》だった。これでは、内堀も外堀も埋められているようなものではないか――。

「僕が広岡俊の立場にいたら、やっぱり首に縄《なわ》を巻きつけてでも、厳ちゃんを大日生命に引っ張ってくると思いますね。東洋生命の社長だったらウチの会社にスカウトしたくなるかもしれませんよ」

「健ちゃん、同族経営についてどう思ってるんや。正直に答えてもらいたいな」

厳太郎はぐっとグラスを呷《あお》った。

健治は虚を衝かれ、ハッとした顔をした。そして掌の中でグラスをこねくりながら、しばらく考えていたが、おもむろにしゃべり始めた。

「同族経営にはメリットもデメリットもあると思いますが、親子、兄弟が争わない限り、派閥抗争はないし、トップがしっかりしてれば求心力の働きかたは、サラリーマン社長に比べて、はるかに大きいと言えるんじゃないですか。ただ、問題はカマドの灰まで一族のものといった意識を持つか持たないかです。同族経営であろうとなかろうと、会社とは個人のものではなく、社会の公器と考えるべきですからね。その点、厳ちゃんのお父さんは立派ですよ。超ワンマン的立場にあり、広岡家の当主でありながらカマドの灰まで俺のものなんて考えはこれっぽっちも持ち合わせてないし……」

「さあ、どうかな。僕にあとを継がせたいと考えるのは、その変形とも言えるのと違うかなあ」

厳太郎に話の腰を折られて、健治は鼻白んだが、かまわず先をつづけた。

「〝君臨すれど統治せず〟を広岡家の家訓にして、下部への権限委譲をどんどんやっています。大日生命ほどの巨大組織になったら、無能な息子を後継者として指名できるわけがありません。広岡俊が広岡厳太郎に目をつけたのは、そんな次元のことじゃないですよ。よくよく考えてのことで、いわばぎりぎりの判断だと思いますね。厳ちゃんならその負託にこたえられると信じてるんですよ」

「誠一郎さんからも同じようなことを聞かされたけど、褒め過ぎやな。親父のことも僕のことも。血の問題っていうやつは、どうしようもないんや。洋の東西を問わず、歴史に残るような人たちが息子にあとを継がせようとしてどれほど失敗してるか……」

「そうまぜっかえさないでください。僕の言いたいことはただひとつ。厳ちゃんは大日生命に入るべきです。物産での経験はものすごく役立つんじゃないですか。厳ちゃんが暗愚ならこんなことは言いませんよ。大日生命のようなビッグカンパニーには、シンボル的存在がいたほうがいいんです。要は、シンボル的存在になる人物のいかんですが、シンボルがいれば、内部は固まりますからね」

「僕はシンボルなんかご免だね。ただ仕事をしたいだけだよ」

「もちろんシンボルになるのは、何年も先のことですよ」

「誠一郎さんはともかく、まさか健ちゃんから大日生命入りをすすめられるとは思わなかったなあ」

厳太郎は吐息まじりに、ぼやきを繰り返した。

5

住之江金属の生方社長から直接、オフィスの厳太郎に電話がかかったのは、厳太郎が東京から帰阪した翌々日の昼前のことだ。

生方は広岡俊同様、関西財界の大御所である。俊より年齢は二歳下だが、二人は若い頃《ころ》から気の合うほうで、広岡家と生方家は家族ぐるみの交際をしていたし、生方が俊に乞《こ》われて大日生命の非常勤取締役に名を連ね、大日生命の評議員会の座長でもあったから、巌太郎にとって生方は親しいおじさんといった間柄《あいだがら》であった。

巌太郎は、生方から昼食を誘われたのである。先約があったが、断われない相手ではなかったので、巌太郎は生方の誘いを受けた。

用件はわかっている。あいにく先約があります、で済ませる手もあったが、忙しい生方がわざわざ電話をかけてきたのである。不在だったらそれまでだが、在席していて電話に出てしまった以上は、よくよくのことがない限り快諾するのが礼儀というものだ、と巌太郎は咄嗟《とっさ》に判断した。

それに生方の誘いかたがさわやかであった。

「急に申し訳ないが、昼食につきあっていただけるとありがたいんだがねえ。巌太郎君の忙しいことは承知してるが、もしやりくりがつくようならぜひお願いする」

「ありがとうございます。よろこんでお受けさせていただきます」

「それはありがたい。三十分後でいいかな」

生方は北新地の高級料亭の名前を言って、電話を切った。

巌太郎がその料亭に付随しているカウンターバーで生方に会ったのは、ついひと月ほど前のことだ。部下の山岡《やまおか》と二人でウイスキーの水割りを飲みながら仕事の話をしているところへ、生方が一人でぶらっとあらわれたのだ。生方を認めるなり厳太郎はやおらスツールから腰をあげて、挨拶した。

「ご無沙汰致しております。いつも父がお世話になりまして」

「やあ。相変らず颯爽《さっそう》たるものじゃないか」

生方は右手を挙げながら近づいて来て、ぽんと厳太郎の肩をたたいた。

「社長、同僚の山岡を紹介させていただきます」

「第一物産で広岡の下におります山岡です。よろしくお願いします」

山岡は大社長の前で硬くなっていたが、名刺を交換し、カウンターの前に肩を並べて坐り、一緒に酒を飲んでみると、生方が驚くほど気さくなので、気持がほぐれた。

山岡は輸出課と合成樹脂原料課の仕事を兼務していたが、米国から輸入した弗化《ふっか》ビニール樹脂の市場開拓の苦労話を厳太郎にこぼしていたところだったのである。

厳太郎は、たったいま弗化ビニール樹脂の効用とカラー鉄板の応用について山岡から説明を受けたばかりだったが、その話を生方に熱っぽい口調でやり始めた。

「わかった。おもしろそうな話だな。テークノートしておくよ」

生方は厭そうな顔もせずに耳を傾けていたが、ワイシャツの胸のポケットから小型の手帳を取り出して、なにやら書き込んでいる。

「ところで、きみたちこれからどうする?」

生方は手帳を閉じてポケットにしまいながらつづけた。

「もう一軒つきあわんか。九時に、きみたちの会社の社長にお会いする約束なんだ。ちょっと時間が余ったから、時間つぶしにここへ寄ったんだが、きみたちに会えてよかったよ」

「野津社長にはめったにお会いできませんから、ちょっとだけ顔を拝ませていただきます」

厳太郎はうれしそうに返した。

そして、近くのクラブへ席を替え、野津に挨拶をし、水割りを一杯だけつきあって、厳太郎と山岡はクラブを引き取った。

後日、生方は弗化ビニール樹脂のことを住之江金属の担当常務に話してくれ、技術開発部門の担当技術者と第一物産との間に、具体的な商談が進展していた。

先刻の電話で、生方にそのことの礼を言うのを忘れたことに気がついて、厳太郎が顔を赤らめたのは料亭へ向かうタクシーの中である。

厳太郎はハッとした。今度は、あのとき生方が野津に会ったのは、ひょっとして俺の一身上の問題を野津に話すためではなかったのか、と思い当たったのである。

生方にどう対応すべきか心が定まらないままに、タクシーは料亭に着いてしまった。

生方はすでに先に来て、奥の座敷で緑茶を飲んでいた。

「本日はお招きいただきまして、ありがとうございます。申し遅れましたが、先日はさっそく弗化ビニール樹脂のことでお口添えをいただきましてほんとうにありがとうございました」

厳太郎は正座して畳にひたいをこすりつけるようにお辞儀をした。

「担当常務から報告を聞いたが、うまくいきそうだというじゃないか。よかったね」

「はい。お陰さまで。合成樹脂部長もよろこんでおりました」

「昼間から赤い顔をするのもどうかと思うが、ビールを一杯だけどうかな」

「はい。いただきます」

厳太郎がうなずくと、生方は中年の仲居に目配せした。

「かしこまりました」

仲居が退室したあとで、生方が言った。

「さあ、らくにしなさい」

厳太郎は、上座に坐らされ、テーブルをへだてて、生方と向かい合った。

「きょうは無理を聞いてもらってありがとう」

「わたしのほうこそありがとうございます。いただきます」

ビールで乾杯し、料理を食べながらの話になったが、生方は財界のありかたとか、日本経済の動向などについて蘊蓄《うんちく》を傾けるだけで、なかなか肝腎の話には触れなかった。

取り越し苦労だったのだろうか——。デザートのメロンにスプーンを入れながら厳太郎がふとそう思ったとき、生方が言った。

「ここのバーできみと会ったときに、野津さんにお会いしたのを憶えていると思うが、きみらが帰ったあとで野津さんがきみのことを莫迦《ばか》に褒めるんだ」

きたな、と厳太郎は思った。それ以外に、生方から急に食事に呼ばれる覚えはなかった。

「鳶《とんび》が鷹《たか》を生んだというのは言い過ぎだが、お父さんより君のほうが一回りスケールが大きいと野津さんは言っていた。わたしもまったく同感だが、野津さんが君のことをあまり褒めるものだから、切り出しにくくって参ったよ」

生方はメロンをスプーンで掬《すく》って口へ運び、おしぼりで口のまわりについた果汁をぬぐってから、ゆっくりと焙《ほう》じ茶をすすった。

「わたしはきみのお父さんから相談を受けたとき、即座に賛成した。われながら不思議なんだが、わたしのようなヘソ曲りは、無理に手もとへ置かなくても物産で大きく伸びる人なんだからと思うところなのに、そう思わなかった。むしろ直感的に、これは良い話だと思ったんだ。組織が硬直化しがちな生命保険会社に、きみのような国際感覚を身につけた元気のある青年が入って、新風を吹きこむことは大いに意義のあることだと思ったわけだ」

厳太郎は、生方に凝視されて、まっすぐ眼を見返した。

しかし、黙っていた。というより、この期《ご》に及んでも、まだ決断しかね、どうにも口のききようがわからなかったというべきであろう。

「わたしは、若いころきみのお祖父さんに目をかけていただいた。お父さんにも親しくしていただいてる。そんなことで大日生命は、よその会社という気がしないし、身びいきのようなものがあるかもしれないが、何度自問自答してみても、お祖父さんとお父さんが育てあげた大日生命で厳太郎君が大いにやることはいいことだとしか思えんのだよ。わたしが賛成だと言ったら、お父さん大変よろこんでおられたが、そう言った手前、わたしにもなにがしかの責任がある。それで、野津さんに、きみのことをお願いしたんだ」

「野津社長はなんとおっしゃってました？」

「どうもぴんときてないようだったが、先日お父さんが野津さんに話されたようだから、いまごろあわててるかもしれない。しかし、野津さんは心の大きい人だから、よろこんできみの大日生命入りに賛成してくれると思うな」

「野津社長と父が会ったことは、まだ聞いておりませんが、父の強引さには辟易《へきえき》しております」

「思いたったが吉日とばかり、動いておられるんだろうが、ひとつわたしに免じてお父さんの願いをかなえてあげてもらえませんか」

生方は、居ずまいを正し、テーブルに手を突いて低頭した。

「社長、そんな困ります」

厳太郎は、生方に頭を下げられて当惑した。

「社長のお気持は大変ありがたいと思います。ご恩は忘れません」

厳太郎も正座して、深々と頭を下げたが、「わかりました」とは言えなかった。

しかし、生方は厳太郎の返事を承諾と受けとめていた。俺ほどの男がこうして頭を下げて頼んでいるのだ、それを拒否できるわけがない、と生方が思ったとしても仕方がないと言えよう。

6

広岡厳太郎が大日生命への入社を決意したのは、四月下旬のある夜、稲井純《いないじゅん》と北新地のバーで落ち合って、久しぶりに痛飲したときではなかったろうか。

稲井は、甲南幼稚園から甲南高校まで十五年間同じ学窓で共に学び、共に遊んだ仲で、文字どおり無二の親友である。稲井は、大学は京大の法科に進んだ。東京と京都に分かれても、厳太郎が帰省したときは必ず稲井に会いに京都の下宿を訪ねたし、稲井が上京してくれば決まって、厳太郎に会いにやって来た。大学時代お互いに何通手紙を書いたかわからないほど密度の濃いつきあいをしてきた。

稲井は、大学卒業後、実父が経営している化学関係の専門商社、稲井産業に入社し、いまは専務取締役として父親の社長を補佐していた。相当な肥満体で、幼稚園時代に厳太郎がつけたブーやんのニックネームでいまでも通している。

社会人になってからは、お互い仕事が忙しくて学生時代のようなわけにはいかないが、それでも月に一度は会っていた。

稲井は、嘗《な》めるように水割りをちびりちびり飲みながら、じっと厳太郎の話に耳を傾けている。

「過年度入社のハンディを克服するのは並大抵のことじゃあらへん。一兵卒からやらせてもらえるんならともかく、いきなり役員になれって言うんやから、無茶や。学校を出て、すぐに大日生命に入った人たちにしてみれば、反発したくもなるだろう。僕もぎくしゃくするのはかなわんしな。こんなことなら、ブーやんと同じように、初めから大日生命に入るんやった。親父もおふくろも、僕にあとを継がせたいらしいが、理屈はいろいろつけられるんやろうけど、結局は一族意識というかエゴイズムに過ぎんのや」

「神さまじゃないから、そういう意識がないとは言えないが、厳やんのような人材を喉から手が出るほど欲しいことは事実なんやろうな。どうせ外から人を採るんなら、見ず知らずの人より、厳やんのほうがいいに決まってるやろう」

稲井が塩豆を一粒つまんで口へ運び前歯で嚙《か》み砕いた。

二人は、カウンターの隅《すみ》に並んで坐っている。

入口に近い向こうの隅に若い三人連れが一組いるだけで、店内はすいていた。ホステスは置かず、中年の夫婦二人だけできりもりしている安直なバーで、稲井がひいきにしている。

「ブーやんも大日生命入りをすすめたい口か」

厳太郎がうんざりした口調で言った。

稲井は塩豆を、今度は掌《てのひら》に数粒載せていっぺんに口へ放《ほう》り込んだ。そして、時間をかけてゆっくり嚙んでから、水割りと一緒に嚥下《えんか》した。

「大日生命という会社は、厳やんの周囲にいるわれわれにとって、限りなく親しみのある会社なんや。子供のころから鴨子ヶ原の広岡邸に遊びに行って、厳太郎のお祖父さんやお父さん、お母さんに親しくしていただいてきたせいなんやろうが、よその会社という気がせんのや。厳やんが将来、あの会社の社長になってくれることは、われわれの希《ねが》いでもあるということや」

稲井は水割りをすすって、下ぶくれの横顔を厳太郎に向けたまま話をつづけた。

「それに、おまえのお父さんやお母さんのお気持もよくわかるさかい、反対はしにくいところや」

おやっという顔で、厳太郎が首を稲井のほうへねじった。

「さっき物産支店長が反対してるという話を聞いたが、俺は別の意味で厳太郎の大日生命入りには反対や。矛盾してることはわかってるし、俺の胸の中でもせめぎあってるんやが、厳やんが大日生命に入ったら、苦労することは眼に見えてるからなあ。厳太郎は全力疾走しなければ気が済まないほうや。どんなものごとに対しても、おまえは全力で取り組もうとするやろう。大日生命に入社したら、過年度入社のハンディを取り戻そうとして、それこそ寝食を忘れて仕事をするに決まってる」

「働きバチは俺だけやない。俺たちの世代は皆んな仕事好きにできてるんや。まわりを見たら仕事が生き甲斐っていうやつばっかりやないか」

「厳太郎の尺度とわれわれの尺度は単位が違うというか、比較の対象にならん。このことは、俺がいちばんよう知っとる」

「生保の仕事なんて、商社に比べたらちょろいのと違うか。そう言っちゃあなんだけど、物産の鍛えかたは相当なもんやぜ」

稲井は内心にやりとしたが、表情には出さなかった。巌太郎の気持の揺れが稲井にはよくわかるが、巌太郎自身は気づいていないようである。

「もちろん巌やんのことやから、物産にとどまってても全力疾走するに決まってるが、その中味はずいぶん違うんやないかなあ。物産なら伸び伸びとやれるやろうが、大日生命では精神的な苦労の度合いがまるで違うはずや。将来の社長含みというか、社長候補ということだからなおさら大変やと思うな。大舅《おおじゅうと》も小舅もぎょうさんおる。巌太郎の一挙手一投足に関心がもたれる。中には、慶一郎さんを担《かつ》ごうとする者も出てくるやろう。巌太郎と慶一郎さんを対立させて、よろこぶような手合いだっておらんとは限らん。揉《も》みくちゃにされて、それこそ満身創痍《そうい》にならんとも限らん」

稲井がちらっと眼をやると、巌太郎は表情をひきしめて聞き入っている。

稲井はぐっと声をひそめた。

「俺はそんな巌やんを見るのは忍びないんや。物産におれば、黙ってたって、ゆくゆくは社長の椅子《いす》が向こうから転がり込んでくるんやないかな。物産の社長と大日生命のそれと、どっちが重みがあるか知らないが、物産なら、皆んなに推されて社長になれるのに、大日生命に転職して、無理をすることはないんやないかなあ」

稲井は氷だけになったグラスをカウンターの方へ突き出して、お替りを頼んだ。

「物産で社長なんて考えてもおらんわ」

「さっきも言うたように、厳やんに大日生命の社長になってもらいたい気持は、俺の胸の中にものすごくあるんや。しかし、火中の栗《くり》を拾うという言いかたも変やが、厳やんが精神的にも肉体的にもこれ以上苦労するのを見るのは、ほんま、つらいんや」

「苦労することは厭《いと》わん。なんでもない。いや、だからこそやり甲斐があるんやないか。しかし大日生命に入るとしたら、社長になるつもりでやらなあかん。それがかなわんのや」

しかし、厳太郎は体内の奥深くで燃えたぎるものを感じていた。不思議なことだが、稲井の話を聞いているうちに、大日生命へ入社することが使命であり、責務のような思いにさえなってきた。それを拒否することは現実からの逃避に過ぎないのではないか――。

しばらく二人とも口をつぐんで水割りを飲んでいたが、厳太郎がぽつっと言った。

「慶一郎さんのことは、やっぱり気になるな」

「………」

「俺が大日生命に入るとしたら、あの人はどう考えるやろうか。伯母、つまりあの人の母親と僕のおふくろは張り合う気持がないとは言えないからな。伯母は、本家意識のようなものを強く持ってるはずやし、生え抜きで苦労してきた慶一郎さんにしてみれば、おもしろかろうはずがあらへんものね」

「さあどないやろう。さっきはあんな言いかたをしたが、案外慶一郎さんは恬淡《てんたん》としてるんやないの。心配なら話し合ってみたらいいんや。昔から、厳太郎に一目置いてるような感じがしたけどね」

「よし、そうしよう」

突然、厳太郎が宣言するように言い放った。

それは、カウンターの右隅の三人連れがいっせいにこっちを向くほど声量があった。

「さっそく慶一郎さんと会うことにするわ」

厳太郎はきまり悪そうなしかめっつらを稲井のほうへ向けた。

稲井が小さくうなずいた。

「厳太郎の一身上の問題だから、もとより周りに決められることやあらへん。突き放した言いかたをすれば、厳太郎自身が厳しい選択を迫られてるだけのことや。二つの選択肢《し》のどっちを採るにしても、俺たちにできるサポートなんてあらへんし、どっちが正解でどっちが罰点という問題でもないが、たしかに苦労を厭うような厳太郎ではないから、だとしたら俺の話は忘れてくれてかめへんよ」

「ブーやんの話がいちばんありがたかった。持つべきは友達だとつくづく思うよ。ありがとう」

厳太郎はきれいな笑顔を見せて、稲井に握手を求めた。

稲井が、厳太郎の手を固く握り緊《し》めた。手のぬくもりを感じながら、稲井が逆効果を狙《ねら》って反対したのではないか、と厳太郎はふとそう思った。

7

二日後の日曜日の昼下がりに、厳太郎は慶一郎を芦屋《あしや》の自宅に訪ねた。むろん電話で都合を聞いた上で出かけたのである。

慶一郎は、若いころから歯に衣《きぬ》着せず、ずけずけものを言う男だが、財務部門の実力部長として大日生命の中ですでに頭角をあらわしていた。直言居士《こじ》でありながら、詩を詠《よ》んだりエッセイをものするなど文学青年的な香りをただよわせており、趣味が広く蝶《ちよう》などの昆虫《こんちゆう》採集もそのひとつである。スポーツマンの厳太郎とはおよそ肌合が違う。

厳太郎は身長一メートル七十五センチ、体重七十五キロの偉丈夫だが、慶一郎は小柄で痩《や》せぎすである。

性格も躰《からだ》つきも対照的な従兄弟だが、子供のころから仲がよかった。

初夏のよく晴れた日曜日の午後、濃紺のスーツできめてあらわれた厳太郎を慶一郎は歓迎し、とびきりのスコッチウイスキーをあけてもてなした。

「父からなにか聞いてはる」

「社長から直接聞いてはいないが、厳ちゃんの来訪の目的はようわかってるつもりや。社長から大日生命に入ってほしいと口説かれてるそやないの」

慶一郎はにこやかに返して、厳太郎のグラスにウイスキーを注《つ》いだ。

「そうなんや。物産の社長に了承してもろうたと昨夜聞かされて、参ってるんです」

「社長から直接、きみの話を聞かされてるのはまだ副社長、専務のごく少数らしいが、わたしの耳に入れてくれた役員は平取だから、役員で知らない者はおらんのやないかな。こういう話は伝わりやすいから、間もなく社内に隈無《くまな》く知れわたるやろうね」

慶一郎はロックのスコッチを口に含んで、舌でころがすようにゆっくり喉へ送り込んだ。

「厳ちゃんの気持がどうなのか知る由《よし》もないが、否《いや》も応もないんやろうな」

「そんな感じはありますなあ。慶一郎さんはどない思いますのや」

慶一郎は考える顔になった。

「反対なら反対と言うてください。あなたに反対されたら、物産にとどまるまでです」

「そんなふうに言わはったら、反対しようがないやないの」

慶一郎が照れたような笑いかたをした。

「ということは反対なんやね。もちろん、慶一郎さんに反対されたなんて、口が裂けても他言しませんけど……」

「冗談やない。わたしがきみの入社に反対するわけなんかあらへんよ。要は会社のためになるかならないかで、きみが大日生命に入ることのプラス、マイナスを考えたら、賛成しなければおかしいのや」

慶一郎のどこかむきになった口調が、厳太郎にはおかしかった。

「無理しないでくださいよ。マイナスのほうが多いと思ってるんやありませんか」

「断じてそんなことはないが、心配な点はわたしの耳に入れた役員の姿勢が気のせいか、ご注進に及ぶという感じなんやなあ。不協和音を持ち込まれるのはかなわん、という言いかたなんで気になったが、わたしは厳ちゃんをスカウトすることのメリットを強調しといたけど、あんまり言うと、なんか無理してるみたいに取られるんで、困るんや」

慶一郎の気持も揺れているな、と厳太郎は思った。

厳太郎はさらに一歩踏み込んだ。

「僕が大日生命に入ると、大先輩の慶一郎さんより上の地位に就く可能性もありますよ。それでも我慢できますか。僕が慶一郎さんの立場やったら、そんな屈辱的な移入人事は承服できないかもしれませんねえ」

慶一郎はチーズクラッカーを摘《つま》みあげて、力まかせに嚙み砕いた。

厳太郎はソファから身を乗り出して、慶一郎を見つめている。

「それは仕方がないやろうな。甘んじて受けるしかないやろうな。これが厳ちゃん以外の従兄弟だったら、複雑な気持になるところやし、素直に賛成できなかったかもしれないけれど、厳ちゃんの力量はわかってるつもりやからな。それに人事権を持ったトップが決めたことにヒラの部長がとやかく言えるわけがない。きみの入社について、社長は痛くもない腹をさぐられたり、いろいろ苦労すると思うが、そんなことは百も承知で、厳ちゃんの力を借りたほうがわが社のためにベターだと判断したんやろうから、ほかの役員さんたちも理解してあげなくちゃ、社長が可哀想《かわいそう》や」

「莫迦にものわかりがいいんやなあ。親父はほんとうに痛くもない腹なのかどうか怪しいものですよ」

「……」

「将来社長になるつもりで僕が乗り込んできて、ほんとうにそれでいいんですかねえ」

慶一郎はセンターテーブルのグラスを取って、ソファに背を凭せかけた。

「きみが社長になれるかどうかは、まだわからへんよ。きみがそのつもりでも、こればっかりはひとりでは決められるものやないで。いつにかかって、大日生命で、きみがどれだけ実績を残すかにあると思うな」

厳太郎の口から白い歯がこぼれた。

「そりゃあそうや。僕がいくらいきがったところで力が伴わなければ、カラ回りするだけや。ただ、口はばったい言いかたになりますけれど、慶一郎さんと僕が協力して相互補完作用が働くようになれば、その相乗効果は相当なものになるような気がするんです」

「異議なしや」

慶一郎は、厳太郎を見上げながらグラスをセンターテーブルに戻した。

「逆に、あなたにそっぽを向かれたら、そのことのマイナスの相乗作用はひどいことになるんやないですか。そうなったら、僕は悲惨です」

「それも異議なしや」

「やっぱり異議なしですか」

厳太郎はさもおかしくてしようがないというように、くっくっと、声をたてて笑った。

慶一郎も破顔したが、すぐに表情がこわばった。

「どんなことになるか予測はつかないが、ごちゃごちゃ言うやつは必ず出てくると思うし、外野席もうるさいことになるんやろうが、わたしは一切発言しないことにする。つまり厳ちゃんのことに関して沈黙を守るということや。しかし、厳ちゃんをスカウトすることの狙いなり、そのことの意味はわかっているつもりだから、いずれ社長から話があれば、賛成ですと申しあげるつもりや。それ以上はコメントする必要はないからな」

「ありがとうございます。なにはともあれ慶一郎さんにそっぽを向かれないことがわかっただけでも、大収穫や。気が楽になりました」

厳太郎も表情をひきしめた。

「きょうは、厳ちゃんの大日生命入社が内定した日になるのかな」

「そうかもしれませんね」

「それじゃ、乾杯や」

慶一郎がグラスを揚げたので、厳太郎もグラスを持ちあげた。グラスをぶつけあいながら、慶一郎は本音を胸の奥底にしまい込んでしまったのではなかろうか、と厳太郎は考えていた。

8

「課長!」

返事はなかった。

「課長! どうされたんですか」

デスクの前に立たれて、やっと気づいたらしい。

「おっ」と声を出して、厳太郎は、山岡を見上げた。

昼休みのせいで、四階の大フロアに人影は少なかった。輸出課には厳太郎と山岡の二人しかいない。

山岡は外出先から帰社したばかりである。

昼食を誘うつもりで厳太郎に声をかけたのだが、なにを考えているのか、返事がなかったのだ。

「食事、まだなんでしょう?」

「うん」

「ラーメンでも食べに行きませんか」

「なんだか気のない返事ですね。躰の具合でも悪いのと違いますか」

「ええな」

「いや。行こか」

厳太郎は弾みをつけるように起ちあがり、ロッカーから背広を取り出して袖《そで》に腕を通しながら言った。

「ラーメンなら旨《うま》い店知っとるぜ。きみには世話になったから、こっそり教えといてやるわ」

「どこですか」

「北新地の中央飯店や」

「中央飯店ならわたしも知ってますよ」

山岡は小首をかしげた。

「待てよ。あっそうだ。なに言ってるんですか。わたしが課長に教えてあげたんじゃないですか」

「そうやったか」

厳太郎は首をすくめて、にっと笑った。

外へ出ると、風が冷たかった。二人ともコートを着ていないので、背広の襟《えり》を立てて、急ぎ足に歩いた。

「五月にしては寒いなあ」

「ええ。急に風が出てきたみたいですね」

「おい、走ろうか。寒いときは、走るのがいちばんええんや」

「いいですよ。でも大丈夫ですか。アキレス腱《けん》でも切ったりしたら大ごとですよ」

「なにぬかすか。僕がきみらの齢のころは毎日走ってたわ。出勤のときバスが混んでたときは次の停留所まで走ったもんや。そこでも乗れなかったらまた走るんや。あのころ物産の本店は内幸町《うちさいわいちょう》にあったが、とうとうバスが混んでて乗れなくて麴《こう》町《じ》《まち》から本店まで走り通したこともある」

「元気だったんですね。テニスは本チャンだったんでしょう?」

「結婚する前のカミさんがテニスやってたから、それが目当てでテニスクラブによく通ったが、高校時代のラグビーがいちばん熱が入ったな」

「あんな美人の奥さんがテニスやってたんですか」

「なにを阿呆《あほ》なこと言ってるんや」

「剣道は中学校のときに二段を取ったと誰かに聞いたことありますよ」

「勉強のほうはからっきし駄目《だめ》やったが、運動は負けへんかったな。水泳は小学校六年で一級の資格を取った。スキーも免許皆伝やぜ。どっちにしてもよう遊んだもんや。自分でもあきれるくらいや」

「勉強のほうはからっきしなんて、謙遜《けんそん》もいいところですよ。課長ほど文武両道の達人もめずらしいんじゃないですか」

「こいつ、お世辞を言えるようになったな」

「いくらゴマ擂《す》っても、課長はもうすぐいなくなっちゃうんですよね」

山岡は急にしんみりした口調になった。

厳太郎も口をつぐんで、黙々と歩いている。

結局、二人は走ることもなくラーメン屋の前に来ていた。

一時に近いが店内はひどく混んでいた。名前が泣くほど薄汚くて小さな店である。

席はL字型のカウンターだけで、縦三人横七人、十人で満杯になってしまう。

五分ほど待たされたが、四人連れが帰ったので、すぐに席にありつけた。

「ビール一本だけいこうか」

「いいですねえ」

山岡はうれしそうに返した。

「呑み助の山岡が厭というわけはないな」

厳太郎はさも嘆かわしそうに顔をしかめて言った。

「自分から切り出すのは遠慮してたんです」

二人ともラーメンの大盛を注文した。

ビールで乾杯したあとで厳太郎が訊いた。

「山岡はいくつになった？」

「三十一です」

「きみに嫁さんを押しつけられなかったことが、かえすがえすも心残りや。嫁さんをもらえば、少しは酒もひかえるやろうからな」

厳太郎に覗《のぞ》き込まれて、山岡は〝いないいない〟でもするように両手で顔を覆《おお》った。

山岡は、厳太郎に二度も見合いをすすめられたが、のらりくらりかわしてきたのである。

「ええ話あるんやけどなあ。僕がきみやったら絶対乗る話やけどなあ」

相手の写真を見ようともしない山岡に、厳太郎はそんな言いかたで残念そうに言ったものである。厳太郎は部下と話すときは、ゆったりした関西弁で話すことが多かった。

ラーメンがカウンターの前に並んだ。

割り箸《ばし》を割りながら、厳太郎が言った。

「まさか生涯《しょうがい》独身を通そう思うてるのとちがうやろうな」

「そんなことはありません。そのうちご報告に参上させてもらいます」

「なんやて。ええ人がおるんか！」

巌太郎は素《す》っ頓狂《とんきょう》な声をあげた。

「そら、ええ話や」

「……」

「仲人《なこうど》さしてもろうてもええぜ。いや、もっと偉い人がええな。僕じゃ貫禄《かんろく》ないわ」

「そんなことないですよ。でも、まだまだ先のことですから」

「早いほうがええな」

巌太郎はラーメンをすすりあげながら返した。麺《めん》が太くてこくがあり、会社から多少歩かされるが、わざわざ食べに来る価値はある。

「もう一つ心残りなのは、僕が物産におる間にきみを海外《そと》へ出してやれへんかったことや。若いうちに海外勤務の経験積んでおくことはええことや。僕も留学とポートランドの経験はええ財産になった」

「そのうちチャンスがありますよ」

「そうやな。嫁さんと一緒に行ったらええ」

ラーメンを食べ終ったあとで、巌太郎が訊いた。

「まだ時間あるか」

「ええ。三十分ぐらいならいいですよ」

「コーヒー一杯飲んで帰ろうか」

「はい」

巌太郎がビールとラーメンの料金を支払おうとしたとき、山岡がそれをさえぎった。

「きょうはわたしにやらせてください。いつも課長にご馳走になってますから一度ぐらいいいじゃないですか」

「なにを言うてんのや」

「きょうは駄目です」

「そなら割り勘や」

巌太郎は千円札を一枚カウンターに置いて、店を出た。

中央飯店の近くの喫茶店でコーヒーを飲みながらの話になった。

「どうしても物産をお辞めにならなければいけないんですか」

「どないしても大日生命へ行かなあかんらしいのや」

「課長のいない輸出課なんて考えられません。仕事をする気がなくなります」

「そんな言うてくれるのはきみだけや」

「冗談じゃありません。きのうの夕方、課長の留守中に、課長が物産をお辞めになるという話が出たんですが、泣き出す女の子がいて、それが皆んなに伝染しちゃって大変でした」

山岡は唇《くちびる》を嚙んで、怖い顔をした。

厳太郎は眼を伏せて、わけもなく飲みかけのコーヒーをスプーンでかきまわしている。

「駄目でもともとだけど、一度わたしが慰留してみると言って、女の子たちを宥めたんです」

「つらい話やなあ」

「課長、辞めないでください」

出し抜けに山岡が言った。

「ありがとう。きみらの気持はうれしいよ。輸出課長になってまる四年経つが、わがまま言わせてもろうたけど、ほんま愉《たの》しかった。僕の人生で、いちばん充実しとったかもしれん。部下に恵まれてほんま幸せやった」

厳太郎はまたスプーンでコーヒーをかきまぜている。

「お礼を言わなければならないのはわたしたちのほうです。課長のお陰で皆んなどれほど仕事ができるようになったかわかりません。課長に仕事をすることの愉しさを教えていただきました」

山岡の声がしめっている。

実際、山岡は厳太郎から仕事の厳しさも愉しさも教えられたと思うのだ。輸出課は海外支店とのテレックスのやりとりで忙殺され、残業で九時十時になることはしょっちゅうだが、厳太郎は宴会などがない限り、最後の一通までテレックスをチェックし、内容、表現をリライトし、世界のどこへ出しても恥ずかしくない英文に改めてくれた。

「海外におる者は皆んな忙しゅうて、いらいらして、人の眼ばっか気にせなならんつらい立場にあるんや。あんまりきついことばかり言うたっても、可哀想やでえ」

そんなことを言いながら、部下のヒステリックと思える電信の内容をやわらかい言いまわしに改めたりもする。

残業が終ると、「イーチャンだけやるか。それとも酒飲もか」と部下たちに声をかける。一度ピアノバーで、酔った勢いでベートーベンの「月光の曲」を弾いて、部下たちを驚かせたことがある。

翌朝、「課長がピアノをあんな見事にお弾きになるとは思いませんでした」と誰かがひやかすと、厳太郎は頭を掻《か》いて「内緒やで。酔っぱらってたんや。あれ一度きりや」とさかんに照れた。

山岡がなにを思い出したのかコーヒーをすすりながら、口もとをほころばせた。

「課長、部内旅行で寸劇のコンクールをやったことがありましたねえ」

厳太郎は懐しそうに遠くを見るような眼をして、言った。

「きみがシナリオ書いて、演出もしたんやったな。僕が主役で天国から帰ってきた酔払い女やらされたんや」

「菊池寛の〝父帰る〟をもじった〝母帰る〟でしたね。あのときの課長の熱演ぶりにはびっくりしました。金髪パーマのかつらつけて、どぎつくメーキャップして。審査員をうならせ、会場をわかせ、見事一位になりましたが、あのときは愉しかったなあ」

「うん。愉しかった」

二人は往時を偲《しの》んで、談笑していたが、不意に、山岡が真顔になって言った。

「わたしが辞めないでくださいとお願いして、課長がわかったそうしようなどと言ってくれるわけがありませんよね。莫迦なことを言いました」

「いや、きみの心遣いはうれしいよ」

厳太郎はコーヒーカップに伸ばしかけた手を背広のポケットに突っ込んだ。

「これ、さっき野中《のなか》さんにいただいたんや。内緒で見せてやろうか」

厳太郎はリボンのついた小さな包みを取り出した。小函《こばこ》をひらいてみると、七宝《しっぽう》焼のブルーのタイピンだった。

「あの子、いい趣味してますねえ。品のいいタイピンじゃないですか」

「うん。さっそくつけるか」

厳太郎は、古いタイピンと取り替えた。

「このタイピンはパリに出張したとき買《こ》うたんや。きみ使ってくれへんか」

「いただきます」

山岡は二重瞼《ふたえまぶた》の澄んだ眼を輝かせた。

「形見として大事にします」

「形見はオーバーや」

厳太郎は、肩をゆすってくっくっと笑った。

「それにしても野中さんもやるなあ。抜け駆けじゃないですか」

「抜け駆けはないやろう。しかし内緒やぜ。乙女心を傷つけたらあかん」

「きのう、真っ先に泣き出したのは野中さんです。これも内緒ですけどね」

厳太郎は、野中和子《かずこ》のふっくらした顔を眼に浮かべながら、心和む思いで残りのコーヒーを飲んだ。

第二章　騒然

1

　五月二十日の夕方六時に、北新地の割烹《かつぽう》〝喜多川〟の一間しかない座敷に、大日生命従業員組合の三役が集まった。委員長の潮田《うしおだ》、書記長の水谷《みずたに》、副委員長の滝田《たきた》、河井《かわい》、西村《にしむら》の五人である。

　この日の午後、会社側から、二十九日の社員総代会を前に新任取締役候補者が発表されたが、この中に広岡厳太郎が含まれていたのを受けて、急遽《きゆうきよ》組合としての対応策を三役で協議することになったのだ。

　ちなみに社員総代会とは、株式会社の株主総会に相当する。大日生命は相互会社なので、社員は保険契約者を指し、通常の企業でいう社員は職員で通している。

　広岡厳太郎の取締役選任については、すでに役員会および評議員会で承認されていたので、総代会に諮《はか》るのは形式に過ぎないといえるが、組合が新任取締役の特定候補者を問題にしたのは前代未聞のことであった。終戦直後の混乱期はともかくとして、純血主義を貫いてきた大日生命が、人材を外部に求めるのは異例であり、まして社長の息子とはいえ三十九歳の若い男を取締役として招聘《しょうへい》するなど未曾有《みぞう》のことだから、組合の反発は予想されないでもなかった。社長の広岡俊は戦後第一物産から大日生命に転じて、実兄の成富健《なりとみけん》社長のあとを襲って四十四歳の若さで社長になったが、経済界、産業界の上層部が占領軍の総司令部によって公職から追放されるという特殊事情を考えれば、無理からぬことであった。

しかし、息子の厳太郎となると話は別である。親子二代、いや実兄の成富健や俊の岳父である光太郎を含めれば四代にわたって経営トップの座を独占することにならないとも限らない――。〝広岡王朝〟に対する生理的反発が若い職員の中に潜在的にあったのもうなずけよう。

委員長の潮田は三十五歳で、東大法科出のエリート職員である。組合専従になって五年、委員長に選任されて二年目だが、組合員の人望も厚く、リーダーシップを発揮してきた。大日生命の組合員には課長職まで含まれている。財務、人事、経理、秘書などポストによって非組合員の課長も存在するが、ほとんどの課長は組合員で、課長クラスが組合設立の中心になった歴史的経緯からみても、潮田のように課長代理クラスの若い職員が委員長に選任されるケースは稀《ま》れで、それだけ潮田が組合員から信頼されていることを示している。

人事権は経営権の最たるものであり、組合が容喙《ようかい》すべきことがらではないのだから沈黙して沈黙できないことはない、と潮田は考えぬでもなかった。しかし、執行部が看過したときに組合員の批判を浴び、鼎《かなえ》の軽重を問われないとも限らない。リーダーとしての力量を問われようとしている以上、問題から眼《め》を逸《そ》らすべきではない、というのがさんざん悩みぬいた末の潮田の結論であった。

「社長が息子の厳太郎いう人を後継者にしたがっているという噂《うわさ》は過去に何度も出ては消え、出ては消えたが、やっぱり事実でしたね」

水谷が間延びした顔を斜めに倒して慨嘆した。

河井が細い眼をせいいっぱい見開きながら隣りの水谷のほうへ首をねじって応じた。

「社長自身、物産から大日生命に乞《こ》われて入社し、若くして大日生命の社長になったが、息子にもそうさせようと思ってるんやろうな」

「なんぼ物産マンがよう仕事ができるいうても、親子二代物産から移入いうのは、やり過ぎや。大日生命に人材がおらんならともかく、こんなこと認めとったら、職員のモラールが低下するし、広岡家が会社を私物化してるといわれても仕方ないわ。

広岡家が人事を壟断《ろうだん》するのも大抵にしてもらいたいもんや」

滝田は三人の副委員長の中で最も戦闘的であった。最前から、断固反対を貫くべきだ、の一点張りで、鰓《えら》の張った顔を真っ赤に染めて言い立てている。

「だいたい組合の定期大会が終り、執行委員会の最終日を待っとったようなタイミングで、新任役員を発表するやりかたが気にくわんわ。組合を舐《な》めとるとちゃうか」

滝田がいきまくのも当然といえばいえる。

組合の定期大会は五月十二日から三日間にわたって開催された。そして閉会後、執行委員会が開かれるのも例年のことだが、組合の年中行事の終了間際《まぎわ》になって、新任取締役候補者が会社から発表されたのである。

執行委員会は十八、十九の両日、大阪・東区今橋の大日生命本社ビルの五階にある組合本部で開かれたが、二日目十九日の午後三時過ぎにその情報がもたらされたとき、潮田は執行委員会に諮って、三役に一任を取りつけた。執行委員会で直ちに討議することも考えたが、多人数では収拾がつかなくなることを恐れたのである。

「役員人事に組合がどこまで介入すべきなのか微妙ですね。ことは経営権にかかわる問題です。組合としても一定の節度が求められますから、正面切って反対できるのかどうか。会社が定期大会後に発表したのも理解できますよ。大衆討議にかけるような性質の問題ではないんです。そんなことをしたら混乱するだけです。執行委員会にかけてたら恐らく大もめにもめたでしょうね。その意味では委員長が三役一任をとりつけたのは賢明と言えますが、しかし僕が委員長だったら、多分黙殺してたでしょうね」

皮肉っぽい口調でこう発言したのは西村である。西村はまだ二十九歳で、三役の中では最年少だが、妙に分別臭いところがあった。

今回の役員人事問題について、三役の中で最も冷静な反応といえる。

滝田が眼を剝《む》いて、嚙《か》みつかんばかりに浴びせかけた。

「きみは移入人事に賛成なのか。〝広岡王朝〟の心酔者いうわけやな」

「そうは言ってません。感情論としては、やっぱりおもしろくないですよ。しかし、筋論としては組合が反対したからどうなる問題でもないのと違いますか」

相槌《あいづち》を求めるように、西村は潮田のほうへ視線を投げた。は潮田のほうへ視線を投げた。

五人が食卓を三方から囲んでいた。西村潮田は床柱を背にして坐《すわ》り、その右手に水谷と河井、左手に滝田と西村が陣取っている。

潮田はメタルフレームの眼鏡の奥からやわらかな眼を西村へ返した。

「組合として一定の節度がなければならないというのは至極もっともなことで、僕も経営権の問題に踏み込むべきではないんじゃないかと考えないでもなかった。そのへんの折り合いのつけかたは大変難しい。また、組合が反対したから、あるいは遺憾の意を表したからといって、経営側が撤回するような性質の問題ではないかもしれません。しかし、一応は組合の態度はきちっと出しておいたほうがいいと思います。西村君も含めて、ここにいる三役全員が今回の役員人事に不快感を持っていることがはっきりしたんですから。問題は態度の表明のしかたです。西村君、そういうことでしょう?」

「ええ」

西村がうなずくと、滝田がビールを呷《あお》ってグラスをぶつけるように、テーブルへ戻した。

「断固反対!　ストも辞せず!　ぐらいのことを言うたってええやないか。まったくけしからん話や。事前に相談がないなんて、組合無視も甚《はなは》だしい。きのう話を聞いたばかりやが、血が騒いで眠られへんかった」

「血が騒ぐねえ。僕も似たような感じだったな」

潮田は、滝田に返してから、水谷のほうに眼を遣《や》った。

「水谷さんはどう思いますか」

水谷は、潮田より三年先輩の職員である。

「ストも辞せずというのは言葉の綾《あや》でしょうが、滝田君が激昂《げっこう》する気持もわかります。委員長も言われたように組合としてなんらかの態度を表明することは結構ですが、いくら三役に一任されたといっても、独走してもなんですから、できるだけ多くの組合員の意見を汲《く》みあげる必要があると思うんです」

「わかりました。さっそく各支部へ連絡してオルグ活動に入ってもらい、その結果を集めることにしましょう。二十九日の総代会まで時間がありませんから、三日ぐらいしか時間を割けませんが、やるだけのことはやりましょう」

潮田は歯切れのいい口調で言って、気の抜けたビールを飲んだ。

「総代会の前に、会社が自発的に撤回するようなことは考えられませんかね」

「それはあり得んやろう。いつにかかって組合の態度表明によって社内世論が盛りあがるかどうかや。重役や部長かて内心は皆《み》んな反対なんや」

滝田が河井に答えると、西村がゆっくりと首を左右に振った。

「あんまり過大な期待は持たんほうがいいですよ。取締役会と評議員会で承認してることを組合の反対で逆転するなんて、体面上できないでしょう」

「どうもきみは会社の肩を持ってるような気がするなあ。もっと怒らなあかんやないか。悔しくないのか」

「わたしの感情はこの際措《お》くとして、賃上げとか一時金の経済問題ならいざ知らず、役員人事の問題に外野も含めた組合員がどの程度関心を持ってるか、非常に心もとないと思うんです。移入人事に反対で組合の意見を集約することは難しいと思いますね」

西村は冷静に言い返した。

滝田がなにか言おうとしたが、潮田がそれを手で制した。

「とにかく一応オルグの結果を見ましょう」

「組合のとるべき態度は決まってるのと違うやろうか。三役に一任されたんやし、三役は、その度合いはともかく全員けしからん思うとるんや。委員長まで弱腰になるなんておかしいやないの」

滝田に食ってかかられて、潮田は眉《まゆ》をひそめた。

「問題は態度の表明のしかたでしょう。だからこそオルグの結果を待とうということになったんじゃないですか」

「いや、オルグの結果がどうあれ、組合は断固反対でいくべきや」

「こういう言いかたはどうかと思うが、この程度の問題で抜き差しならないドロ沼の闘争なんてことはあり得ないと思うな。あとへ引けないような拳《こぶし》の振りあげかたはすべきじゃないと思いますね」

水谷の発言で滝田は口をつぐんだ。

潮田は、座が急にしらけたような気がして、くだけた口調で言った。

「僕はオルグの結果もさることながら、役員、部長クラスの本音を聞いてみたいですね。それとなく取材してみようかな。とくに広岡財務部長の気持が奈辺《なへん》にあるのか知りたいですよ」

「慶一郎さんの腸《はらわた》は煮えくり返ってるに決まってるやろう」

滝田は手酌《てじゃく》でグラスにビールを注《つ》ぎながらつづけた。

「生れたのは五年も慶一郎さんのほうが先輩やし、大日生命で二十年も苦労した人をさしおいて商社を辞めてきた者が役員になるなんてゆるせんな。西村君はよく冷静でいられると感心するばかりや。水谷さんかてそうや。会社の回し者かと思いたくもなるがな」

皮肉を浴びせかけられて、西村は苦笑をにじませ、水谷はむっとした顔を滝田に向けている。

河井がとりなすように言った。

「意見は出つくしたようですから、あとは委員長の判断にまかせましょうよ」

潮田は穏やかな顔でうなずいたが、内心は厄介《やっかい》な問題が持ちあがってえらいことになったと思っていた。

2

その夜、潮田が浜甲子園の社宅へ帰って来たのは十二時過ぎだが、三号棟の玄関から二階にある自宅の八号室までの階段を昇りかけたとき、背後から声をかけられた。

「潮田さんですか」

潮田がふり返ると、中年の男が立っていた。

「はい。わたし潮田ですが……」

「失礼しました。A新聞大阪経済部の長島《ながしま》と申します。ずっと潮田さんを捜してたんですが、行方がわからなかったので、さっきからお帰りになるのを待たせてもらってました」

「………」

「三十分ほど時間をいただけますか」

「ええ」

潮田は胸をどきつかせながら答え、3DKの自宅へ長島を案内した。

A新聞の記者と聞いて、妻の正子《まさこ》はおろおろしながら、茶の仕度をした。

小学校一年生の息子は寝床に就いていた。

居間に座布団《ざぶとん》を敷いて長島と向かい合い、煎茶《せんちゃ》を飲んでいるうちに潮田は気持が落着いてきた。

「新聞記者のかたに自宅においでいただくのは初めての経験なので、気持がうわずってますが、わたしのような者にお役に立てることがあるんでしょうか」

「広岡厳太郎さんのことで、大日生命の社内は揺れてるそうですね」

長島はフレームの太いロイド眼鏡を指先でもちあげながら切り出した。

瞬間、潮田は鰓の張った滝田の顔が眼に浮かんだ。もしや、滝田がリークしたのではないかと思ったのである。

「早いですねえ。われわれが広岡厳太郎氏のことを聞いたのは、きのうの午後ですよ」

「しかし、もともと噂になってましたからね」

「それにしても、きのうのきょうなんて驚きです。まさか組合の誰かがあなたに洩《も》らしたということはないでしょうね」

「いや」

長島は伏眼《ふしめ》がちに答え、テーブルの湯呑《ゆの》みに手を伸ばした。

「物産あたりでも話題になってましたからね。広岡厳太郎という人は、なかなかの人物だと聞いてますが、天下りみたいな今度の人事には反発も強いでしょう」

潮田はなにやらホッとした。長島は、ニュースソースを特定したわけではないし、ごくあいまいな言いかたしかしていない。しかし、少なくとも組合三役の誰かがリークしたかどうかについては否定したと受けとれる。もっとも、すぐに潮田は不安になった。

「物産でお聞きになったんですか」と訊《き》いたときも長島は「まあ、それはよろしいじゃないですか」と、言葉をにごしたのである。

それにしても、三役で話題にした直後に新聞記者の訪問を受けるとは、あまりにもタイミングがよすぎる。潮田はなぜかくもニュースソースにこだわるのかよくわからなかったが、新聞に書かれることはやはりマイナスだと考えざるを得なかったから、そのことに拘泥《こうでい》しているのだろうと自分なりに解釈するほかなかった。

「組合は会社に対して、広岡厳太郎氏の役員就任に反対することになるんじゃないですか」

「経営権に属することですから、どう対応していいか難しいですね。さっきも、仲間内で話したんですが、組合として節度を重んじるべきだという意見もありました」

「それじゃ、反対しないんですか。御用組合って非難されますよ」

長島は薄く笑いながら、潮田の反発を引き出すように水を向けてきたが、潮田は乗らなかった。

「御用組合とは思ってませんが、企業内組合ですし、ご存じのように当社は中立労連の一員で、穏健ですからね。会社とことを構えるというのはどうもねえ」

「広岡家が大日生命を私物化してるという見方がありますが……」

「会社設立の経緯からみて、仕方がない面はありますね。それに広岡は、経営トップとして立派過ぎるくらい立派です。ケチのつけようがありません」

「しかし、広岡俊社長は立派だとしても、後継者に自分の息子をわざわざ物産からスカウトして据《す》えるとなると、客観的に見ても、常識的ではないですね」

「広岡厳太郎さんは役員で来られるようですが、後継者と決まってるわけでもないでしょう」

「自分の手もとに置いて、帝王学を伝授しようってことじゃないんですか」

「さあ」

潮田は、小首をかしげながらぬるくなった煎茶をすすった。

「まさかこのまま泣き寝入りはないでしょう?」

「………」

「泣き寝入りという言いかたはないですかね。組合として筋を通して反対すべきだと思いますが、どうですか。いつまでも世襲制をとり続けるなんて、前近代的じゃないですか。潮田さん個人としてもこのまま黙ってしまって発言しないようだと、男がすたるんじゃないですか」

長島は、じっと潮田を見据えた。

潮田は返事をしなかった。

「莫迦《ばか》に落着いてますけど、まさか広岡厳太郎さんの役員就任に賛成してるわけでもないでしょう?」

長島はいらいらした口調で訊いた。

潮田はきっとした顔で、まっすぐ長島をとらえた。

「もちろんです。賛成できるはずがありません」

「それじゃ、反対なんですね」

長島にたたみかけられて、潮田は相手を強く見返した。

「組合としてどう態度を表明するかについては、まだ決まってませんので、あくまで個人的見解になりますが、広岡社長ともあろうかたがなぜこうした役員人事に固執されるのか理解に苦しみます」

「労使双方の意見調整の場として経協つまり経営協議会がありますが、経協でこの問題が論議されたことはないんですか」

「ありません。経協でとりあげるべき問題かどうかよくわかりませんが、組合に対して事前に連絡がなかったことはたしかです」

「そういう意味では感情論にしても、組合としてはおもしろくないという気持になるでしょうね」

「人間ですから、多少のことはあると思います。しかし、感情的におもしろくないから賛成しかねると言ってるわけではありませんよ。従業員の士気に影響が生じることを心配してるんです」

潮田は、長島がスラックスの尻《しり》のポケットから取材ノートを取り出して、メモを取り始めたのが気になり、言葉をスムーズに押し出せなくなった。

「記事になさるんですか」

「ええ。そのつもりですが……」

「組合としての態度が決まってからにしていただけませんかねえ。向こう三日ぐらいのうちにはまとまると思いますが……」

「そうですか。ただ、他紙に書かれないという保証がないんですよね」

長島はデスクと相談してみる、と言っていたが、翌朝のA新聞に記事は掲載されていなかった。

ただ、朝早く大日生命のOBである宇田《うだ》から自宅に電話がかかった。宇田は二年前、常務取締役から子会社の副社長に転じたが、潮田は宇田の経理課長時代に新入職員として仕えたことがあった。直情径行で、ものごとをストレートに言い過ぎる傾《きら》いはあるが、純粋で気持のいい上司だった。

「社長の息子が役員で入社するそうだが、そんな暴挙が赦《ゆる》されていいのか」と、出し抜けに宇田は言った。

「大先輩のお心をわずらわせて申し訳ありません」

「予備後備《こうび》がなにを言うかと叱《しか》られるかもしれんが、わたしは黙ってられんな。昨夜《ゆうべ》、人事部長の木村《きむら》君にも電話で伝えておいたが、役員会が満場一致で承認したものをヒラ部長ごときがなんで反対できるかと抜かしおった。役員会も役員会なら人事部長も人事部長だ。まったくなっとらん。わたしが現役なら辞表を懐《ふところ》に呑んで社長に直訴してたところだ」

宇田は悲憤慷慨《こうがい》した。歯ぎしりが聞こえてきそうな勢いである。

「せめて組合ぐらいは骨のあるところを見せてもらいたいな。大日生命は広岡家のものではないぞ。若造の息子をいきなり役員に据えるなんて乱心としか思えんよ。いったいなにを考えてるんだ……」

潮田は耳鳴りを覚えるほどの声量に受話器を耳から遠ざけた。

「おい、聞いてるのか」

宇田に濁声《だみごえ》をぶつけられて、潮田はあわてて返した。

「はい。聞いてます。宇田さんのお怒りはもっともだと思います。組合として、きちっと反対表明をすべきだと思ってます」

「当然そうしなければおかしいよ。役員という役員は皆んな社長に気兼ねして、腰

あいつらも少しは眼が覚めるだろう。そうすれば、組合の健在ぶりを見せてやってもらいたいな。そうすれば、
が引けてるようだが、組合の健在ぶりを見せてやってもらいたいな。

「……」

「慶一郎君の気持を考えたら、わたしは断腸の思いになる」

宇田の声がくぐもった。

潮田も胸の中でうなずけるものがある。広岡慶一郎は、かつて宇田の直属の部下であった。二人はよく言い合いをした。意見が対立し、二人とも一歩も引かず激しく言い合うこともあったが、翌日はけろりとして呼吸の合うところを見せたものだ。宇田は、広岡慶一郎の能力を高く買っていたし、慶一郎は宇田を先輩として尊敬していた。

潮田には、宇田の気持がよくわかる。ある意味では、潮田に電話をかけてきた動機は不純とも言えるが、慶一郎への思いを直截《ちよくせつ》に出すあたり宇田らしくて潮田にはむしろ好感がもてた。

「お気持はよくわかります。僕も広岡財務部長とは話してみたいと思ってました」

「思ってることをずけずけと言うようでも、あれで照れ屋なところがあって自分のこととなると、抑えてしまうから、そのへんは汲んでやってもらいたいな。それはともかくとして、わたしは組合の正常な感覚に期待してるぞ」

「ご期待に添えるかどうかわかりませんが、そういう方向で組合をリードしたいとは思ってます」

そう答えながら潮田は、A新聞の長島記者にリークしたのはもしや宇田ではないか、と思いをめぐらしていた。

潮田はさぐりを入れてみる気になった。

「実は昨夜、A新聞の記者が僕のところへ取材に来ました。大日生命の内部がゴタゴタしてるように書かれると困るなと思ってるんですが……」

「なんだって、新聞が嗅《か》ぎつけてるのか……」

五秒ほど宇田の声が聞こえなくなったが、「それはまずいな」と、ぽつっとした声が返ってきた。

「けさの新聞には出てませんでしたが、いずれ書かれるのではないかと心配です」

「お家騒動みたいにとりあげられるのはかなわん。なんとかしなければ……」

宇田の声は別人のように沈んでいる。

潮田は宇田に疑念を持ったことを後悔した。

「マスコミに書き立てられて企業イメージを悪くするのは困りますから、われわれとしても対応に苦慮するところなんです」

「そうだなあ。静かにやらんといかんかな。白紙還元するのがいっとういいが、社長はわかってくれないかなあ」

「その可能性はゼロではないと思います」

潮田はわれながら気休めを言っているようでしらじらしい思いだった。

3

大日生命の従業員組合が「役員人事に関する組合態度」について文書を以《もっ》て会社に善処方を要望したのは五月二十三日である。

その内容は次のようなものであった。
一、①今般連絡を受けた役員人事に関しては過去にもさまざまな揣摩臆測《しまおくそく》を呼んだだけに今回の役員人事により従業員に与える影響が懸念《けねん》されることは、かねてよりコミュニケーションの下痢《げり》症状を防いで動態的組織風土作りを主張する会社役員方も十分承知のことと考えられる。
②したがって今般の役員人事が及ぼす影響については不測の組織動揺が生じることが考えられるが、その場合は当然のことながら会社責任で収束を図るべき問題と考える。
③最近の社外情勢に照らしてみても、側近人事や門閥が生んだ波紋が問題にな

った事例や役員の意思不統一から混乱が生じた事例等があり、慎重な判断が必要なことは言うまでもない。

二、組合としては健全な労使関係の維持を図るという立場から、慎重に検討したが、以上の観点から判断すれば、好ましい人事ではないと判断せざるを得ない。

以上のとおり組合としての正式態度を表明するが、経営側の対処ないし今後の動向いかんによっては労使関係に影響が生ずることも予測せざるを得ないことを付言する。

潮田と水谷が、副社長の山口剛《やまぐちつよし》と会ったのは二十五日の午後二時である。人事部長の木村がオブザーバーとして同席した。

山口は、かつて組合の執行委員長を経験したことがある。親分肌《はだ》で話のわかる男というのが山口に対する社内評であった。

山口は、副社長室に二人を招き、握手をかわしてからソファをすすめた。

「暑いだろう。どうぞ脱いでくれ。わたしも失礼させてもらう」

山口は背広を脱いでワイシャツ姿になった。太り肉《じし》で汗っかきとみえ、ハンカチで顔の汗を拭《ふ》きながら二人と向かい合った。

「手続き論的にみて誤りがあったとすればわたしの責任だ。事前に皆さんの耳に入れるべきではないと社長に進言したのはわたしなんだ。社長は気にされて少なくとも組合の大会前に発表したほうがフェアではないかと言ってたが、発表の時期はわたしにまかせてもらった。良識のある潮田君が委員長だから、変なことになるとは思わんが、万一、なにかの弾みで大会にかけるようなことになったら大変だからな。わたしも組合の執行委員長を経験してるので、そのへんの雰囲気《ふんいき》はわかるんだ」

「その点は副社長のおっしゃるとおりです。一部には大会が終ってから発表するとはアンフェアではないかと怒ってる者もおりますが、ここにいる水谷さんも、副委員長の西村君も会社の発表の仕方なりタイミングは当然だという意見でした……」

潮田は、水谷の視線を左頬《ほお》に感じたが、話をつづけた。

「大衆討議にかける筋あいの問題ではないことだけははっきりしてると思います。副社長の判断に誤りがあるとは思いません」

「わたしは決して……」

「待ってください」

潮田は強引に水谷を制した。水谷は、潮田が自分に気を遣ってくれたことは悪い気はしなかったが、やっぱり気が引けた。三役の会合で、会社の発表の仕方を当然だと発言したのは西村だけである。人事担当でもある副社長の前で、さりげなく称揚してくれた潮田の心遣いには感謝するが、それに甘えてはいけないと考えて、訂正しておこうと水谷は思ったのだ。

「ありがとう。そう言ってもらえると助かるよ」

山口が相好《そうごう》を崩した。

「手続き論として誤りがあるとかないとか、そういう形式的なことよりも、今回の役員人事の狙《ねら》いといいますか、必然性といいますか、われわれにはそうした点がよくわからないのです。それに社内の九〇パーセントが釈然としていないのではないかと思います。失礼ながら副社長もそのお一人ではないかと思いますが、いかがですか」

潮田が顔面を紅潮させて話しているのを、山口はうなずきながら聞いていたが、「いかがですか」と訊かれて眉根を寄せ、顎《あご》を突き出した。

「役員連中は社長の説明を十分納得していると思う。少なくともわたしはそうだ。釈然としていないということはない」

山口は湯呑みを取って口へ運んだ。

「社長は、当社の国際化戦略上、厳太郎君は欠かせない人材と評価しておられるが、このことは厳太郎君の経歴をみても、説得力があるように思うがねえ」

「海外経験も豊富のようですし、物産の中でも語学力が優れているかたと聞いておりります。しかし、大日生命に人材がいないとは思えません。外部に人材を求めなければ国際化戦略が進められないほど、当社は人材が払底してるんでしょうか。そうは思えませんが……」

「あるいはそうかもしれない。しかし、会社にプラスになると社長が確信してることに水を差すのはいかがなものだろうか。社長自身厳太郎君をスカウトするかどうかについてはずいぶん悩まれたようだ。住之江金属の生方社長や大阪電力の芦野《あしの》会長など親しい財界人にも相談したということだが、これらのかたがたの厳太郎君に対する評価は高いらしく反対論はまったくなかったそうだ」

山口は再び湯呑みに手を伸ばした。そしてゆっくりと緑茶を飲んで、湯呑みをセンターテーブルに戻してから、話をつづけた。

「おそらく社内で社長から一番先に相談を受けたのはわたしだと思うが、わたしも社内世論というか職員の感情といったものに危惧《きぐ》の念を抱かないでもなかった。委員長の言う九〇パーセントはともかく、相当程度の反感があるとは予測できないことではない。しかし、わたしは社長の話を聞いて、気持が変った。多分ほかの役員連中もそんなところじゃないかと思うが、クールな眼で厳太郎君の仕事っぷりを眺《なが》めてやろうという気持になったんじゃなかろうか。社長ほどのかただから身びいきで眼が曇ることはないと思うが、どんな人にでも親馬鹿《おやばか》ということはあるから、そのへんはじっくり見届けてやろうと思ってるんだが……」

「厳太郎というかたは、おそらく仕事のできるかただと思います。しかし問題はそのことのマイナスの影響がどうかということなんじゃないでしょうか。厳太郎というかたがいくら仕事ができたとしても、そのために職員がやる気をなくすようなことになってはマイナスのほうがはるかに大きいですよ」

潮田は、山口を凝視したが、山口は脚と腕を組んで、天井を見上げている。

水谷が口をひらいた。

「役員の中に反対論はほんとうになかったのですか」

「腹の中まではわからんが、表面上はまったくなかった。中には心配してる者もいるだろうが、それだけ社長の話は説得力があったということなんだろうねえ」

「OBの中にも強い拒絶反応があると聞いてますが……」

水谷が、潮田のほうに眼をやりながら訊いた。

天井に向けられていた山口の視線が二人のほうへ戻ってきた。

「それはわたしも聞いてる。しかし、ごく一部だろう……」

山口は名前を出してよいものかどうか思案していたが、ひとうなずきしてから話をつづけた。

「わたしの知ってる限り宇田君一人だ。かれは人事部長の家に電話をかけてきたそうだ。おそらくきみたちのところへもなにか言ってきたと思うが……」

山口は、潮田が顎を引いたのにうなずき返して、話をつづけた。

「たてまえは純血主義を貫けということだが、あの男は慶一郎君の応援団に過ぎんのだよ。慶一郎君のことでは社長もずいぶん悩んだようだが、来年取締役に推薦されるはずだ。さっき、わたしから宇田君に電話でそのことを伝えたら、だいぶ矛先も鈍ってたよ。しかし、たてまえをあっさり崩すわけにはいかんから、筋を曲げるわけにはいかんと強がりを言っていたが、そのうち鎮《しず》まると思う」

「若い職員のアレルギーはそんないい加減なものではないと思います。取り返しのつかないことになったらどうするんですか。責任はもてるんですか。不測の事態が起きてからでは遅いんです。幸い総代会の前ですから、まだ白紙に返すことは不可能ではないはずです。なんとしてもそうしていただきたいと思います。お願いします」

メモを取っていた木村のボールペンの動きが止まり、水谷がドキドキしながら潮田のほうへ首をねじっている。それほど潮田の声には気迫がこもっていたのである。

山口が深い吐息をついてから、ぐっと上体を潮田のほうへ乗り出してきた。

「それはできない相談だ。役員会も評議員会も承認してることに思いを致してほしい。社長の顔をつぶすようなことは断じてできない。社内、とくに組合との事前調整を図らなかったのは、わたしの怠慢によるもので、責任は挙げてこのわたしにある。わたしに免じて、なんとか矛を収めてもらえまいか。万一不測の事態が生じるようなことになれば、わたしが責任を取る。わたしが泥《どろ》をかぶる」

山口は膝《ひざ》に手を突いて低頭した。

潮田も水谷も、山口にここまで頭を下げられては返す言葉がなかった。

しかし、だからといって、これでピリオドを打つことはできない。組合として正式に態度を表明し、その中で「組合としては好ましい人事ではない」と言い切っているのだ。ここで腰が砕けるようなことになれば、会社に懐柔されたとか、出世したいために節を曲げたと言われるのが落ちだ。潮田はこのときほどわが身の不運を嘆いたことはなかった。何故《なぜ》、組合委員長などを受けてしまったのか——。

潮田たちが退室したあと、山口は秘書室長の小林《こばやし》を呼んで、広岡社長の都合を訊くように指示した。

四時に来客があるが、四時半から三十分あいているという広岡の返事だった。

四時四十分に来客が帰ったと小林から知らせがあった。山口は背広を着て社長室へ出向いた。

広岡はその旨《むね》を小林から聞いていたので、山口が顔を出すと「お待たせしました」と丁寧に挨拶《あいさつ》した。

「お忙しいところを恐縮です」

「いいですよ」

広岡の笑顔に接して、山口は話をするのがつらくなった。しかし、わざわざ時間をとってもらったのだから雑談して引き取るわけにもいかなかったので、単刀直入に切り出した。

「先刻、組合の委員長と書記長がわたしのところに話しに来ました。役員人事、つまり厳太郎君の件について善処してほしいということを言いに来たわけです」

広岡の八の字眉がかすかに動いた。

しかし、微笑が消えることはなかった。

「組合からの文書を読ませてもらいましたが、そんなに神経質にならなければいけませんか」

「白紙に返せないかと迫られましたので、できないと突っぱねておきましたが、お互い硬直的になりましても気まずいことになりますから、一度社長から直接話していただけないかと思ったわけです」

「けっこうです。すぐに会いましょう。今夜はちょっと外せませんから、あしたの朝どうですか。九時から十時まで、できたら八時から九時までにしてもらえるとありがたいが……」

「さっそく委員長と連絡をとってみます。場所はここでよろしいですね」

「ええ」

山口は、広岡にうなずき返しながらソファから腰をあげていた。

経営権の問題に組合が介入してくるのはけしからんと言われはしないかと気遣ったのだが、案に相違して、広岡はあっさり組合幹部と会うことを了承してくれた。気が変らないうちにと思ったわけではないが、明朝のことだから、急ぐ必要があると思ったのである。

山口は副社長室へ戻って、社内電話表を見ながら直接組合本部へ電話をかけた。本部は本社ビルの五階にある。

「はい、大日生命の組合本部です」

甲高い女性の声が返ってきた。

「山口ですが、委員長はおりますか」

「どちらの山口様ですか」

「大日生命の山口です」

「はっ？」

「副社長の山口です」

「失礼致しました。潮田委員長に替ります」

山口が受話器を右手から左手に持ち替えて耳に当てると、「もしもし」と呼びかける声が聞こえた。

「山口です。先ほどは失礼しました」

「潮田です。こちらこそ失礼しました」

「さっそくだが、社長があすの朝、会って話したいと言ってるが、都合はどうかな」

「…………」

「時間は八時から九時まで。少し早いが、社長室まで来てくれないか。きみ一人でいいだろう。わたしも同席しないから、労使のトップ会談ということでどうかな」

山口は高飛車かな、と思わないでもなかったが、三役に相談するなどと愚図愚図《ぐずぐず》されるのはかなわないので、ついそんな言いかたになってしまった。

潮田ならわかってくれる、杓子《しゃくし》定規な男ではないはずだ、と思いながら、「もしもし……」と、山口は返事を促した。

「承知しました。それでは明朝八時に社長室へうかがいます」

潮田の返事は、山口の予想どおりすっきりしたものであった。

4

翌朝、八時十分前に潮田は緊張した面持《おもも》ちで秘書室に顔を出した。広岡社長と二人だけで会うのは初めてである。潮田は前夜十二時に床に就いたが、けさ四時に眼が覚めてしまった。眼が腫《は》れぼったいのは寝不足のせいである。

秘書室には、秘書室長代理の中山《なかやま》と、社長付の若い女性秘書がいるだけで、室長の小林もほかの女性秘書もまだ出社していなかった。

広岡が秘書室にあらわれたのは八時五分前である。

「おはようございます。早出させてしまって申し訳ありません」

広岡は中山と女性秘書にねぎらいの言葉をかけてから、ソファの前で直立不動の姿勢をとっている潮田のほうへ近づいて来た。

「おはようございます。本日は朝早くお呼びたてしまして、恐縮です」

広岡の挨拶は最敬礼そのものである。両手を膝の下までおろし、なかなか顔をあげないのである。

「おはようございます」

潮田も丁寧に挨拶を返したつもりだったが、広岡はまだ頭を下げたままである。それでもう一度低頭する仕儀となった。

「さあ、どうぞ」

「失礼します」

潮田は、広岡のあとから従《つ》いて行った。

社長室のソファに坐る前に、広岡はふたたび深々と頭を下げた。

「本日はご苦労さまです」

「とんでもありません」

潮田は、広岡社長の鄭重《ていちょう》な挨拶については聞かないわけではなかったが、これほどとは思わなかった。

俺《おれ》は組合員七万人の頂点に立つ委員長なのだ、とわが胸に言い聞かせてはみるものの、まるで役者が違うという思いにさせられる。

潮田は勇を鼓して切り出した。

「組合が提出した文書はお読みいただけましたでしょうか」

「はい。読ませてもらいました」

「組合の見解は、あの文書に尽きてると思いますので、ここで繰り返して申し述べることは致しませんが、再考していただけませんでしょうか」

「経営協議会で、皆さんにも相談すべきかなと思わぬでもなかったのですが、かえって筋道を外れてるような気がしたんです。しかし事前にお話ししておいたほうがよかったのではないかと反省しておるんです」

広岡は微笑を浮かべて、ゆったりした口調で話をつづけた。

「労使関係に影響が生じることを心配してるようですが、そういうことはないと思いますよ。わたしは労使の信頼関係を損うような問題とは思ってません」

「事前に話がなかったからどうということではなく、筋論としてもおかしいのではないかと組合では思ってるのですが……」

「筋論としておかしい……」

鸚鵡《おうむ》返《がえ》しに言って、広岡は首をかしげ考える顔になった。

「純血主義を貫くべきではないんでしょうか。外部に人材を求めなければならないほど当社に人材がいないわけではありません。大日生命は長い間、純血主義を通してきました。これからもそういう行きかたでまいるほうがベターだと思います。不協和音を持ち込むことにならないか心配です」

大社長に対して、ここまで言うのは僭越《せんえつ》だという思いが頭の中をかすめ、潮田は伏眼がちに口をつぐんだ。

「戦後の混乱期ではあったが、わたしも物産から大日生命に中途入社しました」

ノックの音が聞こえたので、広岡はドアのほうへ眼を向けて「どうぞ」と返事をした。

ドアが開き、女性秘書が顔を出した。

「失礼します」

女性秘書がレモンティをセンターテーブルに並べ終るのを広岡は笑顔で見守っていた。

女性秘書が立ち去るときに、広岡は「ありがとう」と礼を言った。

「お砂糖は一つですか、二つですか」

「恐縮です。一つでけっこうです」

広岡は屈《かが》み込んで、二つのティカップに一つずつ角砂糖を落した。

「どうぞ」

「いただきます」

二人はしばらくレモンティをすすっていた。

ややあってから広岡が言った。

「皆さんは今回の役員人事についてお気に召さないようだが、わたしは必ず気に入っていただけると信じてます。純血主義もけっこうですが、厳太郎について言いますと、詭弁《きべん》を弄《ろう》しているように聞こえるかもしれませんけれど、あれはもともと大日生命の人間なんです。一時期物産にあずけて修業させていたと解釈してもらえませんか。わたし自身物産の経験がどんなに役立ったかしれません。わたしのやりかたが間違ってるかどうかは、厳太郎の仕事ぶりを見てもらい、それから判断してもらっても遅くはないと思ってます」

「……」

「厳太郎は商社の仕事に情熱を以て取り組んでいたようです。物産を辞めるのがつらいらしくて、ずいぶん愚図愚図言ってましたが、それをわたしはいく晩もかかって説得しました。厳太郎が大日生命にとって必要な人間だと考えたからです。物産の野津社長にもお願いしたし、住之江金属の生方社長にも厳太郎の説得方をお願いしました。皆さん快く引き受けてくださった。厳太郎が五月二十日付で物産を退職するまでにわたしなりに相当エネルギーを費《つか》ったつもりです。よもや組合からお叱りを受けるとは思いませんでした」

潮田は反論しなければ、と思ったが、適当な言葉が出てこなかった。

広岡が表情をひきしめて言った。

「わたしは息子を尊敬しております。わたしなど足もとにも及ばない、数等人物が上だと思ってます。皆さんの目矩《めがね》にかなわないようでしたら、所詮《しょせん》それだけの人物と思うしかありません。そのときはそのときです。よろこんで身を引かせますし、わたし自身も責任を取るにやぶさかではないつもりです。わたしが無理をして、連れてきたということを考えてもらえませんか」

広岡に熱いまなざしを注がれて、潮田は見返すことができなかった。やたら躰《からだ》が火照《ほて》る。こんなはずではなかった。このまま引き下がるようでは、それこそ男がすすたる。

なにか言わなければ、と懸命に言葉をさがすのだが、やっぱり出てこない。不思議な圧迫感であった。潮田は息苦しさを覚え、無意識にネクタイをゆるめていた。

「生保は国際化を求められてるが、厳太郎にはその方面の仕事もやってもらいたいと思ってます。わたしどもの期待を裏切るようなことはないと信じてます」

広岡は残りのレモンティを飲みながら潮田の質問を待つ姿勢を取った。

潮田が沈黙しているため、広岡はティカップをセンターテーブルに戻して、ふたたびゆったりした口調で話し始めた。

「純血主義もわからなくはありません。それはそれでけっこうとは思います。しかし、外部に必要な人材がおって、その者が人格的に立派で、仕事の面でも光る面があるならば、時と場合によっては新しい血を導入することがあってもよいのではないか、とわたし自身は考えてます。硬直的な考え方に陥ることはよくないのではないか、そんな気がしてるんです」

「社長のお考えはわかりました。しかし、わたしの一存で返事をさしあげるわけにもまいりませんので、後日、山口副社長なり人事部長に、組合としての態度をご報告させていただきます。本日は失礼致しました」

潮田が起《た》ちあがって腰を折ると、広岡もソファから起って深々と頭を下げた。

「くれぐれもよろしくお願いします」

広岡はエレベーターの前まで潮田を見送り、エレベーターが来るまでずっと肩を並べていた。

5

潮田は二階から五階の組合本部へ直行した。まだ九時前だったから、本部には誰もいなかったが、ほどなく水谷があらわれた。

「どうでした？」

「ええ」

潮田は憂《うれ》い顔で水谷を会議室へ誘った。

「信じられないくらい社長は低姿勢でした。くれぐれもよろしくお願いするという言いかたなんです。参りましたよ」

「撤回することは考えられませんか」

「大日生命のためを思えばこそ厳太郎氏をスカウトしたと言ってました。厭《いや》がる厳太郎氏を説得するのにどれほどエネルギーを費ったかわからないそうです。会社のためになる、とてんから思い込んでますよ。自分より、はるかに人物が上だとも言ってました。手がつけられません」

「おめでたいというか、独善的に過ぎますねえ」

「しかし、奇妙な説得力があるんですよ。僕は金縛りにあったように、ろくな反論ができなかった。さすが社長は大物ですよ」

潮田は深い溜息《ためいき》をついて、天井を仰いだ。

水谷が吐息まじりに返した。

「そうなると、ふりあげた拳のおろしかたが問題になってきますねえ。東京支部を初め各支部の反応も、われわれが予想した以上に冷静というか冷淡というか、がっかりさせられますよ。西村が言ったように黙殺すべきだったんでしょうか。それが正解だったんですかねえ」

「そんなことはないでしょう。しかし、盛りあがりに欠けることは事実ですね。なんだか騒然としてるのは、われわれ組合執行部の周辺だけっていう感じじゃないですか」

「師団長というか、部長クラスのフォローがないと組合の独り相撲《ずもう》に終りかねませんね。それとなくうるさ型の部長クラスの意見を聞いてみましょうか」

「それはいいですね。取締役部長も含めてやってみますか」

潮田の顔に生気が戻った。

五人の三役が手分けして、本社と東京総局の部長に個別に面会を求めることになり、潮田は取締役査定部長の佐藤《さとう》と財務部長の広岡慶一郎を受け持った。

佐藤に電話を入れると、昼食を一緒にどうか、と誘われ、さっそくその日梅田にあるホテルのレストランで会った。

佐藤は周囲を気にしている様子だったが、知っている顔はなかった。

「組合が今回の役員人事を批判するのは当然だよ。世襲制もいい加減にしてもらいたいな。そう思ってるのは俺だけじゃない」

オニオングラタンスープをスプーンでかきまぜながら佐藤が言った。あたりを憚《はばか》るような低い声である。

「それにしては莫迦に静かですね。組合にそういう声はまったく聞こえてきません。われわれは二階に上げられて、梯子《はしご》を外されたような心境ですよ」

「専・常務クラスにもぶつぶつ言ってる人はいくらでもいるさ」

「ほんとですか」

「ああ。広岡家が社主的存在であることは認めるが、経営は別だよ。外部から人を採って、それに次の社長をやらせるなんてみっともないことをやってたら、世間のもの笑いのタネにされるだけだよ。組合に頑張《がんば》ってもらいたいと思ってるのは俺一人じゃないと思うね」

　声をひそめているわりには、スープをするときずるずる音を立て過ぎる。

　潮田はコンソメをスプーンで掬《すく》いながらそう思った。

「社員総代会なんて、会社の言いなりだからクソの役にも立たん。あてにできるのは組合だけだ。組合のチェック能力に、われわれ心ある者は期待してるんだ。こんどの組合の批判も、われわれの気持を代弁してくれてる。なんにもなしにスーッと行ってしまうんではいかにも残念だが、組合のお陰で溜飲《りゅういん》が下がったよ」

　佐藤は食事の間じゅう経営批判を執拗《しつよう》に繰り返した。

「こないだ木村君と飲む機会があったが、かれも批判的だったな」

「ほーお。人事部長が……」

　潮田は意外そうに首をかしげた。

「ここだけの話にしてもらいたいが、社長の気が知れないとも言っていた」

「財務部長はどうなんでしょう？」

「このところ顔がひきつってるじゃないか。さぞかし周りの連中は大変だろう。慰めようがないものな」

「査定部長のご意見が師団長クラスの最大公約数と受けとめてよろしいですか」

「そう思うなあ」

「OBの意見はどうでしょうか」

「皆んなカリカリしてるよ。現役と違って気楽な立場もあるんだろうが、宇田さんなんか人事部長に電話でおまえらなにやってんだとハッパをかけてきたそうだよ」

その点は潮田にも思い当たるふしがあったが、黙っていた。

潮田が佐藤と別れて本部へ戻ると、広岡慶一郎から電話があった、とメモがデスクの上に残されていた。

十一時過ぎに電話を入れたときは席をあけていたが折り返しかけてきてくれたとみえる。

潮田はすぐに受話器を取って、財務部長席に電話をかけた。

「さっき電話をもらったそうやな。留守してて悪かった」

「至急お目にかかりたいのですが……」

「いまから外出せなあかんのや。昼めしでもと思とったんだが……。四時に帰ってくるがどうや」

「けっこうです。四時にお席のほうへうかがってよろしいですか」

「かまわんよ。わたしのほうから出向かなあかんのじゃないか」

「なにをおっしゃいますか。それでは四時にうかがいます」

潮田が約束どおり四時に財務部に顔を出すと、広岡慶一郎はまだ外出先から帰っていなかったが、部長付の女性秘書に部長応接室に案内された。

「部長からただいま電話がありまして、十分ほど遅れると申してました。お待ちいただけますか」と言われたのである。

慶一郎はなるほど四時十分過ぎに、潮田の前にあらわれた。

「すまんなあ。組合の委員長を待たせるなんて恐れ多いわ。これでも走って来たんや」

慶一郎は背広を脱いでソファに投げ出し、ネクタイをゆるめて首筋の汗を拭いている。

急いで戻ったせいもあるのだろうが、顔が上気している。潮田は注意深く見つめたが、とくに慶一郎の顔がひきつっているとは思えなかった。

「率直にうかがいますが、今回の組合の行動についていかが思われますか」

「例の文書のことか」

「読んでいただけたんですか」

「もちろん読んだ。きみらの気持はわかるが、正直言うて、やり過ぎやないか。組合の立場もあろうが、あそこまでやるとしこりが残らんか心配や」

「きわめて常識的というか、マイルドな意思表示に過ぎないと思ってたのですが……」

「うーん」

慶一郎は小さな唸《うな》り声を洩らした。

「財務部長から、あの文書について批判を受けるのは心外です」

「わたしが必要以上に神経質になってるのかいな」

「たてまえはともかく本音を聞きたいですね」

「わたしが組合を焚《た》きつけて、やらしてると思っとるのがおるそうや。ゲスの勘繰りやな。そんなものはどうでもええが、これ以上、騒ぎ立てんでほしい言うのがわたしの切なる願いや」

「………」

「きみから電話がなかったら、こちらから連絡するつもりやった。厳太郎はええやつや。あんな男ちょっとおらんで。先日わたしに会いに来て、あなたが反対なら物産は辞めん言いおった。正直なところわたしの気持は複雑や。そう単純にはふっきれんが、私情を交えて厳太郎を振るわけにはいかんと思った。どや一度厳太郎に会《お》うてみんか」

「ありがとうございます。しかしそんな気持にはなれません」

「とにかく、組合としてのメンツも立ったのやから、これでしまいにしてええやないか。たのむわ。幕を引いてくれへんか」

潮田は慶一郎がたてまえだけで話しているのではないか、と怪しんだが、それにしてはさわやかで、無理をしているようにも思えない。なにかこう狐《きつね》につままれたような気持で、潮田は慶一郎と別れた。

翌二十七日の夜、三役五人がまた〝喜多川〟に集まった。

水谷、滝田、河井、西村の順に部長たちと話した感触を報告したが、広岡厳太郎の取締役就任に反対した部長は一人もいないことがわかった。

東京へ出張して、二日間で五人の部長に会ってきた滝田などはげんなりした顔で

「ひどいもんや。こういうのを親の心子知らずとは言わんのやろうか、無関心装ってるのか関心がないのか、よその会社のことと間違えてるのかと思うたわ。忙しくてそれどころやない言うたものもおるが、あれがうちの会社の幹部か思うと、なさけなくなるわ」と、嘆いた。

「人事部長はどうでした？」

潮田が、佐藤の話を思い出して、水谷に訊いた。

「けんもほろろでした。つづめて言えば、役員人事に組合が介入するのはけしからん、ということです。騒いでいるのは本部の執行部だけで、支部は至って静かなものでしょうなどと皮肉を言われましたよ。きっと人事部長なりに取材してるんでし

ょうね。とくに外野などは役員人事などに関心のないことを読んでますよ」

外野とは、生命保険会社の従業員の大半を占める外務員のことを指している。外務員にとって、役員は雲の上の人であり、今回の役員人事問題も身近なこととはとらえにくいかもしれぬ、と潮田は当初から予想しないでもなかった。

こうなると、佐藤取締役査定部長の話だけが突出していることになる。

潮田は披露《ひろう》していいものやら悪いものやらためらったすえ、結局話すのを思いとどまった。というより話す気になれなかった。

広岡慶一郎の話はできるだけ詳しくしたが、四人とも深刻に受けとめたようであった。

「組合が世襲人事を批判したことは決して間違っていなかったと確信します。今後不測の事態が生じないという保証はありません。そのときはあげて会社の責任であることを次の経協で明確にしておく必要があると思います。しかし、批判なり反発をこれ以上エスカレートしてゆくことはさしひかえたいと思いますが、どうでしょうか」

潮田は四人の顔をぐるっと見回したが、異論はなかった。急先鋒《せんぽう》のはずの滝田も、すっかり鳴りをひそめている。

「広岡社長の人徳ですかね。それともあの人は人の気持をつかむ天才なんでしょうか。てんで歯が立ちません」

水谷が冗談ともつかず言ったが、実感がこもっている。

「まいったなあ。こんな阿呆《あほ》なことがおますのかいな」

滝田が乱暴にビールを呷った。

6

その夜、潮田が帰宅したのは九時過ぎだが、十時に佐藤取締役査定部長から電話がかかった。

「きのうはどうもご苦労さん。格別どうということもないが、わたしと話したことはオフレコなんだろうね」

「もちろんです。組合の執行部でも話してません」

「それならいいんだ。個人的な見解を述べたが、相手が信頼できるきみだから参考までに話したまでで、あれはあくまで内緒ばなしだから、よろしくたのむよ」

潮田は、三役の集まりで話さなくてよかったと思うと同時に不快感でやりきれなくなった。

「木村人事部長の件も話してませんからご安心ください。わたしが直接聞いたわけではありませんが、人事部長は組合のやりかたに批判的だったらしいですよ」

自然と潮田の口ぶりが皮肉っぽくなっている。

「それはまあ、たてまえと本音を使い分けるぐらいのことはするだろう」

「とにかく、きのうの話は佐藤部長とわたし限りですからご安心ください。それでは失礼します。おやすみなさい」

潮田はさっさと電話を切った。

受話器を置いたとたんに電話が鳴った。

「はい。潮田です」

「今晩は、夜分どうも。A新聞の長島です。先だっては失礼しました」

「その節はどうも」

潮田は取材されたことをすっかり忘れていた。

「あしたの朝刊で書かせてもらいます。そのことでちょっと補足していただきたいと思いまして」

「………」

「組合が正式に態度を表明するまで記事にするなという潮田さんの仰《おお》せに従ったんですから褒《ほ》めてくださいよ」

「それはどうもありがとうございました」

礼を言わなければいけないのかどうか疑問だが、押しつけがましく言われて、潮田は電話機に向かってお辞儀をした。

「二十三日に文書を会社に出したそうですね」

「ええ」

「連絡していただけるんじゃないかと心待ちにしてたんですが……」

「どうも気がつきませんで」

「文書は別の筋から手に入れましたが、さすが潮田さんですよ。きちっと会社を批判してますもの。それにひきかえ役員も管理職もなってませんね。きょうの部長会でも意見らしい意見もなかったし、世襲人事に対する反論も出なかったそうです。席上、山口副社長が厳太郎氏は必ずしも社長候補ではないという意味の釈明だか説明をしたようですが、まったく感心するほどよく飼いならされたものですよ」

「……」

「社員総代会は会社側で地方の名士を総代に選んで運営してるわけだから、これは会社の言いなりでしょうね」

「まあ、そう言われても仕方ないと思いますが、株式会社の株主総会も五十歩百歩で形骸化《けいがいか》してるんじゃないですか」

「そうなるとチェック機能は労組にしかないことになりますねえ。生保は公共性、社会性が問われるわけですけど……」

「チェック機能としての自負はありますが、役員人事にまで介入するのは経営権を侵すことにならないかという意見もありますから、折り合いのつけかたは難しいですよ」

「厳太郎氏は遠からず常務に抜擢《ばってき》されるという噂もありますが……」

「聞いてません。そんなことはないと思いますが……」

「労組として監視を強める必要がありそうですね」

潮田は返事のしようがなかった。

腰がくだけてしまった、と言われればそれまでだが、役員人事に対する感懐が鎮静化していることはまぎれもない事実であった。

しかし、二十八日付A新聞朝刊の経済面のコラムでとりあげられた大日生命の役員人事問題に関する記事の内容は、組合の強硬な姿勢を浮き彫りにし、トーンダウンどころか逆にトーンアップされていた。記事は、〝労組世襲人事に反発〟〝大日生命、三十九歳取締役に波紋〟の見出しで次のように書かれていた。

大日生命保険相互会社（本社大阪、広岡俊社長）の〝異色人事〟が波紋を巻き起こしている。広岡社長の一人息子、広岡厳太郎氏（第一物産大阪支店輸出課長）が二十九日の社員総代会で取締役に選任されるというのだ。よその会社の一課長から生保業界トップ会社の役員へ、という超スピード出世、それにご本人、当年とって三十九歳の若さである。

さっそく同社労組（潮田秀雄《ひでお》委員長、組合員約七万人）は、これを好ましくない役員人事として「経営側の今後のやり方いかんでは、労使関係にもヒビが入る」と批判、同じ大阪を舞台にした某繊維会社の内紛を暗にさして「最近、側近人事や門閥人事、役員の意思不統一から混乱を生じた事例もあり、慎重な判断が必要」とスゴ味をきかせている。

某繊維会社の場合、労組の突き上げが社長の交代にまで発展したが、いまのところ大日生命労組はそこまで会社側を追い込む意図はなさそうだし、会社側も「混乱は起こるはずはないし、影響があれば責任は会社が持つ」（山口剛副社長）といい切っている。

しかし、この問題は、企業の巨大化、企業経営の民主化が進むなかで、古いかたちの社長の世襲制が、すんなりとは若い従業員に受け入れられなくなってきた最近の世相を如実に反映している。

大日生命における広岡家は、創立者の一人で、実質的にいまも〝社主的〟存在。だが、戦後育ちの若い社員たちに〝忠誠心〟は通用しない。会社自体も、戦後、株式会社から相互会社に衣がえし、表向きは〝資本家〟はいない形になった。

また、株式会社の株主総会に当たる社員総代会は、会社側が各地の名士を総代に選んで運営しているが、労組側は「形骸化し、ナンセンスな存在」（潮田委員長）と批判、「生保という企業の公共性、社会性をチェックできるのは労組だけ」という気負いもあって、労組側の腰を強くしているようだ。

実はこの問題、四年前にも起こりかけていた。その時は噂の段階で、組合が非公式に〝好ましくない〟と申し入れ、会社側が〝そういうことはない〟と打ち消してウヤムヤになっていた。こんどは会社側も手回しよく噂が出る前に、役員会で急に決め、山口副社長はわざわざ「必ずしも社長候補ではない」との趣旨も説明している。

厳太郎氏が期待どおり社長になれるかどうかは、入社後の本人次第というのが社内外の見方だが、労組側は「よもやとは思うが、厳太郎氏がすぐに常務になるようなら強い姿勢をとらざるを得ない」とめっぽう高姿勢である。

広岡俊も厳太郎も、その朝A新聞の記事を読んだ。朝食のときは話題にならなかったが、出勤間際に俊が応接間に厳太郎を呼んだ。

俊はスーツで身を包んでいるが、厳太郎はあすの社員総代会までは浪々の身なので、普段着のままである。

「A新聞のことやったら、気にせんほうがええのやないですか」

厳太郎は関西弁でやわらかく切り出した。

いつもは、俊がそうだから、標準語で丁寧に話しているが、珍しく俊の沈んだ顔を前にして、つい関西弁が出てしまったのだ。

朝食のときから俊は元気がなかった。

「そのことなんだが、組合の委員長にことを分けて話したつもりだったが、わかってくれないのでしょうか」

「いっぺんにわかれというほうが無理なんです。ある意味では強引な人事なんやから、マスコミに多少のことは書かれたって仕方がありませんよ。批判は甘んじて受けるという態度で臨むべきです」

「厳太郎が気にしてると思って心配したんだが……」

「気にしてないと言うたら嘘《うそ》になりますが、気にしだしたらきりがないやないですか。こういうときは沈黙を守るに限ります。すべては時間が解決してくれますよ」

「おまえが落着いているのに、わたしがやきもきしても始まらんが、一生懸命仕事をすれば皆んなわかってくれますよ」

「ただ、一丁やってやろう、大日生命を改革してやろうなどと意気込んでも、反発を買うだけです。ごく自然体でいいんやないですか。お父さんも、僕のことにあまり神経質にならず放っておいたらええですよ」

「うん」

俊は、A新聞の記事によほどショックを受けているとみえ、終始仏頂面《ぶっちょうづら》をしていた。笑顔を絶やさぬ俊にしては、こんなことはついぞなかったことである。

九時過ぎに広岡厳太郎は自宅で山口副社長からの電話を受けた。

挨拶のあとで山口が言った。

「さっそくですが、けさのA新聞読みましたか」

「はい。おもしろおかしく書いてましたね」

「きみが気にしてやせんかと心配したんだが……」

「いいえ、たいして気にしてませんよ」

厳太郎は明るい声でつづけた。

「そんなにご心配していただいて恐縮です。しかし、これからもまだまだ出てくると思いますよ。いちいち気にしてたらきりがありませんし、精神衛生上よくないですよ。どうかご放念ください」

「それを聞いて安心した。人の噂も七十五日と言うが当分は覚悟せんといかんかな」

「そう思います。親父とも話したのですが、ひらきなおるという言いかたはどうかと思いますけれど、もろもろの批判は甘んじて受けるという態度で臨むべきだと思うんです。ある意味では無理な人事といいますか批判されても仕方がない面はあるんですから」

「無理な人事とは思わんし、組合もわかってくれたと理解してるが……」

「いや、そう甘くはないと思います。しかし僕は、物産を辞めて大日生命に行くと決めた以上、なにがあろうと後悔はしません。だからといって一丁やってやろうなんて肩肘《かたひじ》張ったり、ひと仕事しに出ていくようなつもりはありません。ぎすぎす才走ったようなことはしないでごく自然体でやらせていただきます。でくの坊とだけは言われたくないので、その点は注意しますけど……」

厳太郎の明るい笑い声を聞きながら、山口は、心が晴れてきた。

7

昼過ぎには、義弟の島井《しまい》道康《みちやす》から電話がかかった。

義弟といっても島井は、一つ齢下《としした》の妹純子《じゅんこ》の夫で、厳太郎より五つほど年長である。大阪に本社のある洋酒メーカーの専務をしていた。

「兄貴がえらい憤慨してますのや……」

島井道康の言う兄貴とは、洋酒メーカー社長の島井敬治《けいじ》のことである。

「よっぽど腹に据《す》えかねたらしくて、僕に当たりちらすんや。きっと大日生命の組合本部とA新聞に火をつけてやりたい心境と違うやろうか」

「敬治さんもけっこう血の気が多いんやなあ」

厳太郎が笑いながら言うと、道康の意外そうな声が返ってきた。

「厳ちゃん、妙に落着いてるやないの。ほんまのところどうなんや、大日生命に入社する気がのうなったのと違うか」

「そりゃあ、おもろうないですよ。人の気も知らんで、断腸の思いで決意した途端に水差されて、ほんまかなわんです。しかし、親父にも言うたんやけど、強引な人事とも言えるわけやし、組合としてのメンツもあるから、仕方がないとも思います」

「厳ちゃんは偉いお人や」

「僕がごたごた言い出したら収拾がつかなくなりますから、じっと辛抱《しんぼう》してますのや」

「お父さん、がっかりしてるやろうね」

「なんや、しゅんとして元気がないねん。元気づけておいたが、やっぱりこたえてるみたいでした」

「兄貴が、物産に戻ったらどうや言うてましたわ」

「そうもいかんです。除籍されて、坐る席がありません」

「それなら、ウチの会社はどうです？　本気やで」

「まさか。敬治さんと道康さんのご厚意は忘れませんけれど、時間が経《た》てば納まるところへ納まると思うてますのや。いまさらあとへは引けませんよ」

「そうやなあ。厳ちゃんの腰がここで砕けてまったら、広岡のご両親が嘆くわなあ」

道康がしんみりした声でつづけた。

「純子も心配してたが、嵐《あらし》の過ぎ去るのをひたすら待たなければ、いかんのやろうな」

「純子に心配しないように言ってください。それから、敬治さんにくれぐれもよろしくお伝えください。きょうはほんま電話ありがとう」

厳太郎は、島井兄弟の気遣いに感謝した。

島井道康と純子が結婚したのは、十八年前厳太郎がまだ大学生のときであった。厳太郎は、道康を実の兄のように慕い、道康は厳太郎を弟のように可愛《かわい》がってくれた。

厳太郎は第一物産入社二年後にペンシルヴァニア大学に留学したが、当時フィラデルフィアの寄宿先によく手紙をくれたのは道康と、親友の稲井であった。厳太郎も筆まめに返事を書いた。留学中厳太郎は美紀子と婚約していたが、当時、島井道康と純子に宛《あ》てた手紙の中にも美紀子のことが認《したた》められる。

長らく御無沙汰《ごぶさた》申し訳ありません。先日はバースデイカードどうも有難うございました。また夏に美紀子がお宅へお邪魔した時の写真もどうも有難うございました。此《こ》の方は以前手紙で御礼を書いたと思いますが、あらためて御礼を言います。信吾《しんご》君も見違える様に大きくなったので驚いています。

　さて僕の方もいたって元気、毎日学校へ行っています。が勉強は何とも大変、一日三十時間か四十時間欲しいです。寄宿の部屋の本棚《ほんだな》には教科書がずらりと十冊ばかり並んでいます。少なくとも、此の教科書だけは全部読まねばならないのですから全くうんざり。今後は手紙も恐らく書けない事と思いますが悪《あ》しからず。

　例の僕の日記も今迄《いままで》は大てい二日か三日で此の用紙一ぱいになって送ってましたが、今週は五日間でやっと一ぱいになり昨日出しました。来週あたりからは、七日間か或《あるい》は十日間に一度位しか日記も出せぬ様になる事でしょう。この様な調子ですからゴルフの〝ゴ〟もあったものではありません。恐らく日本へ帰る頃《ころ》には道康さんにさんざんまかされることでしょう。或は美紀子や純ちゃんにもまかされるかもしれません。然《しか》し、来年夏休みには又少しつめて練習したいと思っています。お金があればです。今の調子ではお金も一寸《ちょっと》アブナイです。

　先週佐々木《ささき》さんの御主人にＮ・Ｙのオフィスでお目に掛り、お昼を御馳走《ごちそう》になりました。とても良い方ですネ。ゴルフも大分お上手とか。いろいろ御親切に言って頂いて感謝しております。敬治さんにお会いになったら、宜《よろ》しく御礼を申上げて下さい。

Thanksgiving か Christmas の休みには一度泊りがけでよせて頂こうと思っております。其《そ》の時は一緒にゴルフが出来ればと思っているのですが、冬の間はしめてしまうコースの方が多く、また開いていても雪が降ったりして出来ぬのではないかと心配しています。九月初めコーネル大学でゴルフしたのですが長らくやらぬ為《ため》か、スコアはあまり良くありませんでした。

今当地は大学のフットボールで大変です。十一月迄毎土曜スケジュールが決まっています。ペンはもともと優秀なティームで一流どころと試合するのです。今年は相手校の大部分がペンへ遠征して来ます。だから Duke, Notre Dame, Army, Navy, Cornell, Penn State 等のアメリカ一流校との試合がいながらにして見物できます。所が今年度のペンはあまり強くなく、今まで二試合ありましたが二つとも敗《ま》けました。今度は Duke が非常に強いらしく、今日 Notre Dame を四十何対七か何かでやっつけています。

先日ウニを送ってやろうかとおっしゃって頂いたのですが、ウニというとすぐ御飯と思い、寄宿では御飯が食べられぬのでおことわりしようと思いました。しかし、ウニをクラッカーにつけて食べると非常においしいだろうという事をふと思いついたので、是非送って下さい。ただしガラスのびんがこわれぬ様、余程げん重に荷造りして下さいネ。

ではまた、此の次は何時《いつ》お便り出来るかわかりませんが、一週間か十日に一度位は日記が鴨子ヶ原の方へ行きますから。

御本家の皆様、敬治様にも宜しくお伝え下さい。

お元気で。信吾君に風邪を引かさぬ様、さようなら。

これからまだ勉強があるので取急ぎ乱筆お許しを。

広岡巌太郎

この日、広岡巌太郎は一日中電話の応対にあけくれた。ついきのうまで物産の上司だった者や部下たちからも何本電話がかかったかわからない。

山岡などは、物産へ戻ってほしいとしつこいほど何度も繰り返した。

「A新聞の記事が事実でしたら、断々固、大日生命入りを拒否すべきですよ。物産に残されたわれわれだって黙ってられません」

「きみたちが僕のために熱くなってくれるのは大変ありがたい。しかし組合もたてまえ上は賛成できんやろう」

「なんですか、山口とかいう副社長の話は。必ずしも社長候補ではない、などとよく言えますよ」

「いまから社長候補だと言うわけにもいけへんよ。僕かて、社長候補言われても困るがな」

「でしたら物産に戻ってください。物産でしたら課長は確実に社長候補です」

課長という言いかたに、山岡の思いがこもっている。厳太郎は、悪い気はしなかった。

「大日生命なんて田舎会社のくせに、組合はだいたい生意気千万ですよ。仮にも物産のエースといわれた男をなんだと思ってるんですか」

「おいおい、田舎会社はひどいやないか」

厳太郎は、笑い出した。一杯きこしめしているわけでもなさそうだが、山岡はまるできききわけのない駄々子《だだっこ》のようであった。

「田舎会社もいいところですよ。僕たちが侮辱されたような気がします。課長の気持を踏みつけにして、傷つけて、それでいいと思ってるんですか。断じてゆるせません」

「まいったな」

厳太郎はさすがにもてあまし気味であった。

「課長、今晩つきあっていただけませんか」

出しぬけに、山岡が言った。

「いいよ。ただし、お手やわらかにお願いしたいな」

「さあ、どうなりますかね。合成樹脂部の若いのが十人ぐらい集まるはずです。〝課長を物産に呼び戻す会〟っていうところですかね」

「冗談やないぜ。そんな剣呑《けんのん》な会にのこのこ出られるかいな」

「いまのは冗談です。課長を激励する会ですよ」

「ほんま静かにたのむぜ」

厳太郎は、山岡の申し出を受け、北新地の飲み屋で会う約束をした。

午後六時過ぎ、厳太郎の外出間際に、稲井から電話が入った。

「やっとつながったな」

「そうなんや。耳がおかしくなりそうや」

「いよいよあしたからやな。今夜、二人だけで一杯どうや」

稲井は、まだA新聞を読んでいないのか、読んだがことさら話題にしなかったのか、そのことには触れずに誘ってきた。

「さっき物産の若い連中と約束して、いま出かけるところなんや。もうちょっと早く電話くれれば、間に合ったのにおしいことしたたな。こういうむしゃくしゃしたときは、ブーやんの顔見るに限るんや」

「そうか。これで五度目なんやがなあ。なんぼダイヤル回しても話し中やった。俺のほうは二次会にするか」

「そうやな。そなら九時でどうや。北新地で飲むさかい、例の料亭のバーで会おう」

「いや、俺の知ってる店にしよう」

「いや、そらあかん」

厳太郎は、料亭のバーに固執した。住之江金属の生方社長と出くわした例のバーだが、稲井も三度ほど連れて行ったことがあった。

厳太郎が九時ちょうどにバーに顔を出すと、稲井はカウンターのすみっこで水割りウイスキーを飲んでいた。

二人連れの客が二組来ていたが、いずれも厳太郎の知らない顔だった。

「お待たせしてすまんすまん」

「物産の人たちはもうええのか」

「いいも悪いもないよ。ブーやんが待っとるいうのに……」

「皆んな厳やんのこと心配しとるねんやろなあ」

「そうなんや。ありがたいと思うとる」

厳太郎は、バーテンに手渡された蒸しタオルで顔を拭きながら、くぐもった声で返した。

「俺はA新聞の記事を見たとき、やっぱりもっと強く反対すべきだったんやないかと思うたよ」

「おまえまでなんや」

厳太郎は、笑顔で稲井の背中をどやしつけてから、シングルの水割りを頼んだ。

「気の回し過ぎかもしれへんが、慶一郎さんが組合を焚きつけてるいうことはないか」

厳太郎はかすかに眉をひそめた。

稲井は、返事を促すように、首をねじってこっちを見たが、厳太郎は黙っていた。

「取り越し苦労ならいいんやが、万一そうだとしたら、ややっこしゅうなるな」

「それは、取り越し苦労やな。そういう気持が慶一郎さんにまったくないとは考えられんが、あの人は本音をしまい込んで、たてまえだけで動いてくれとると思う。いつか稲井のサジェッションで、慶一郎さんに会ったが……」

「その話は聞いている」

稲井は、厳太郎の話をさえぎった。

「人間なんて弱いもんやから、たてまえだけで貫こうと考えても、途中で気が変ることはあるかもしれへんやないか」

「そんな身も蓋《ふた》もない言いかたしたら、慶一郎さんが可哀想《かわいそう》や。ある意味ではA新聞の記事で、いちばん傷ついているのは慶一郎さんかもしれへんのや」

「そうかもしれへんな。俺が妙な勘繰りしたくらいやから、そう思う者は仰山《ぎょうさん》おるやろ」

厳太郎は、水割りのグラスが目の前に置かれていたことに気づいて、それを目の高さに掲げた。

稲井もグラスを手に取って、目くばせしながら、厳太郎のそれにぶつけてきた。

水割りを一口飲んで、厳太郎が言った。

「物産の連中にしてもそうや。応援団が興奮しすぎてるせいか、俺は至って冷静や。新聞に書かれて、かえって気が楽になったわ。腫れものにさわるようにされたら、かなわんやないか」

「俺は、とくに興奮してる覚えはないが、新聞見て、実になんとも厭な気がしたんや。厭な予感いうたらいいのか、胸騒ぎがしてならんのや。正直言うて、物産に骨を埋《うず》めてもらいたい気持と、大日生命に入ってもらいたい気持が半々やった。だから厳やんに相談されたときどっちつかずな言いかたしかできんかった。そのことをいま後悔してるんや。あのとき、はっきり大日生命に入るのは止《や》めるように言うべきやった」

稲井は深刻そうに表情を歪《ゆが》めている。

厳太郎は、もう一度稲井の背中をたたいた。今度はやわらかく、撫《な》でるように。

「ブーやんは、あのとき明らかに大日生命入りに反対したんや。逆効果を狙《ねら》っとるんやないかと俺は勘繰ったが、大日生命入りに反対したのは、物産の連中を除いたらブーやんだけや。あのとき、ブーやんに強く反対されればされるほど、俺の気持は大日生命に傾斜していったと思うな。だから、あんまり意味はないのや。ブーやんの気持は痛いほどようわかる。ほんま、ありがたいと思うとるけど、どっちへ転んだかて、たいしたことやない。大日生命入ったからって、取って食われることはないやろうが」

「…………」

「物産の先輩たちも、えらい心配してくれ、いまから考え直したらどうや言うてくれた者も大勢おるし、今夜一緒に飲んだ若い連中は、俺を物産に呼び戻す会や言うて、気勢をあげてくれよった。ひょっとすると、俺がその気になったら、そうならんとも限らん雲ゆきなんや……」

厳太郎はチーズクラッカーに手を伸ばして、それを口に放り込んだ。

「しかし、男としてそんなことができると思うか。できるわけがないのや。俺が男を下げるなんて、たいした問題やない。小《ち》っぽけなことや。俺の沽券《こけん》なんてしれとるけど、やっぱり、できんものはできんのや」

慰められるはずの巌太郎が逆に稲井を慰めているようなあんばいであった。

稲井が顔をあげてなにか言おうとしたときドアがあいて、男が一人バーへ入って来た。

「生方社長……」

稲井がつぶやいたので、巌太郎がふり返ると生方が右手をあげていた。

「やあ。やってるな。テレパシー言うんかねえ、ひょっとしたら、巌太郎君に会えるような気がして、のぞいてみたんだが……」

「僕も生方社長にお目にかかれるのではないかと期待しないでもありませんでした。その節は大変ご造作をおかけしまして、ありがとうございました」

巌太郎はスツールから降りて丁寧に挨拶した。稲井も生方とは知らない仲ではない。腰を折って頭を下げている。

生方は巌太郎の右隣りに腰をおろした。宴会の帰りとみえ、赤い顔をしている。

「わたしに会えるんじゃないかと期待したなんて、きみもお世辞が旨《うま》いなあ」

「いいえ。ほんまです。稲井に誘われてこの店を指定したのも、そんな気がしたからなんです」

巌太郎はスツールに戻りながら言った。実際、ちらっとそんな気がしないでもなかった。

「そうかね。それで今夜は厳太郎君の激励会というわけか」

生方は、うれしそうに返して厳太郎越しに稲井のほうへ眼を遣った。

「それが、稲井のほうが落ち込んでるものですから、逆に僕のほうが激励してるような具合です」

「そういえば、お父さんと電話で話したが、動揺してるのは親のほうだと言われてたな。きみが、動じてないんで安心してるような口ぶりだった」

「必ずしもそうでもありませんが、じたばたしても始まりません」

「島井君とも話したが、関西財界あげて応援するからな」

生方は冗談ともつかず言って「ひいきの引き倒しになってもいかんがね」とつづけた。

その夜厳太郎は、生方に連れられて、北新地のクラブを二軒はしごした。厳太郎が帰宅したのは午前一時を回っていた。

第三章　新　風

1

梅雨のはしりだろうか。昨夜から雨が降り続いている。

朝食のとき、巌太郎は俊から、雨だから車で一緒にどうだ、と誘われたが、断わった。

「一年生が社長の車に便乗させてもらうわけにはいきませんよ」

「そんなに固く考えなくてもいいじゃないか」

「そうはいきません。けじめの問題です。新米は新米らしく電車で通勤します」

きのうの社員総代会で広岡巌太郎は大日生命の取締役に選任された。きょう五月三十日は初出勤ということになる。

巌太郎はとくに早朝出勤を心がけるつもりはなかった。

この日は定刻の九時五分前に出社した。四階の部長席の隣りが厳太郎のデスクである。

昨日の午後、厳太郎は社員総代会のあと企画部へ顔を出したとき三十人ほどの部員を前に「できの悪い生徒ですが、皆さんの足手まといにならないように注意します。先生である皆さんのご指導を得て、一日も早く皆さんの仲間入りができるように頑張《がんば》りますので、よろしくお願いします」とごく手短に挨拶《あいさつ》した。

そのあと、企画部長の高野《たかの》の案内で本社を見て歩いた。高野は、厳太郎より七、八歳齢上《としうえ》だが、大日生命いや生保業界切っての理論家で鳴らしている。いわば厳太郎の指南役として、生保の仕組みから実態、業界地図、そして経営課題まで伝授しようというわけだ。

五階の組合本部の前を通りかかったとき「ここが組合本部です」と高野が指さして言った。

高野は、A新聞の記事のことが念頭にあったので、素通りするつもりだったが、厳太郎は足を止めた。

「組合の幹部の皆さんにも挨拶したほうがよろしいと思いますが……」

厳太郎のこだわりのない態度に、高野はびっくりして咄嗟《とっさ》に返事ができなかった。

「高野部長も社長と同じで、新聞記事を気にされてるほうですか」

「いやいや、そんなこともないですけど……」

あわて気味に高野が返すと、厳太郎はにこやかに言った。

「立場立場がありますからねえ。組合としてはむしろ当然だと思いますよ。わだかまりにならないようにしたいですね」

「わかりました。幹部がおりましたら、ご紹介しましょう」

高野は先に立って組合本部の中へ入って行った。

本部には、潮田と西村が在席していた。

「潮田委員長」と声をかけられて、潮田が顔をあげた。

「広岡厳太郎重役をご紹介します」

弾《はじ》かれたように潮田が椅子《いす》から起《た》ちあがった。

「広岡です。よろしくお願いします」

厳太郎は深々と頭を下げてから、躰《からだ》を潮田のほうへ寄せて握手を求めた。

「潮田です」

潮田はぎごちない笑みを浮かべて、おずおずと手を伸ばした。その手を握って、厳太郎は笑いかけた。

潮田が西村に気づいて、「副委員長の西村君です」と紹介した。西村は、潮田と同じワイシャツ姿だったが、潮田が、厳太郎と挨拶している間に背広を着けていた。

「西村です。よろしくお願いします」

　厳太郎は、西村とも握手を交わした。

「皆さんに嫌《きら》われないように一生懸命に努力します。至らない点はどしどし指摘してください」

　不意を衝《つ》かれてどぎまぎしたが、潮田は落着きをとり戻していた。

「副委員長は西村のほかに河井と滝田の二人おります。書記長の水谷も留守してますが、いずれ挨拶に伺わせます」

「わたしのほうから出向いてまいります。よろしくお伝えください。失礼しました」

　厳太郎は、もう一度潮田たちに頭を下げて組合本部を後にした。

　六月から翌年一月末までの八カ月間は厳太郎にとって充電期間で、ひたすら勉強した。若い職員からレクチャアを受けるときも、背筋をすーっと伸ばし両手を膝《ひざ》に置いた姿勢で、ひと言も聞き洩《も》らすまいとじっと耳を傾ける厳太郎の姿は職員から好感を以《もっ》て迎えられた。

　特に長期にわたって知識の習得に努める必要のある部門については、当該部門にデスクを置かせてもらった。たとえば外務教育部には一カ月近く詰めて、部長の芝《しば》崎《さき》からレクチャアを受けた。

　あるとき、芝崎が熱っぽく語ったことがある。

「外野は人間そのものです。組織という抽象概念でとらえるのではなく、生身の人間集団として見たほうがよろしいと思います。複雑な人間模様が織りなす外野組織を、よりレベルの高い組織にするにはどうしたらよいか、われわれの一生をかけた仕事です」

厳太郎は、芝崎の話が強く印象に残った。

外務教育部でのスケジュールをこなして他部門へ移る間際《まぎわ》に、厳太郎は芝崎に相談した。

「ほんとうに外野問題を勉強しようとしたら、現場に出て真正面から見つめなければ無理ですね。現場第一線の支部長をやらせてもらえれば、いちばんいいんでしょうが、そうわがままも言えませんから。支社長をやらせてもらおうと考えてるんです」

「広岡重役の立場ですと、もうそのチャンスはありませんね」

「僕が支社長をやりたいということがそんなに突飛に聞こえますか」

厳太郎は、はぐらかされたような気がして、多少むきになっていた。

芝崎は、厳太郎の気迫にびっくりして激しくまばたきした。

「いいえ。ただ、そこまでおやりにならなくても、よろしいんじゃないんですか」

「いや、生保の人間になり切る以上、やるべきだと思います。チャンスがないとは思えません」

　厳太郎は決然と言い放った。

「しかし、実際問題として難しいと思います」

「ですから、芝崎さんにご相談してるんです。どういうアプローチの仕方がいいのか、誰にたのめばいいのか……」

「どうしても、とおっしゃるんでしたら、社長にお話しするしかないと思います」

「いきなり社長というのもねえ。手続き的にも、どうも……」

　厳太郎は眉間《みけん》にしわを刻んで、考える顔になった。

　芝崎は息を呑《の》んで、厳太郎の気持を思い遣《や》った。この人は本気なのだ。思いつきや、気まぐれなどではない。新しい組織になじむために泥《どろ》まみれになろうとしている——。

「広岡財務部長に相談なさったらいかがですか。財務部長から、社長なり副社長に口添えしていただいたら、途《みち》もひらけるかもしれませんよ。財務部長も何年か前に大宮支社長を経験されて、大変ためになったと言ってましたから、説得力があるんじゃないですか」

「ありがとうございます。財務部長に相談する手がありましたねえ」

　厳太郎にいつもの笑顔が戻った。

2

年が変った一月三日に慶一郎が鴨子ヶ原の広岡邸へ新年の挨拶にやってきたとき、厳太郎は慶一郎を書斎に誘って二人だけで話をした。

二人とも屠蘇《とそ》機嫌《きげん》である。厳太郎は泥染めの大島紬《つむぎ》のぞろっとした和服姿で、慶一郎は三つ揃《ぞろ》いのスーツに身を包んでいる。

リビングルームも、応接間も来客でいっぱいであった。階下のにぎわいが二階の書斎にも聞こえてくる。二人はソファに向かい合ってブランデーを飲みながら話している。

「商社の仕事が懐《なつか》しいやろう？　生き馬の目を抜くような、切った張ったの商社と違《ちご》うて、生保の仕事なんて生ぬるいさかい」

「けっこう生保の仕事もおもろいですよ。まだひよっこですから生意気なことはよう言えませんけど」

「退屈でやりきれんようなことはないか」

「ええ。そろそろ、担当を持たせてもらおう思ってるんです。しかし、その前に現場を知っておくほうがよろしいのと違いますか」

「現場って、支社長でもやろうっていうこと？」

「そうです」

「ふーん」

慶一郎は小さくうなった。しかし、にわかには信じ難い。

「支社、支部で外野の世界を知っておかなんだったら、生保を語る資格などないと思うんです。外野といわれる外務員のおばちゃんたちが生保業界を支えているわけでしょう。外野は生保そのものなんやから、その世界を知らないで、えらそうな口きけんのやないですか」

厳太郎は眼《め》を輝かせ、熱っぽい口調で話している。

酔っぱらってるのとちゃうか、と思わず言いそうになったが、慶一郎はその言葉を呑み込んだ。

「きみが考えてるほど楽な仕事やない。ときには泥もかぶらなあかんし、火の粉も飛んでくる。にわかには賛成できないな」

「たしか慶一郎さんも埼玉のほうで支社長やってませんか」

「よう知っとるなあ。大宮支社や。支社の中ではあまり大きいほうではなかったのや」

「その経験はプラスになったのと違いますか」

「言われるとおりや。支社長の経験はよかったと思うてる」

「それで賛成しかねるというのは矛盾してるのとちがう?」

厳太郎はくだけた調子で返して、ブランデーグラスを口へ運んだ。

「きみは天下の大日生命の重役やろ。絹のハンカチは絹のハンカチらしくせなあかん。帝王学を勉強したらええやないか。われわれ下々《しもじも》とは違うんや」

慶一郎は突き放したような言いかたをした。というより、刺《とげ》があるととれないこともない。一兵卒から積み上げてきた慶一郎としてみれば、外野を知らずして生保を語る資格はないなどときいたふうな口をきいてもらいたくないという思いがあるのかもしれない。

ゆくりなくも慶一郎の本音、肉声に接したような気がして、厳太郎は粛然とした気持になった。

厳太郎は一瞬切なそうに眉《まゆ》をひそめたが、気を取りなおして言い返した。

「僕は絹のハンカチやありません。帝王学なんて勉強するつもりもないですよ」

「きみはそのつもりでも周りはそうはとらん。好むと好まざるとにかかわらず、広岡厳太郎は王道を歩まなならんのや。本来なら、わたしなども口のききかたに気いつけなあかんのや」

どこか絡《から》むようなひびきがある。しかし、厳太郎は、慶一郎の気持がわかるような気がした。

「だいいち、きみが支社長職に就きたいと言うても、誰も賛成せんやろうな。なにも絹のハンカチを雑巾《ぞうきん》にすることはあらへんもの。プリンスを傷つけたらあかんのや。きみがそない言うたら、社長が眼を剝《む》きはる」

「いや、やらせてもらうつもりです。慶一郎さんの親切はありがたいと思いますが、必ず実現します。忘れないでください」

「本気なんやな」

「もちろんです」

「なまなかなことではでけへんよ。相当な覚悟がないと……」

「外野問題から逃げてて、生保会社の重役でもないですよ」

「ＯＫ！　わかった」

　突然、慶一郎が突拍子もない声を放った。

「きみがそこまで言うんなら、大賛成や。ほんま言うと、支社長はぜひやれ言いたいところなんや。泥まみれになるかもしれへんが、大日生命七万の職員、外務員に強烈にアピールするよ。広岡厳太郎の心意気に、皆《み》んなしびれるのとちゃうやろうか。まさか、厳ちゃんから言い出すとは思わんかった。きみは立派や。ほんま立派や。妬《や》けるほどや」

慶一郎は顔を真っ赤に染めて、うわずった声でつづけた。

「社長は反対するやろうし、賛成する者はおらへんかもしれへんが、わたしは賛成や。いや、山口副社長なら、わかってくれるやろう。副社長に話したらええと思う。副社長から社長に話してもろうたらどうやろう」

「慶一郎さん、ありがとう」

厳太郎は胸がじんとなった。

「乾杯や」

慶一郎はブランデーグラスを手に取って、厳太郎のそれにぶつけてきた。

「取締役の支社長は大日生命始まって以来や。ええことや。素晴しいことや思うな」

慶一郎は唄《うた》うように言って、ブランデーを勢いよく喉《のど》へ流し込んだ。

厳太郎が、高野取締役企画部長と意見を調整したうえで山口副社長に支社長のポストを要求したのは一月中旬のことだ。

「財務部長からもちょっと聞いたが、そこまで思い詰めることはないと思うがなあ」

山口は猪首《いくび》をひねりながら言った。

「思い詰めてるわけではありません。現場の空気に触れてみたいんです。一年か二年でけっこうですから、やらせていただけませんか」

「実は、厳太郎君のポストについては企業保険部長を予定してるんだがねえ。国際化へ向けていろいろ研究させてるが、きみにはうってつけのポストだと思うな。スタッフもそろってるから、きみが部長になってくれればいいチームが組めると思う」

「支社長職を経験してからでも遅くはないと思いますが……」

「社長にも話して、人を採ってしまってるし、ま、きみの意気込みは壮とするが、支社長は勘弁してくれ」

「勘弁できません」

厳太郎が真顔で言った。山口は唖然《あぜん》とした顔で厳太郎を見やっている。

「失礼しました。勘弁できないという言いかたはありませんが、どうしてもやらせてください。一年か二年でけっこうです」

「取締役の支社長は前例がないしなあ」

「わたしは名ばかりの取締役ですから、こだわる必要はありませんよ。財務部長が、絹のハンカチを雑巾にすることはないと言いましたが、僕は絹のハンカチなどではありません」

「財務部長もほんとうは反対なんだろう？」

山口はにやりとした。

「いいえ。究極的には賛成してくれました。いや、激励してくれたと言うべきかもしれません。いろいろ心配してくれましたが、現場の経験がいかにプラスになったかを身を以てわかってる人ですから、反対するわけはありませんよ。僕をプリンスみたいに扱うのは、僕に言わせれば侮辱です。外野問題にぜひとも取り組みたいんです」

山口の表情がこわばった。山口はソファから起って、デスクに向かい、水差しの水を飲んで、またソファへ戻ってきた。

「支社長をやらなくたって、外野問題には取り組めるさ」

「それは無理ですよ。現場を知らずにそんな……。ポストについてあれこれお願いするのが僭越《せんえつ》なことは重々承知してますが、現場を経験するのはいまを措《お》いてはほかにないと思います」

厳太郎はじっと山口を凝視した。

山口は顔をあらぬほうへそむけた。

「考えさせてもらおうか」

山口は投げやりな口調で言って、ソファから腰を浮かせた。

「ちょっとお待ちください」

厳太郎は中腰になって、山口を押しとどめた。

「ぜひとも、この場で副社長の了承をいただきたいと思います」

「そんな無茶なことを言われても困る」

山口は仕方なく腰をおろしたが、顔はほとんどひきつっている。

「きみをプリンス扱いするつもりはないが、会社としての都合もある。何度も言うが、きみにはすぐ手がけてほしい仕事があるんだ。支社長をこなす人はたくさんおるが、企業保険部長として思い切った国際化戦略を打ち出してくれる人はそういないからな。人事当局としては適材適所主義を貫きたいし、会社にとってきみを企業保険部長に起用することがベターだと判断してる」

「僕が現場に出ることは、会社にとって決してマイナスにならないと思います」

山口は思案顔で腕組みした。

ここまで言ってもあとへ引かないところをみると厳太郎の決意は固いようだ。しかし、社長が了承するとは思えない。社長に下駄《げた》をあずけてしまう手もあるが……。

「わたしも支社長の経験はあるが、きみは大過なく適当にやろうとする人じゃないから、泥をかぶることになるかもしれんぞ」

「商社で修羅場《しゆらば》はくぐってきたつもりです。現場の人たちと気持をかよわせて初めて生保の人間として一人前だと思うんです。大日生命に骨を埋めるからには、泥をかぶるぐらいの覚悟はできてますよ」

「社長の賛成を取りつけるのは難しいだろうな。社長も支社長の経験はない。現場を知らなくたって、トップとしていっこうにさしつかえないんだ」

「なにも、あの人に対抗するつもりはありませんけれど、社長が経験していないポストだからこそ支社長をやってみたいんです。大日生命という組織に一日も早く融け込むためにも、現場を経験することは必要ですよ」

「もちろん、社長には話してないんだろうね」

「ええ。副社長から話してください」

「反対されたら、どうする?」

「なんとしても説得してください。僕は父に……」

厳太郎は、父を社長と言い直して、話をつづけた。

「社長に大日生命入りをしつこく口説かれました。その何分の一かを返してもらっても罰《ばち》は当たらないと思います」

「それでは自分で話してみるかね」

「いいえ、副社長からお願いします。スジを通して話してください。そのためには、副社長と……」

厳太郎は、山口を指した右手の人差し指を自分の胸に返して、つづけた。

「僕の間で、コンセンサスを得ておかなければいかんと思います。社長に反対されたくらいで、簡単に撤回するようなぶざまなことのないようにお願いします」

厳太郎は頭を下げながら、山口が舌打ちするのを聞いた。

こいつ、俺《おれ》の器量をためそうっていう肚《はら》だな——。

厳太郎が顔をあげると、山口の笑顔があった。

「きみにはかなわんよ。しかし、支社長職は一年、かっきりで、それ以上はだめだぞ」

「けっこうです」

「泣きごとを言ってきても一年はやってもらうし、わたしは応援せんからな」

「もちろん泣きごとを言ったりしません」

厳太郎の笑顔はさわやかだった。

「ところでどこか希望する支社はあるかね」

「とくにありませんが、できましたら大都市の大支社ではなく、中級以下の支社をお願いします」

「大阪を離れることはいいのかな」

「それはけっこうです」

厳太郎が副社長室から退室したあと、山口は何度溜息《ためいき》をついたかわからない。えらいことを引き受けてしまった。やはりはねつけておくんだった……。広岡社長を説得することは容易なことではない。厳太郎をスカウトすると決めたときから、欧米の保険会社との業務提携を中心とした国際化戦略を担当させることで、社長との間に合意ができていた。

まして、取締役支社長という前例のないことをやろうとしているのである。

厳太郎自身、社長に直接話さずに俺に尻《しり》を持ってきたのは、了承をとりつけられる自信がないからではないのか――。してやられたという気がする。

しかし、いまさらあとへは引けぬ。山口は重い気分で、秘書室長の小林を呼んだ。

「社長は席におられるのか」

「はい。四時に外出されますが、いまならお時間がとれますが……」

小林が腕時計に眼を落して答えた。

山口も時計に眼をやった。

三時四十分過ぎだった。

「よし、すぐ伺おう」

「かしこまりました。ただいま確認してまいります」

小林は二分ほどで引き返してきた。

「どうぞ」

「うん」

山口は背広を着て社長室へ向かった。

「失礼します」

「あまり時間がありませんが、よろしいですか」

「はい」

山口はソファに腰をおろすなり用件を切り出した。

「広岡取締役のポストですが、企業保険部長に就ける前に一年だけ支社長職をやってもらおうと思うのですが……」

さすがに山口は、広岡俊の顔をまっすぐ見られなかった。

しばらく返事がなかった。山口が上眼づかいに俊をとらえると、俊は茫洋《ぼうよう》とした顔を窓外へ向けている。

「ご本人のたっての希望です。外野問題を一度ぜひとも経験しておきたいということです。わたしはその気迫に負けました。たったいまOKを出してしまったところです」

「………」

「一年の条件付きですが、社長にも了承していただきたいと思います。そうでないと、わたしの立場がありません」

俊は無言で、こんどは眼をつぶっている。

めったにカミナリを落す俊ではないが、このときばかりは、山口はそれを覚悟した。

「お腹立ちでしょうが、厳太郎君の気持を汲《く》んでいただけませんか」

「……」

「わたしは厳太郎君の生保に取り組む姿勢に少しく感動しております。かなえてあげるべきだと存じますが……」

俊はまだ口をひらかなかった。

山口は壁に向かって口をきいているような気がしてきた。こうなったら、黙るしかない。

山口はふてくされたように、脚を投げ出して、俊を睨《にら》みつけていた。

俊が眼をあけた。ハッとするほどの温顔にでくわして、山口は思わず眼を伏せた。

「いろいろ心配してくれてありがとう。副社長におまかせしますよ。厳太郎の判断も、あなたの判断も間違ってないと思います。外務員の苦労を知ることはいいことですよ」

「社長！」

山口は声をつまらせた。

「厳太郎のことは心配してません。支社長職もうまくやってくれるでしょう」

「そう思います。社内に大きなインセンティブを与えることになると思います。厳太郎君はたいした男です。誰の知恵でもない、ご自分で判断されたことにわたしは驚いております。意表を衝かれた思いです」

「そんなに感激することでもないかもしれませんよ」

俊は照れくさいのか、まぶしそうな顔をした。

3

広岡厳太郎は二月一日付で京橋支社長を委嘱《いしょく》された。山口副社長と販売担当の安《あん》西《ざい》常務が相談して決めたのである。

京橋支社は、二十ほど大阪にある大日生命の支社の中で、中位クラスに属する。職員は約四百三十人で、その八割は外務員で占められている。

従来、京橋支社長には本社の次長クラスが就き、任期を終えて部長で本社に戻るのが一定のコースとされていた。したがって、取締役である広岡厳太郎の京橋支社長就任は、異例の人事ということができ、ひとり大日生命にとどまらず、生保業界全体をアッと言わせずにはおかなかった。

奇を衒《てら》っているのではないか、と皮肉な見方をする者がいないでもなかったが、社内の評価は高く、アンチ厳太郎を旗幟《きし》鮮明にしていた者でさえも、厳太郎を見直す気持に変るなど、多くの職員の気持をつかむ結果をもたらした。

当然のことながら厳太郎は計算ずくで、支社長職を希望したわけではなかった。一日も早く大日生命の職員の中に融《と》け込みたいと思わぬではなかったが、生保業界に身を投じ、生保人になり切るためには外野の人たちと触れ合う以外にない、そしてこのことはとりもなおさず生保そのものを体得する近道でもある、と考えたからこそ、支社長の途を選択したのである。八カ月間、高野などのコーチを得て勉強してきた到達点が外野問題から眼をそむけるな、ということだったともいえる。外野と称される外務員の人たちと同じカマのめしを食い、泥まみれにならなければ外野問題に取り組むことにはならないし、外務員のおばちゃんたちの気持をつかむこともできない、と考えた結果、そこまでやる厳太郎の熱意が内勤のキャリア組の気持をゆさぶり、入社時のわだかまりが払拭《ふっしょく》されたということができる。

いわば、予期せざる成果がついてきたのであって、厳太郎が自ら図ったわけではなかった。

外野問題にはいろいろあるが、その中で最も大きな問題は、ターン・オーバーと呼ばれる外務員の大量導入、大量脱落である。

たとえば、ある統計によると昭和四十年代の十年間に生保業界全体で導入された外務員三百六十五万人に対して脱落者は三百六十六万人に及んだという。

生保会社は外務員の大量脱落に頭を痛めているが、業界トップの大日生命もその例外ではなかった。

生保業界は外務員の墓標の上に築きあげられてきた、といわれるほど、ターン・オーバーに悩まされ続けてきた。外野問題は、生保業界にとって永遠の課題である。外務員の八割は、〝生保のおばちゃん〟と呼ばれる中年の女性で占められており、こうした生保のセールスウーマンによる販売システムは外国には例がみられない日本固有のものといわれている。

大日生命社長の広岡俊は〝ミスター生保〟として聞こえているが、俊の功績の一つに「女性外務員による販売制度の確立」があげられる。

戦後、戦争未亡人の救済を目的に女性外務員を採用したことが契機となっており、生保のおばちゃんイコール戦争未亡人のイメージがあった。しかし、いまでは女性外務員に占める未亡人のウエートはきわめて小さい。

外野問題でも業界トップの大日生命は意欲的な取り組みをみせ、外野の安定と質的向上に努めてきた。外務員に集金機能を付与したのも大日生命が最初である。

外務員が集金を継続して行なうなど契約後のサービスを徹底することによって、継続率の改善と事業費のコスト引下げを図ると同時に、集金活動による契約者との親密化を通じて見込み客づくりを推進し、外務員活動の生産性向上を期したということができる。外務員には集金活動と高能率販売を遂行することの対価として安定的高水準給与を支給し、社会の信頼にこたえ得る近代的専業外務員体制の確立をめざしているわけだが、このほか外務員の教育養成制度の充実・強化を含めて外野問題に対する大日生命の取り組みには同業他社の追随をゆるさないものがあるはずなのに、ターン・オーバーの悩みは尽きなかった。

生保業界の水準を上まわるとはいえ、大日生命の外務員の勤続年数は平均六年に過ぎない。

従業員組合は内務職員と外務職員を区分しておらず一本にまとまっている。こうした点にも、外務員の定着率の向上に、労使が協力していることをうかがわせるが、平均六年という数字の前に、厳太郎は途方に暮れる思いになる。

なんとしても外野をよくしたいと厳太郎は思う。内勤者の、外野に対する気持のかよわせかたに問題があるのではないか、自分が支社長になることによってなにかがつかめるのではないか、と厳太郎は考えていた。

京橋支社長就任早々、厳太郎はちょっとしたトラブルに見舞われた。京橋支社が守備範囲を逸脱し、他の支社の領域に侵入しているという苦情が大阪、神戸、京都方面の各支社長から寄せられたのである。

調べてみると、厳太郎の甲南中学、甲南高校時代、はては慶応大学、第一物産時代の友人、知人が厳太郎の京橋支社長就任を聞きつけて、ご祝儀《しゅうぎ》がわりに生命保険に新規に加入するなり、契約の継続に際して、京橋支社扱いへの変更を求めてきたことが判明した。それがおびただしい件数に及んだため、他の支社が騒ぎ出すのも当然といえた。

新規契約については、原則的にテリトリーの問題はない。しかし、他の支社の外務員が熱心に勧誘していたものを結果的に横取りするようなことになれば、契約者の気持がどうあれ、わだかまりとなり、当該外務員のやる気をそぐことになる。

企業保険は一年毎《ごと》に更新して継続していくシステムの契約だが、たとえ継続分を他支社から京橋支社へ切り換えても京橋支社の実績にはならない。継続分でも増額が伴う場合はこの限りではないが、厳太郎は、こうした継続分も含めて一切辞退することにした。

つまり、契約希望者、既契約者を丹念に回って、厚意に感謝したうえで丁寧に事情を説明し、他の支社と契約するなり契約を継続するよう頼み込んだのである。

当然、通常のデスクワークの合間に、そうした応援団のもとへ足を運ばなければならないから、夜の時間と土曜、日曜を充《あ》てざるを得ない。

つい家庭を犠牲にし、子供たちとの対話も不足しがちになるが、長男の俊一郎の提案で、子供たちが書いた日記を厳太郎が読んで感想を書くことになったのもそのころである。当時、俊一郎は小学校六年生、長女の恵美子は四年生、次男の佳次郎は四歳であった。

日記を通しての父子《おやこ》の対話は、幼い佳次郎は無理だが、俊一郎と恵美子とは長期にわたって〝日記対話〟が続けられた。

たとえば、こんなふうに——。

×月×日
今日から新学期の授業が始まりました。

一時間目から忘れ物をする人が多くて、藤野《ふじの》先生もがっかりしておられました。

夜はちょっと遊んでいたら、寝るのが十一時になってしまいました。

(俊一郎は忘れ物はなかったのですか。忘れ物をするのは、それだけ気が緩んでいるからです。それから、もっと早く寝るように。それには早いうちにしなければならない用事をきちんとやることです。時間は決して待ってくれません。あくびをしている時も、ぼんやりしている時も、勉強している時も時間は同じように過ぎてゆくのです。だから、だらだらしないように、きびきびと心をひきしめて、この新学期を何事も自分の力でやりとげるよう頑張りなさい)

×月×日

僕は少しふとってきました。今日からお風呂《ふろ》の後、体重を計ろうと思います。

パパ、ママ、恵美子のグラフも作ったのでお風呂から上がったら計ってください。

（ありがとう。みんなで計ることにしようね。だから小さい佳次郎のぶんも作ってあげてください）

×月×日

今日はテストを返してもらいました。社会のテストです。僕は山地や火山や川などを勉強したつもりでしたが、しっかりやってなかったので、だいぶ間違えてました。

もっとしっかり勉強しようと思います。

（間違ったこと、悪かったことに気がつき、すぐに改めることができれば、それは前よりもずっと良くなることであり、偉くなることです。大切なことは、反省するだけでなく、それを実行することです。がんばりなさい）

×月×日

推せんテストが近づいてきたので一生懸命に勉強しようと、国語の漢字や熟語、算数のワークなどをしました。

学校からの帰り、バスの中でおばあさんに席をゆずっている人を見て、気持がよかったので、僕も見習おうと思いました。

今日から次のことを守ろうと心に決めました。
◎人や物を大切にする。
◎責任をもって最後までやりとおす。
(大変立派な良いことです。いつもこのことを心の中でくり返して、しっかりおぼえてください。パパは、俊一郎が信頼できる人、真実を見つめて自分の足で歩ける人になってくれるのを楽しみに「きちんとできているかな」と毎日見ていまず)

長女の恵美子に対しては、厳太郎はつい父親の顔をのぞかせ「恵美子、可愛《かわい》い、心の温かい、思いやりの深い、やさしい女の子になってください」という意味のことを何回となく日記に書いている。

4

支社、支部の始業時間は午前九時二十分である。

厳太郎は、朝八時過ぎに鴨子ヶ原の自宅を出る。国鉄住吉駅から大阪駅へ出て、環状線に乗り換え、京橋駅で下車し、定刻五分から十分前に京橋支社へ着く。支部長会議や支社幹部会のあるときを除いて、午前中は支部を回ることにしているので、支部へ直行することもある。

京橋支社は、京橋駅から徒歩七、八分、国道一号を大阪造幣局へ向かって右側の五階建ての荘重なビルで、事務部門のある二階の一角に支社長室がある。

一階は店頭販売部門、二階は管理部門、三階、四階は京橋支部、五階は大ホールだが、アコーディオンドアで会議室に仕切ることができる。

支社長室のドアはつねにあけ放たれているので、デスクからフロア全体が見渡せる。支社長室に近い窓際の列に次長、医長、教育担当副長、営業担当副長、内務課長など支社幹部のデスクが並んでいる。

次長は西野《にしの》、医長は我孫子《あびこ》、副長は荒川《あらかわ》と持田《もちだ》、内務課長は長谷川《はせがわ》で、いずれも年齢は四十前後というところだ。

教育担当副長は、支社長付秘書も兼ねているが、荒川は厳太郎と同い齢で、苦労人らしく気働きのする男である。しかし、イエスマンでは決してない。けっこう言いたいことを言うが、さらっとしていてこだわりがないから、厳太郎も胸襟《きょうきん》を開いて、どんな些細《ささい》なことでも荒川に相談した。

初めて京橋支社に出勤し、三階の支部を覗《のぞ》いたときの感動を厳太郎は生涯《しょうがい》忘れないであろう。

二階は、紺の制服に身を包んだ若い女性職員とワイシャツにネクタイの男性職員がほぼ半々で、ごくありふれた会社のオフィスという印象だが、三階に行くと様相は一変する。

壁のいたるところに標語やグラフが貼《は》り出され、ドアの右手にピンク電話が五台並び、机上に電話機は見られない。管理部門の男子職員も数人いるが、見た眼には女性、それもおばちゃん一色である。服装はスーツあり、ワンピースあり、カーデイガンありで、思い思いだが、あでやかさは微塵《みじん》もなく地味で生活の匂《にお》いが漂っている。

厳太郎が荒川の案内で三階の京橋支部に初めて顔を出したのは二月一日の五時過ぎだが、ほとんどの外務員はデスクに向かって日誌を書いていた。

「皆さん、きょう一日ご苦労さまでした。きょうから京橋支社長になられた広岡厳太郎さんをご紹介しまーす」

荒川がドアの前で大声を放った。

厳太郎は二歩三歩と進み出て、荒川に負けず大音声《だいおんじょう》を張りあげた。

「広岡です。よろしくお願いします。僕にお手伝いできることがありましたら、なんなりと言ってください。遠慮なくひきまわしてくださってけっこうです」

左手のはじっこで、誰かが起ちあがって拍手した。そして、全員が起立し、万雷の拍手になるまで三秒とはかからなかった。拍手はしばらく鳴りやまなかった。

拍手が鳴りやんだとき、うしろのほうで黄色い声が飛んできた。

「厳太郎支社長、頑張ってください。わたしたちも頑張りまーす」

厳太郎は手を振ってそれにこたえた。潮騒《しおさい》のような高まりに全身を包まれていた。

京橋支社傘下《さんか》の支部は京橋、都島、中央、城東、千林《せんばやし》、今福など十五あるが、どの支部に顔を出しても、厳太郎は拍手で迎えられ、それは支社長在任期間中ずっと続いた。

「おはようーございまーす。広岡でーす」

テナーに近いよく通る声が大部屋の隅々《すみずみ》まで響きわたる。

厳太郎が右手を大きく振りながら部屋の中に入って行くと、その場に居合わせた女性外務員たちは、「ワーッ」と歓声とも嬌声《きょうせい》ともつかぬ声を張りあげ、拍手で迎えてくれる。

十時を過ぎているときは「こんにちはー。広岡でーす」に変る。

厳太郎の支部めぐりは、大抵の場合、荒川が同行するが、女性外務員たちに笑顔で手を振ったり、大声で挨拶したりするような気障《きざ》な真似《まね》が厳太郎だと気障でなくなってくるから不思議だった。

初めのうちは、荒川のほうが照れて、いつも顔をくしゃくしゃに歪《ゆが》めていたが、慣れてくると、それがまことにさわやかさを伴って胸にひびいてくる。

荒川は、千林支部からの帰りの車の中で厳太郎とこんなやりとりをしたことがある。

「朝、支社長に手を振られ大きな声で〝おはようございます〟とやられると、おばちゃんたちはさわやかな気分になってやる気が出てくるみたいですよ」

「僕もそうなんや。おばちゃんたちにワーッと拍手されると、もりもり力が湧《わ》いてくるような気がするんですよ」

「わたしはもちろんのこと、誰がやってもさまになりませんが、支社長がやると絵になるんですよね」

「外務員のかたがたと僕とのコミュニケーションみたいなものなんでしょうね」

いつしか女性外務員たちの間で、〝厳太郎スマイル〟〝明るい太陽〟と呼ばれるようになる。

京橋支社の職員の八割強は女性外務員が占めているが、四十三歳の平均年齢が示しているように、そのほとんどは、主婦である。

厳太郎より齢上の女性のほうが圧倒的に多数を占めていることになるが、彼女たちから「厳太郎支社長」「厳太郎さん」と親しまれるようになるまでひと月もかからなかった。

四月中旬のある朝、厳太郎は城東支部の入口で、おばちゃん外務員につかまった。

「厳太郎支社長、お願いがあるんですけど」

「はい。服部芳子《はっとりよしこ》さん、なんですか」

厳太郎は、一度聞いた名前は忘れなかった。

社長の御曹司《おんぞうし》で、取締役支社長の厳太郎が自分の名前をしかもフルネームで憶《おぼ》えてくれていたことに、服部芳子は感激して、顔を上気させた。

「中小企業の社長さんに団体保険の加入をおすすめしてるんですけど、もう一歩のところへきてるんです。厳太郎支社長に挨拶してもろうたら、それでＯＫや思うんです」

「いいですよ。その社長さんのご都合もおありでしょうが、僕は……」

厳太郎は気さくに背広のポケットから小型の手帳を取り出して、スケジュールを確認しながら、いつといつならあいていると教えてやった。

「まあ、うれしい。すぐ連絡とらせてもらいます」

服部芳子は飛びあがらんばかりによろこんでいる。

時間を調整して、厳太郎はさっそく服部芳子につきあった。

服部芳子がうわずった声で厳太郎を紹介すると、佐島《さしま》という五十年配の鉄工所の経営者は、「ほんまに連れて来たんやなあ。冗談やろと思うてたわ」と、しげしげと厳太郎を観察している。

「大日生命京橋支社の広岡です。いつもお世話になってます。このたびはご無理をお願いしまして申し訳ありません」

厳太郎は名刺を差し出して、丁寧に挨拶した。

「ほんま、広岡社長さんのぼんでんなあ。よう似てはりますわ」

名刺と厳太郎の顔をこもごも見やりながら佐島は返した。

「関西生命からも熱心に頼まれてるんやが、社長のぼんに頭下げられたら、いやとはよう言えしまへんな。どっちがどう違うのかようわからしまへんけど、大日生命さんに決めさせてもらいますわ」

「ありがとうございます」

佐島鉄工所との契約はスムーズにまとまったが、厳太郎は、外務員に応援を頼まれれば、よろこんで顔を出した。

　厳太郎が挨拶に顔を出して、不首尾に終った契約話は、数えるほどしかない。お高くとまったところなど微塵《みじん》もなく、飾らない庶民的な厳太郎の人柄《ひとがら》はどこでも、誰にでも好感を以て迎えられたから、〝京橋支社に厳太郎あり〟はたちまち広く生保業界に伝わり、フィーバー的に厳太郎ブームを巻き起こすことになる。

　京橋支社の管轄外《かんかつがい》の支部のおばちゃん外務員までが、厳太郎の出馬を求めてくるまでになるが、厳太郎は厭《いや》な顔一つせず、時間のやりくりをつけて出て行った。噂《うわさ》は噂を呼んで、厳太郎は体がいくつあっても足りないほど引っ張りまわされるが、頼まれたら、絶対厭とは言わないのが厳太郎の流儀なので、文字どおり寝食を忘れなければおいつけなくなっていく。

　見るに見かねて荒川が「京橋支社だけでも受け切れないほどなのに、他支社の応援までやっていたら、そのうちぶったおれますよ。いい顔してたらきりがありません。支社長が断われなければ、わたしが言います」と眦《まなじり》を決して進言した。

「僕は皆さんとは鍛えかたが違います。心配しなくても大丈夫ですよ。外務員のかたがたは、会社のために一生懸命なんですから」

　厳太郎は笑って聞き流していたが、時間は限られているから、物理的に対応しきれなくなるのは当然で、どうしても時間のやりくりがつかなくなってくる。外務員に電話で断わるときの厳太郎はほんとうに済まなそうに「ごめんなさい。行く言うて約束したのに、ほんま申し訳ないと思うてますのや」と電話機に向かって、何度も何度も頭を下げている。

このころ、厳太郎はしばしば、昼食を忘れることがあった。人一倍の大食漢でありながら、おばちゃん外務員につきあわされて、昼食の時間をやり過してしまうのだ。

京橋支社と道路をへだてた斜め前に、ロンという喫茶店があるが、厳太郎はロンで遅い昼食をとることがよくあった。

ロンのママは三十七、八の眼のくりっとした可愛い感じの女性だが、厳太郎の注文に応じて大盛のピラフにハムエッグを載せて特製のランチをこしらえてくれる。ハムエッグの卵は二個、ハムは厚切りの二枚と決まっていた。

その日、四時過ぎに厳太郎は一人でロンにやってきた。いつもならオーナーであるママの母親とカズエ、ヨシコ、テルコの三人のウエイトレスがいるはずなのに、店にはママとヨシコの二人しかいなかった。

「こんにちは」

厳太郎は、ヨシコに手をあげて、奥のテーブルに坐《すわ》った。

「コーヒーにしはりますか」

「そうやな。コーヒーもいただこうか」

厳太郎は怪訝《けげん》そうにヨシコに返した。

ママが手ずからコーヒーを運んできて、厳太郎のそばに腰をおろした。

厳太郎は仕方なくコーヒーをすすったが、ママは「ケーキでもサービスしましょうか」などと、のどかなことを言っている。

厳太郎はたまりかねて催促した。

「ママ、いつもの特製ピラフもお願いしますよ」

「えっ！　ピラフもめしあがりますの？」

ママは調子の外れた声を出して、ヨシコと顔を見合わせた。ヨシコはハイティーンで、夕方から英会話の学校にかよっているが、ママの従妹《いとこ》とかで、そういえば二重瞼《ふたえまぶた》の眼のあたりがママと似ていた。

「支社長さん、また食べはるんですか」

ヨシコは無遠慮にずけっと訊《き》いた。

「またって、どういうこと」

厳太郎は心外そうな顔をしている。

「お昼に荒川副長さんとお見えになって、ピラフをめしあがりましたが、いつものピラフでええのですか」

ママが椅子から起ちあがった。

「えっ、ほんまかいな……」

厳太郎は考える顔でつぶやいた。

「あれは、きのうやなかったかなあ」

「いややわ。支社長さんしっかりしてください。ほんまに忘れはったんですか」

「いや、思い出したわ。そうや、たしかに荒川さんとロンへ来たんやった。忙しゅうて、すっかり忘れとった。どうかしてるわ」

厳太郎は、顔を赤く染めてげんこつで頭のてっぺんをたたきながら恥ずかしそうに言った。

「支社長さん冗談言いはってるのやないかと思いましたよ」

「そうやないねん。莫迦《ばか》にお腹《なか》がすいたから、食べてないと思ったんやな」

「お昼に食べたご飯のことを忘れはるなんて、呆《ぼ》けたお年寄りみたいやわ」

「ほんまや、かなわんなあ」

厳太郎はこんどは後頭部のあたりをさすっている。

「ピラフ、どうしはります」

「せっかくやさかいつくってほしいね」

「大盛ですか」

「いや、ふつうのでええわ」

「はい。わかりました」

ママが調理場に立って行った。

特製ピラフを食べながら、厳太郎が言った。

「内緒やで」

「なにがですか」

「ピラフを二度食べたことも、一度食べたのを忘れたこともや」

厳太郎はぶっきらぼうに言って、ピラフをかき込んだ。

ピラフを食べ終えて、コーヒーカップを手もとへ引き寄せた。

「お母さんいてないようやね。どないしはったん」

「お店がひまやさかい、パチンコでもしてるんやないか思います」

「テルコちゃんとカズエちゃんは……」

「ちょっとおつかいに出てますねんや」

「ママとヨシコちゃんだけでよかったわ。大恥かくとこやった。ほんま、絶対内緒やで。ヨシコちゃんもええね」

厳太郎が真顔で念を押したので、ヨシコがクスッとやった。

ママがヨシコにめまぜしながら言った。

「約束します。そのかわり、お願いがおますねん」

「お願いってなに」

「厳太郎支社長の特製やなければあきまへんか」

「どういうこと」

「メニューに加えたい思うてますねん。ハムエッグは卵一つでええやないかと思いますねんけど」

「そんなこと、僕に断わることないやないの」

「〝ゲンタロウランチ〟って呼ばせてもろうてもかましません？」

「ええよ。お安いご用や」

厳太郎はにこにこ顔で即座に承諾した。

「これで、ほんまおあいこやな」

「指切りしまひょか」

「おっ、そうや。指切りげんまんや。ヨシコちゃんも……」

厳太郎はきまじめな顔で右手の小指を突き出した。

〝ゲンタロウランチ〟は大人気で、ロンのヒット商品となり、「ゲンタロウ！」「ゲンタロウランチ一つお願い」と、支社の職員たちは昼食に競って、〝ゲンタロウランチ〟を食べるようになる。

厳太郎は、ロン以外では、蕎麦《そば》屋へもよくかよった。京橋支社の若い職員を誘って繰り出すのである。

「きょうは割り勘やで」と念を押しておきながら、いざ料金を払う段になると厳太郎の奢《おご》りになることが多かった。椅子に坐るとズボンが汚れるのではないかと気になるほど薄汚い蕎麦屋だったが、厳太郎はまるで頓着《とんちゃく》しなかった。

てんぷら蕎麦と卵とじうどん、ざる蕎麦と親子丼《どんぶり》、というように決まって二人前たいらげる。

厳太郎の豪快な食べっぷりは、京橋支社でも有名で、丼ものと蕎麦類の食べあわせを称し「厳太郎流」と呼ばれるまでになっていた。

5

五月の連休あけの昼下がりに、島井敬治が京橋支社に厳太郎を訪ねてきた。

そこまで来たので寄らしてもらった、と島井は言ったが、わざわざ出向いて来たらしい。

厳太郎は二階の支社長室で、島井と話した。

「厳太郎君が支社長をされると聞いてびっくりしましたが、考えてみると賢明な選択でしたな。現場の苦労を知ることはええことです。わたしなぞも、ウイスキーやビールの販売で心して店頭に立つようにしているが、いろいろ教えられたり気がつくことが多いですよ」

「おそれ入ります。まだ無我夢中ですが、やっと外野の空気に馴染《なじ》んできたところです」

「物産から大日生命に移って一年近くになるが、厳太郎君に対する社内の評価は完全に定まったのとちがいますか」

「さあ、どうでしょうか。まだ二年目に入ったばかりですから……」

厳太郎は多少は手ごたえのようなものを感じてはいたが、まだまだと思っていた。

「きみの入社に反対した組合もすっかり鳴りをひそめてるやないですか。いや、あんなトラブルを起こして恥じ入ってるに違いないわ」

きちんと膝をそろえ、両手を膝に乗せて坐っていた厳太郎が突然ソファから起ちあがって深々と島井に頭を下げた。

「その節はご心配いただきましてありがとうございました」

「なにをきみ、一年も昔のことを……」

島井はあわてぎみに返した。

厳太郎はもう一度低頭してソファに腰をおろした。

「そういえば厳太郎君とは一年近くも会ってなかったねえ。お父上にはけっこうお会いしてるのに」

「ご無沙汰《ぶさた》ばかり致しまして、申し訳ありません」

「実はねえ……」

緑茶を一口すすって、湯呑《ゆの》みをセンターテーブルに戻してから、島井は本題に入った。

「大阪の若手経営者で生方社長を囲む会があるんや。そろそろ厳太郎君にも入会してもらおう思うとるんですよ。主だった者数名に諮《はか》ったところ、全員賛成でした。生方社長自身もぜひにということでしたが、どうですか」

厳太郎は湯呑みを口へ運んで、間を取ったが、ほんとうは間髪《かんはつ》を入れずに断りたかった。

正直言って、とてもそれどころではない、と思っていた。しかし、忙しい島井がわざわざ出向いて来てくれたのである。木で鼻をくくったような返事はできない。

「身に余る光栄ですし、まことにありがたいお話ですが、まだまだ見習いの身で、社業に傾注しなければおいていかれてしまいます。せっかくのお誘いをお断りするなんて身のほど知らずにもほどがあると叱《しか》られそうですが、いまはご辞退させていただきます」

われながら他人行儀だったかな、と厳太郎も思わぬではなかったが、果たして島井は憮然《ぶぜん》とした顔をあらぬほうへ向けている。

「そんなに固く考える必要はないんや。大阪財界の若者部屋への入門程度の話で、きみにとって悪い話ではないと思う。生保の仕事にもプラスになると思うし、きみは経営者の一員なんだから……」

「いいえ、非常に権威のある会だと承《うけたまわ》ってますし、大変名誉なことだとは思いますが、若輩の僕がそういう会に入会したら、いい気になっていると見られるだけです。いまは社業専一と心に決めてます」

「きみももう不惑やないですか。決して若輩ではない」

「いいえ、まだまだ駆け出しです。いずれ折を見て入会させていただきますが、どうかそれまでわがままをおゆるしください」

厳太郎は低頭した。

島井はあきらめきれなかった。顔がつぶれるというほど大袈裟《おおげさ》なものではないが、生方にも話した手前、できることなら顔を立ててもらいたいと思った。

「わたしは生方社長の使者でもあるのです。生方社長は厳太郎君のファンなんやから、ここは老人を喜ばせてあげたらどないですか」

「……」

「お父上に相談されたらどうかな」

「父はそういうことに干渉しないほうですから。そのかわりなるべく早い機会に入会させていただくようにしたいと思います」

「そうやな」

島井は仕方なく引きさがったが、帰りの車中で厳太郎の姿勢は立派だと認める気持になっていた。けっこう気苦労が多いに違いない。社員の眼も気にならぬわけはないが、それだけ社業に命がけで取り組んでいるのだろう——。

厳太郎は、島井敬治の厚意を無にしたようで気がさしていたが、いまはほかのことには眼をくれる余裕はない、ひたすら外野問題に取り組むだけだと思っていたのである。

厳太郎が京橋支社傘下の十五支部の支部長と、支社次長、二人の副長を鴨子ヶ原の自宅に招いたのは、島井敬治と会った翌日の夕刻であった。

芝生を敷き詰めた広い庭園で、厳太郎一家五人が総出でもてなし、バーベキューパーティを開催したのである。

ビールで乾杯したあとで、厳太郎はひとことだけと断わって挨拶に立った。

「本日はお忙しい中をおでかけいただきましてありがとうございます。京橋支社長を拝命してから三カ月になり、夢中で走ってきましたが、お陰さまでどうにかやっていけそうな自信が出てまいりました。それもこれも皆さんに手取り足取りで助けていただいたからこそであります。今夕は、皆さんに対する感謝の気持《しるし》までに、ささやかなパーティをやらせていただきますが、たいしたおもてなしもできませんけれど、家族五人で一生懸命ホスト、ホステスをつとめさせてもらいます。社長夫婦も在宅してますので手伝わせようかとも考えましたが、皆さんが窮屈になって遠慮されてもいけませんので、顔を出さないように厳命してありますから、安心してゆっくりくつろいでください」

哄笑《こうしょう》が鎮《しず》まったあとで、厳太郎は家族を紹介し、「最後にもうひとことだけつけくわえさせてください」と表情をひきしめて、つづけた。

「わずか三カ月の経験で大きなことも言えませんが、生保の販売についてわたしなりの所感を申しますと、いちばん大切なことは支部長の皆さんが外務員のかたがたと気持をかよわせることだと思います。各支部には三十人から四十人の外務員がいてますから、その一人一人と対話することは大変ですけれど、どうかそういう心構えで臨んでいただきたい。外務員のかたがたの流す血と汗の上に、生保業界が成り立っているという事実を嚙《か》みしめてください。それから無理は禁物です。外務員のかたがたを督励するあまり、無理な契約に走らせないように気をつけていただきたいのです。調べてみますと京橋支社の事故率は、平均以下ですが、決して誇れるものではありません。作成契約、架空契約のような事故を起こさないように注意してください。京橋支社が外務員の定着率でも、事故率の面でも、全国支社の模範になるように、わたしも微力を尽くしますが、支部長の皆さんのご協力をくれぐれもお願いします」

厳太郎は深々と頭を下げた。

拍手がわき起こった。拍手がやんだとき、俊一郎が厳太郎を見上げて言った。

「パパのひとことは長いなあ」

「ごめん、ごめん」

厳太郎が俊一郎の頭を撫《な》でると、また拍手が起こった。こんどは笑い声がまじっている。

「さあ、どんどんめしあがってください」

厳太郎夫妻は、支部長たちにビールを注《つ》いで回り、炭火をおこして、肉を焼き、野菜を焼いた。

それを三人の子供たちが、二つのテーブルに運ぶ。

庭の蛍光灯《けいこうとう》が輝度を増し、そこここで笑い声が聞こえバーベキューパーティは盛りあがってゆく。

荒川が炭火の前へやって来た。荒川は厳太郎と同じ不惑を迎えたばかりである。

副長として厳太郎を陰で支えているが、気働きのする気のおけない男で、けっこう厳太郎にずけずけものを言う。

「支社長、焼き方はわたしが替りますから、少しめしあがってください」

「ありがとう。もう少しやりますよ」

厳太郎は炭火の炎で、汗だくになっている。

「僕の話、少しくどかったですか」

「いや、そんなことありません。ほんまええ話でした。中央支部長の谷水《たにみず》君と話したのですが、おばちゃんたちにも聞かせたかったですよ」

荒川は厳太郎に躰を寄せるように屈《かが》み込んだ。

「支社長の気持をおばちゃんたちはようわかってます。皆んなやる気を出して、支部長たちが逆にあおられてるほどです。このぶんだと七月は凄《すご》いことになると思いますよ」

大日生命の創立は明治二十二年七月である。毎年七月の創業月は、期末の三月、保険月の十一月とともに重要月と称して支社間のコンクールが行なわれるので、契約件数、契約高が平常月の二倍から三倍に伸びる。支社では支部間の競争原理が働き、支部では個人ベースのコンクールとなる。七月の重要月はフィーバー現象を呈し、外務員のおばちゃんたちが燃える月でもある。

「コンクールに勝つことも大切ですが、なんとしても外野の質をよくしたいですね。ねえ、荒川さん、外野をよくしましょうよ。そのためにはここにいてる支社の幹部がおばちゃんたちと一体になって頑張らなければいけないと思うんです」

厳太郎は、このことが言いたくて、バーベキューパーティに支部長たちを招いたのである。

6

月初めの支部長会議でのことである。朝八時からの早朝会議で、支社五階の大会議室が会場だが、八時を十分過ぎたのに、支社長の広岡厳太郎はあらわれなかった。

副長の荒川はさっきから外のほうを気にしていた。窓際の議長席の隣りに坐っている関係で、道路が見おろせる。

七月の重要月だというのに、支社長がこんなことでは示しがつかない、と荒川は思う。

支部長の中には張り切って、七時半に支社に着いていた者もいるほどムードが盛りあがっているのに、支社長の遅刻は、それに水を差すようなものではないか――。

あと五分待っても厳太郎が出社しなかったら、自分が議長になって会議を始めよう、と荒川が思ったとき、背広を抱えて走って来る厳太郎の姿が眼に映った。

「来よった！　支社長や」

荒川は思わず調子の外れた声を洩らしていた。

荒川が窓をあけると、支部長たちがどっと窓にむらがった。

「暑いのにあんな走らんでもええのになあ」

「支社長よう頑張りはるなあ」

支部長たちは口々に言い、そのうち一人が厳太郎に向かって手を振り始めた。

「支社長！」

厳太郎は玄関の前で、五階の騒ぎに気づいて足を止めた。

「やあ、おはようー。遅刻しちゃって、ごめんなさーい」

息を切らしながら、厳太郎も手を振っている。

厳太郎の姿が玄関に吸い込まれ、ほどなく躰をゆするようにして会議室にあらわれた。

全身汗みずくである。

「おはようーございまーす」

厳太郎が右手をあげて会議室に入って来ると誰ともなしに手をたたき、時ならぬ盛大な拍手で迎えていた。

荒川も手をたたきながら、これで遅刻は帳消しだと思った。

「ごめんなさい。十五分も遅刻してもうて。支社長として恥ずかしいです。罰金ものや思います。ですから、ペナルティとして七月の重要月に僕自身に課した目標を二倍にすることにします」

厳太郎は汗を拭《ふ》きながら遅刻の詫《わ》びと重要月の気構えを話した。

支部長会議は、重要月をいかに乗り切り、所期の成果をあげていくかについての話し合いに終始したが、厳太郎の決意表明がほどよい刺激になって、眼の色を変えて支部長たちは率先垂範を誓い、中には「厳太郎支社長を擁していながら、平均以下などというていたらくになったときは腹を切らなあかんと思ってます」と言い出す者まであった。

夕方五時からは進発式と称するビヤパーティが同じ五階の大会議室で行なわれた。重要月を盛りあげるための恒例の行事だが、四百人以上の外務員で会場はあふれ、厳太郎はその熱気で頭がくらくらするほどだった。

「外務員がこんなに眼の色変えて仰山《ぎようさん》集まったの見るのは久しぶりです。支部長たちの話を聞くと、みんな厳太郎支社長を男にするんだと闘志を燃やしてるそうですよ」

荒川が厳太郎の耳もとで囁《ささや》いた。

進発式で、厳太郎はごく手短に挨拶した。

「皆さんの燃えるようなエネルギーがパワーが胸にびんびんひびいてきます。僕も皆さんに負けないように頑張ります。ただ、どうか無理をしないでください。あまり張り切り過ぎて躰をこわさないように気をつけてください」

七時近くになると、余興が始まる。これも恒例らしい。このころになるとさすがに会場はすいてくる。

外務員の多くは主婦だから、それも当然である。

厳太郎は突然、司会者から指名された。

ビールをグラスに七、八杯もあけたろうか。厳太郎は赤い顔でマイクの前に立った。

「『わたしの城下町』を唄いまーす」

厳太郎は小柳ルミ子の歌が好きだった。

「格子戸《こうしど》を　くぐりぬけ　見あげる夕焼けの空に……」

道を間違えたのではないかと言われるほどではないにしても、けっこう聴かせる。

厳太郎は二番まで唄って、やんやの喝采《かっさい》を浴びた。

七月の重要月、京橋支社はずば抜けた高成績を残し、社長表彰を受けた。目標を六〇パーセントも上回る未曾有《みぞう》の驚異的な数字である。

　厳太郎は、美紀子を伴って八月一週と二週の日曜日をつぶし、副長および十五人の支部長の自宅を一軒一軒回った。

　京橋支社は、厳太郎が支社長に就任して以来、外務員がハイペースで増え続け、八月現在純増ベースで六十人も増員されていた。もちろん、辞めて行く外務員も少なくないが、歩《ぶ》留りは著しく改善され、厳太郎が掲げた外野問題の改善、強化のスローガンは着実に成果をあげていたのである。生保の業績、保有契約高は、外務員の質と量によって決まるといっていいが、ニューフェイスの外務員は、そのほとんどが新人をさがし育成することを任務とする支部長補佐によってスカウトされてくる。そして、支部長補佐を核として一つのチームをつくり、支部全体の業務が遂行されるのである。外務員の拡充によって、京橋支社長の厳太郎は、組織拡充功労者としても社長表彰を受けたが、重要月の優績（優秀成績）表彰も含めて、支部長たちに感謝の気持を伝えたいがために、美紀子まで動員し菓子折り提げて支部長宅を訪問したのである。

　夏の暑い盛りに、厳太郎夫婦の訪問を受けて、恐縮し感激しない支部長はいない。

「七月の重要月はご苦労をかけました。お陰さまで思いがけない好成績をあげることができました。皆さんのお陰です。とくに荒川副長にはいくら感謝してもし切れないと思ってます」

　厳太郎がまっ先に訪問した荒川宅の玄関先で挨拶すると、荒川は呆気《あっけ》にとられて、しばらくきょとんとしていた。

　もちろん予告なしに不意にやって来たのである。

「支社長、どうなさったんですか。奥さままで。ま、とにかくおあがりになってください」

「いや、これから支部長さんたちのお宅にも伺うので、玄関先で失礼します。ひとことお礼を言いたかったんです」

「毎日会社で顔を合わせてて、なにを水くさいこと言いはるんですか。粗茶一杯なりとも……」

「それでは十分だけ」

　厳太郎夫婦は、荒川の家で二十分ほど邪魔することになる。

「こんな暑い日に、支部長の家庭訪問でもないでしょう。わたしからよく言っておきますから、ここからまっすぐお帰りになってください」

「ほんま言うと、外務員の皆さん全員のお宅を訪問したいくらいなんや」

　厳太郎はにこにこ笑いながら返した。

「こういうお人なんや。ほんま、こんなお人いてはらんわ。神様みたいな人なんよ。

皆んなが厳太郎支社長に従《つ》いていくのがようわかるやろう」

荒川は、傍《かたわら》につつましやかに控えている女房に話している。

美紀子が荒川夫婦に話しかけた。

「いいえ、主人は荒川さんがおられなかったら、どうなっていたかわからないといつも申してますのよ。命の恩人で、親子五人が食べていけるのは荒川さんのお陰ですって……」

「冗談じゃありませんよ」

荒川は顔を赤らめた。

「いいえ、ほんとうなんですのよ。荒川さんがおられなかったら、僕はなに一つできなかった。ときにはきついことも言われるが、荒川副長がいろいろ教えてくれるから、僕はやっていけるんだ、と何度聞かされたかわかりません」

「ほんまにそうや。荒川さんのお宅のほうに足を向けて寝られへんと思うてます」

厳太郎は心底からそう思っていた。事実、荒川にいかに助けてもらっているかを美紀子によく話している。

「わたしのようなもんに、そないに言うていただけるだけで、ほんま胸がいっぱいです」

荒川は声をつまらせている。女房がくしゅんと洟《はな》をすすりあげた。

荒川は厳太郎の参謀役として、それなりに尽くしているつもりだったが、まさか命の恩人とまで思われているとは知らなかったから、いたく胸をつき動かされた。

翌朝、厳太郎は次長の西野から、支部長たちを訪問した折に持参した手土産《てみやげ》の代金と美紀子の分も含めての交通費は、労務管理費で処理できる性質のものなので請求してほしい、という意味のことを言われた。

「誰から聞きました？　荒川さんですか」

「はい」

西野はあっさり肯定した。

「身銭を切り出したら、それこそきりがありませんよ」

「ありがとう。ご親切はうれしいが、たいした金額でもないし、僕の気持やからね。重要月に頑張ってもろうたんで、ほんの感謝のしるしまでにお礼に伺ったんです」

厳太郎は、公私のけじめは厳格だった。わずかとはいえ支社長交際費は認められているが、伝票を切ることはほとんどなかった。

支部長の一人が胃潰瘍《いかいよう》で二週間ほど入院したとき、果物籠《かご》を提げて見舞いに行ったことがある。それをあとから聞きつけた西野から、伝票を切るように言われたが笑って聞き流していた。

八月中旬に、前月の優績者を支社として宝塚《たからづか》温泉に招待して、表彰することになった。

約百五十人の外務員を三台のバスに分乗させて繰り出したが、夕方六時から始まる宴会のとき、支社長、副長、支部長全員が十五分前に会場に集合し、外務員のおばちゃんたちを拍手で迎えたいがどう思うか、とバスの中で厳太郎は、荒川に相談した。

「僕が支部に顔を出すと、必ず拍手で迎えてくれますが、あれをやられると心が和んで、一日気持よく仕事ができるような気がするんです」

「………」

「ちょっと公私混同になりますかね。一度ぐらいは外務員の皆さんにお返しをしたいと思ってたんですが……」

厳太郎はきまりわるそうに、荒川の顔をうかがっている。

「やりましょうよ。素晴しいことやないですか。外務員のおばちゃんたちに感謝の気持をこめて、盛大な拍手で迎えてあげましょう」

「賛成してもらえますか」

厳太郎スマイルが輝きを増し、口笛でも出てきそうだ。

宝塚の旅館で、厳太郎たちに拍手で迎えられたおばちゃんたちの中には照れたり、とまどったりした者もいるが、ほとんどの者がうれしそうで、厳太郎のアイデアは大好評であった。

その夜、宴会で厳太郎は百五十人のおばちゃん一人一人に酌《しゃく》をし、礼を言って回った。それだけでたっぷり二時間はかかる。返杯は受けないことにしたが、それでもどうしてもときかないおばちゃんも少なくないので、ビールと日本酒を相当量飲まされ、最後のころはグラスや猪口《ちょこ》がゆれ動き、二つに見えたほど酔っていた。

旅館のクラブを借り切って、ダンスとカラオケ大会の二次会が行なわれたが、二次会にも最後までつきあい、厳太郎が部屋に戻ったのは十二時近かった。荒川との相部屋だが、荒川はまだ起きていた。

「ご苦労さまです」

「ちょっとはしゃぎ過ぎましたわ」

厳太郎はふらついた足どりで、縁側のソファに腰をおろした。

「おばちゃんたち、よろこんでましたなあ。支社長の演出は大いにうけましたよ」、

「そうだといいんですがね」

「温泉につかったらどうですか」

「そうやなあ」

厳太郎は思案顔だったが、「せっかくやからひと風呂《ふろ》浴びてきます。先に休んでください」と言って、手ぬぐいをぶらさげて出て行った。

かなり飲んでいるので、風呂はあすの朝にしたほうが無難だが、荒川に先に寝てもらわなければ、鼾《いびき》で迷惑をかけることになる——厳太郎はそう思ったのだ。

厳太郎は風呂から戻って、忍び足で部屋へ入ったが、荒川は寝床に腹這《はらば》いになって雑誌を読んでいた。

荒川は荒川で、厳太郎に気をつかっていたのである。

厳太郎はかすかに、

「まいったなあ」

「どうしました？」

荒川は、乱れた浴衣《ゆかた》の裾《すそ》を気にしながら、起きあがった。

「僕の鼾はかなりのものらしいんや。先に寝てもらわんと、寝そびれるかもしれませんよ」

「そんなことですか。それでしたらご心配なく、わたしは至って寝つきのいいほうですから」

「それなら安心やね」

厳太郎はホッとした顔で言った。が、眠いのを我慢して、荒川の寝息を聞いてから布団《ふとん》を次の間に移した。

第四章　秘　密

1

荒川の話を聞いていた広岡厳太郎の表情が翳《かげ》った。口をつぐんで、考え込んでいる。

「八月、九月は例年こういう結果になるんです。あまり気にせんほうがええと思いますよ」

荒川は、厳太郎が黙ってしまったので、慰めるつもりで言い足したが、厳太郎にとって相当ショックだったとみえ、ソファから起《た》って、窓のほうへ歩いて行き、しばらくぼんやり外を見ていた。

八月、九月の新契約実績状況と継続率や解約動向等の報告に、荒川は支社長室にやってきたのだが、その落ち込みぶりに厳太郎は衝撃を受けたのである。とくに契約継続率の低下がひどかった。たしかに七月の重要月の反動と考えれば仕方がない面はあるが、作成契約などの違反行為が少なからず存在していたことを意味する。「厳太郎支社長を男にする」とハッスルしてくれたのはけっこうだが、そのために無理をして、一時しのぎに外務員が自ら保険料を負担するようなことをして、自縄自縛《じじよう》に陥っているのだ。

まさに自爆行為である。

架空の契約で保険料の負担に耐えられるわけはないから、せいぜいふた月も支払えば解約せざるを得ないことになる。

「厳太郎支社長を男にする」ことがその動機だとしたら、なんと切なくつらい話ではないか——。

厳太郎は窓際《まどぎわ》からソファに戻って来たが、いつもの笑顔はみられなかった。

「ノルマがきつ過ぎたいうか、七月の目標設定が高過ぎたんでしょうか」

「そんなことはないと思います。大半は正常な契約募集をやってるんですから」

荒川は、ソファに凭《もた》せていた上体をセンターテーブルのほうへ寄せて、ファイルから別の書類を取り出しながら言った。

「これは外務員の有料物品控除の明細書です。それから、こっちは社友会扱い契約の加入状況です」

厳太郎はコンピューターが打ち出した表を手にして、一層深刻な顔になった。

　有料物品控除明細書とは、外務員が契約者や勧誘の際に配るタオル、ライター、印鑑入れなど会社から買いあげる物品の代金を給与から差し引かれるので、その内訳をあらわしたものだ。

　社友会扱い契約は、外務員自身が大日生命の保険に加入、契約することで、保険料の一部を会社が負担する福利厚生制度の一つであるが、一口に限らず何口か複数で加入している外務員も少なくない。これを外務員の仲間うちで〝自爆〟と称している。

　厳太郎は、荒川に有料物品控除明細書と社友会扱い契約の加入状況をチェックするように命じたのだが、一部の外務員は収入とのアンバランスが一目瞭然《りょうぜん》であった。

「こんなに無理をしなければいけないんやろうか」

　厳太郎は眉《まゆ》をひそめて、深く吐息をついた。

「あまりにもアンバランスな外務員はわたしから厳重に注意します」

「よろしくお願いします。ただ、本人は一生懸命やってるのに、運が悪くて成績の上がらない人も仰山《ぎょうさん》おるんやないですか。一度や二度つまずいたからといって、この外務員はもう見込みがないと見捨ててしまうわけにもいかんと思うんです。真面《まじ》目《め》に一生懸命やってる人はできるだけ助けてあげたいんです。荒川さんほどのベテランなら、見わけがつくと思うんですが、支部長とも相談して、放《ほう》っておいたら脱落しそうだがいっ時助けてあげれば立ち直れそうな人はピックアップしてくれませんか」

「ピックアップするのはけっこうですが、それでどうされるんですか」

「成績の上がらないことを苦にして、心理的に追い詰められ、不適正な行為に走らないとも限らんわけですから、そういう人には僕が契約を取ってきて回してあげます」

荒川は返事のしようがなかった。

荒川はワイシャツのポケットから煙草《たばこ》を一本抜き出して、口に咥《くわ》えた。厳太郎が吸わないので、なるべく厳太郎の前では喫煙しないようにしていたが、煙草でも吸わなければ、間がもたなかった。

「なんとしても明るい外野にしましょうよ。そのためには、僕たち上に立つ者がいかに悩み、いかに一生懸命になってるかわかってもらわなければ……」

「外野をよくしたい気持はわたしも一緒ですけど……」

荒川はもう煙草を灰皿にこすりつけている。

「支社長のお気持も理解できますが、それは無理ですよ。そりゃあ支社長の力で契約を取ってくることは可能でしょうから、五人やそこらなら、めんどうみられんこともないかもしれません。しかし、えこひいきになるし、ほかの外務員が怒りますよ。それじゃなくても、支社長は外務員に対して応援し過ぎだと言われてるんやから、これ以上やり過ぎるとチームワークを乱すことになります。支社長は、外務員のおばちゃんたちにとって、お日様みたいなもんなんです。巌太郎スマイルだけでたくさんです。その明るい笑顔が、外務員たちの励みになるんです。太陽は皆《み》んなに平等に光り輝いていなければいけません」

「内緒でできませんか」

「できませんね」

荒川の返事はにべもなかった。

巌太郎はせっかくのアイデアを一言のもとに否定されて、鼻白んでいる。

「だいいち、支社長はこれ以上働くつもりですか。これ以上無理して、躰《からだ》をこわすようなことになったら、わたしの責任問題になります」

「…………」

「八月、九月の成績を見て、ショックを受けたのもわかりますが、例年のことで、こういう言いかたはなんですが気にするほどのことではありません」

「気になりますよ」

巌太郎は深刻に顔をしかめている。

「支社長は気持のかよわせかたが足りないと言われるかもしれませんが、身も蓋《ふた》もない言いかたになりますけど、どこかで線を引かなんだったら、組織は保てないと思います。支社長が成績の上がらない外務員を助けてやりたいと言われたので、アクセントをつけた言いかたになりますが、ロマンチシズムもけっこうやし、それはそれで立派なんですけど、現実はきびしいものやと申しあげるほかありません」

「僕の言うてることは青くさい書生論いうわけですか」

「そうは言いませんけど、支社長のなさろうとしていることは限度を超えてます」

「そうかなあ」

厳太郎はこれ以上言い返すことができなかった。

厳太郎がセンターテーブルの書類を手に取って、もう一度数字を確かめようとしたとき、若い女性職員が「失礼します」と一礼して、荒川に近づき、メモを手渡した。

「ちょっと失礼します」

荒川がソファから腰をあげた。

二十分ほどして、荒川は次長の西野と一緒に支社長室に入って来た。二人は無言でソファに坐《すわ》った。

厳太郎はデスクで書類を読んでいたが、すぐに二人の前に躰を運んできた。

厳太郎は胸騒ぎを覚えた。それほど二人の表情は厳しかったのである。

「どうしました?」

荒川が答えた。

「三好《みよし》君の様子がどうもおかしいんです」

「様子がおかしい?　どういうことですか」

三好は支部長の一人である。その支部は七月の重要月に十五支部の中で上位の成績をあげた。外務員出身の支部長で、三十七歳になる。支部長の大半は内務職員で占められているが、外務員で優秀な者は男女の性別を問わず、支部長に抜擢《ばってき》されることがある。もっとも、支部長になると固定給に限定されるので、腕のいい外務員は逆に減収になる。したがって、支部長に昇格することを拒む者がいないとも限らない。

そうは言っても、支部長職は管理職でもあるだけにとくに男子外務員にとって一つの到達点であり、支部長になることが外務員の夢でもある。

「いま、支部内勤から電話がありました」

荒川の言う支部内勤とは、支部で事務を執る女性職員を指している。支部は支部長以下三十人ないし四十人で構成されているが、支部には二人の支部内勤が従事している。

「三好君の奥さんから支部に電話がかかり、主人はいつ出張から帰るのかと問い合わせてきたそうです。本人からは風邪で休むと連絡があり、きょうで三日欠勤してますが、きのうあたりからサラ金とおぼしきところから何度も支部へ電話がかかってるという話です」

「荒川副長と、いまからすぐ××支部へ行って来ます」

西野がメタルフレームの眼鏡の奥で、さかんにまばたきしながら言った。

厳太郎が腕時計を見ながら返した。

「いま五時ですねえ。もう少し時間をずらして、外務員が帰ったあとにしたらどうでしょう。小火《ぼや》のうちに消せるものなら、なるべく話が拡散しないほうがいいんやないですか。支部内勤には、申し訳ないが残業するように電話してください」

「わかりました。六時にここを出ることにします」

西野が答え、荒川がうなずいた。

「僕は六時から財界人のパーティに呼ばれてますが、キャンセルします。ここで待機してますよ」

「いや、それには及びません。事実関係を調べるだけでも、今夜だけでは到底無理だと思います。よほどのことがあれば会場へ電話するなり、時間によっては夜分お宅へ電話をかけさせてもらいます」

荒川は同意を求めるように、西野のほうへ首をねじった。

巌太郎は、西野がうなずくのをたしかめながら言った。

「そうですか。あまり騒ぎたてないほうがいいですね。それでは、あしたの朝、話を聞かせてもらいましょうか」

巌太郎は、プライベートなパーティなどに出席するときでも荒川に話すようにしていたから、今夜のパーティ会場も荒川は承知しているはずだった。

西野と荒川が退室したあと、巌太郎は二カ月前の八月の第二日曜日に、寝屋川《ねやがわ》の自宅に三好を訪問したときのことを思い返していた。

あとで美紀子が「三好さん、なんだか元気がなかったようですね」と言ったが、そのときは気にもならなかったのに、美紀子は見るところは見ている、ということになるのだろうか。

「お髭《ひげ》を剃《そ》ってないせいもあるのかしら。顔色もよくなかったようですが、躰の具合でも悪いんでしょうか」

「気のせいやろう。三好君は、外務員を叱咤《しった》激励して頑張《がんば》ってくれたから、多少は疲れているかもしれないが……」

美紀子とそんな話をしたことが思い出されるが、いまにして思うとたしかに三好は生彩を欠いていた。

髭づらということもあったが、おどおどして元気がなかった。やたらに恐縮するだけで、巌太郎の顔をまっすぐ見ようともしない。

十五支部で上位の成績をあげたのだから、堂々と胸を張っていなければおかしいといまさらながら巌太郎は思うのだ。

考えてみれば、三好は俺《おれ》たち夫婦の家庭訪問を予期していたはずなのだ。前の週に訪問を受けた支部長たちから、そのことが三好の耳に入らぬとは思えない。髭を当たるのを忘れていたほど心配ごとがあった、ということなのだろうか——。

2

Hホテルのパーティ会場で、ボーイが名前を書いた呼び出し用のプラカードを掲げて場内を回っているのを見るたびに巌太郎はどきっとしたが、巌太郎に呼び出しがかかることはなかった。

巌太郎は七時半にパーティ会場を出た。

エレベーターを待っているとき、「支社長」と声をかけられ、ふり向くと三好が立っていた。

巌太郎は立ち竦《すく》んだ。言葉をかけようにも声が出てこなかった。

「申し訳ありません。支社長のお宅へ電話をかけさせていただきました。奥さまから、支社長がHホテルにおられるとお聞きしまして……」

ちらっと巌太郎を見上げた三好の眼《め》は怯《おび》えたようにおどおどしている。

「そうですか」

巌太郎はやっと平静を取り戻した。

「一階のティルームでお茶でも飲みましょうか」

「申し訳ありません」

三好は聞きとれぬほど小さな声で答えた。

ティルームの隅《すみ》のテーブルに向かい合ってみると、痛々しいほど三好はやつれて見えた。髭は剃っていたが、眼が落ちくぼみ、頬《ほお》がげっそりしている。二日前の月曜日の支部長会議のときはどうだったかと考えてみたが、巌太郎は思い出せなかった。思い出せないはずである。三好は欠席し、支部長補佐が代理出席していたのだ。

「風邪をひいたのですか。休んでなくていいんですか」

「はい」

「食事はまだなんでしょう? サンドイッチでもどうですか」

「……」

「僕もまだなんです。パーティは挨拶《あいさつ》ばかりさせられて、食べてる間がないから、かなわんです」

厳太郎はウエイターを手招きして、ミックスサンドを二つ頼んだ。

「お飲みものはいかがいたしますか」

「僕はトマトジュース。三好さんは？」

「同じでけっこうです」

「かしこまりました」

去ってゆくウエイターのほうを見ながら厳太郎が言った。

「三好さん、なにか心配ごとがあるみたいやな。どうしたんですか」

「支社長、お願いです。助けてください」

三好は突然、椅子《いす》から起って、厳太郎の膝《ひざ》もとにひれ伏した。

ティルームは混《こ》んでいたので、おびただしい視線がこっちへ集まってくる。厳太郎はうろたえた。

すがりついてくる三好を抱きかかえ、椅子に坐らせた。

「皆んなが見てるから、静かに話しましょう。三好さん、しっかりしてください」

「………」

「さあ、落着いて話してください」

厳太郎は笑顔を見せて、やさしく言った。

七月の重要月に目標をクリアできなかったので、架空の契約をつくらざるを得なかったこと、サラ金から借金しているが、さしあたり元利合計で百十万円必要なこと、親戚《しんせき》友人を回って三十万円ほど手当てしたが、八十万円ほど不足していること――などを三好はぼそぼそと話した。

要するに八十万円借金の申し込みである。

「あなたは二十年近く勤続してるんやから、会社から退職金見合いで、借りられるのと違いますか」

「住宅ローンで目いっぱい借金してます」

「なるほど。サラ金からいくら借りてるの？」

「三百万円ほどです」

「サラ金の金利は安いところで五〇パーセントか六〇パーセントという話やないですか。そんな高利なカネを借りたら、利息に追われてどうしようもないですよ」

「家を処分して、全額返済しようかと思ってます」

「せっかく建てた家を手放すなんて……。どうして、そんな無謀なことしたんですか。きみほどの男が……」

厳太郎は首を振りながら慨嘆した。さすがの厳太郎も、サンドイッチに手をつける気がしなかった。

「支社長、お願いします。今晩中にどうしても八十万円必要なんです。助けてください」

「そやなあ、八十万円ぐらいのカネはなんとでもなるが、今晩いわれても無理やな。銀行はしまっとるし……。家にそんなまとまったカネは置いてないし……」

厳太郎は腕組みして、眼を瞑《つむ》った。

「あしたやな。今晩中いわれてもどうにもなりません。あした九時に銀行で会いましょうか。サラ金かて事情を聞けば、わかってくれるでしょう」

厳太郎は、S銀行の京橋支店を三好に教えた。

「三好さん、家にも帰っておらんそうやないの。奥さんえらい心配してるのとちがいますか。今夜は必ず帰ってあげてくださいや。それから、あした荒川副長にすべてを話して、善後策を考えるようにしてください。あの人なら悪いようにはしないと思います。僕からカネを借りたことは言わんでええけど、サラ金との関係がどうなってるのか、おかしなカラ契約がどうなってるのか、すべてオープンにしなければいけませんよ。こんなになるまで、なんで相談してくれんかったんですか」

三好はぽろっと涙をこぼした。

その夜、荒川からも西野からも電話はなかった。厳太郎はこっちから電話を入れてみようかと考えないでもなかったが、美紀子に聞かせたくなかったので思いとどまった。

翌朝、厳太郎はいつもより早めに家を出た。

厳太郎がS銀行京橋支店に着いたのは九時五分前だが、三好は玄関の前にしょんぼり佇《たたず》んでいた。

スーツは昨夜と同じ無地のグレーだし、ワイシャツもネクタイも昨夜のままで、うらぶれた印象はぬぐえない。

家に帰らずどこかに宿泊したのだろうか、そう思うと胸が痛むが、厳太郎は黙っていた。

S銀行京橋支店には厳太郎名義で二百万円の定期預金があったので、いわゆる預担で八十万円借りて、三好に渡した。

「これからサラ金へ行くんですね。終ったら必ず支部へ顔を出してください。荒川副長をさし向けますからね」

三好は、厳太郎の顔を見ないでこっくりしたが、ひどく心もとなかった。

厳太郎は厭《いや》な予感がしたが、その予感は的中し、三好は蒸発してしまい二度と厳太郎の前に姿をあらわすことはなかった。

調べてみると、三好があけた穴は三百万や四百万円ではなく、一千万円を超えていた。サラ金からの借金も三百万円どころではなかった。七月の重要月に無理をしたわけではなく、一年以上にわたって、支部の成績をとりつくろうため、見せかけの契約を百件近くこしらえ、無理に無理をかさねていたことがわかった。荒川宛《あ》てに家と土地の権利証が書留で郵送されてきたのは十日後のことだ。

差し出し人は三好の妻である。

三好から電話で指示してきたと、荒川宛ての手紙に書いてあり、家と土地を処分してローンとサラ金の返済に充《あ》ててほしいとあった。

大日生命の不動産部に家と土地の処分をまかせ、荒川の才覚でサラ金と交渉して、金利を引き下げてもらい、七軒のサラ金と銀行に返済すると、百万円ほど足が出た。

厳太郎が外務人事部と相談して、依願退職扱いにし、退職金から三好が会社から借りている住宅ローンを差し引くと百二十万円ほど残ることがわかった。三好がそこまで読んでいたとは思えないが、サラ金などすべてを清算して、残金百二十万円余とは、信じられないほどバランスがとれている。

荒川の報告を聞いて、厳太郎は思わずうなった。

「残りの百二十万円はいかがいたしましょうか。支社長に受け取ってもらいますか」

荒川がにやにやしながら言った。

厳太郎は、きょとんとした顔を、荒川のほうへ向けた。

「どうしてですか」

「巌太郎支社長のご恩は忘れない、大金を用立てていただきながら、裏切るようなことをしてしまった、という意味のことが三好君の奥さんからの手紙に書いてありました。これは、奥さんからの二通目の手紙ですが、三好君は、奥さんには折に触れて電話をかけてきてるらしいんです。ご覧になりますか」

荒川は背広の内ポケットから封書を取り出し、中の手紙をつまみ出して巌太郎に手渡した。

巌太郎は手紙を開いて、眼を走らせた。たしかにそうした文面だし、「必ずお返ししますと主人は申しております」とも書いてある。

「いったい、三好君にいくらお貸しになったんですか」

荒川は咎《とが》め立てでもするように、眉間《みけん》にしわを刻んだ。

「たいした額ではありませんよ。このお金は、奥さんに送ってあげてください」

「おそらく、この程度の金額ではないんでしょうね」

「とんでもない」

巌太郎は手を振った。

「しかし、あのとき支社長と三好君が接触するチャンスがあったんですかねえ。いつ三好君と会ったんですか」

「とにかく忘れてください。たいしたことではないですよ」

厳太郎は、なぜかはわからないが、荒川に本当のことがうち明けられなかった。

「この手紙では、三好さんは元気にしてるようですが、どうして会社を辞めなければいけなかったのでしょうか。初めから家を処分するつもりなら、サラ金から借金することもなかったはずやし、それ以前の問題として、なんで無理に背伸びしようとしたのか、僕には、三好さんの気持がさっぱりわかりませんね」

「魔が差したとしか言いようがないですね」

「それにしても、会社を辞めなければいかんかったのでしょうか」

「三好君はプライドの高い男ですから、支部の外務員やわれわれと顔を合わせるのがつらかったんやないですか。男としての見栄《みえ》がありますよ」

支社長の俺に、土下座してまで借金を申し込んでくる勇気があったのなら、なぜ行方をくらますようなぶざまな真似《まね》をしたのか、と厳太郎は口まで出かかったが、喉《のど》もとへ押し戻した。

三好から、本社気付で厳太郎に現金を同封した書留が郵送されてくるようになるのは、半年後のことである。金額は五万円で、月に一度の割りで送られてくる。

差し出し人は偽名だが、三好の筆跡に間違いなかった。

東京世田谷区の差し出し人の住所へ宛てて一度手紙を出したが該当者なしで返送されてきた。

巌太郎は、私事にかかわることや些事瑣末《さじさまつ》なことでも荒川に相談したり話していながら、三好に用立てた八十万円のことと、もうひとつ荒川に秘密にしていたことがある。

3

それは、支部長の一人を札幌支社に転勤させたことの顚末《てんまつ》を自分の胸にだけたたんで、一切語らなかったことだ。

宮脇《みやわき》は三十四歳のスラリとしたハンサムボーイで京橋支社の中でも目立つ存在だった。北大出身で、スキーはプロ級だと自慢していた。

巌太郎も昔取った杵柄《きねづか》だから、そのうち誘おうと思っていたが、スキーの手合わせをする前に、宮脇を札幌支社に転勤させざるを得なくなったのである。

巌太郎に、匿名《とくめい》の手紙が舞い込んだのは十一月下旬のことだ。支社長宛ての手紙は公式文書と見做《みな》され支社長付の女性秘書によって開封されるが、親展としてあれば話は別で、私信扱いで開封されずに巌太郎に届けられる。その手紙も親展となっていた。達筆とは言いかねるが、明らかに女文字である。差し出し人の住所はなく名前は宮下花子《みやしたはなこ》となっていた。

前略　ぶしつけなお手紙を差しあげますことをお許しください。私は××支部の者ですが、昨夜十時過ぎ集金の帰りに、京橋駅に近い××ホテルから宮脇支部長と外務員の竹下《たけした》ひろ子《こ》さんが出てくるところを見てしまいました。宮脇支部長と竹下さんのことは、外務員の中でも噂《うわさ》になっておりましたが、私はまさかそんなことがあり得るわけはないと思っておりました。

しかし、噂は事実だったのです。支部長は、私共外務員にとりましては、ただ単に上司というだけではなく、誇るべき戦友であり、心の支えでもあります。しかも、宮脇支部長は厭な顔一つせず、私たちの相談相手になってくれますし、いつも優しく励ましてくれる方でもあったのです。その宮脇支部長がこともあろうに部下の外務員と……。私はいま悲しみで胸がいっぱいです。というより、涙がこぼれるほど口惜《くや》しさでいっぱいです。尊敬し、お慕いしていた宮脇支部長に裏切られた外務員たちの怒りがいかばかりか、厳太郎支社長はおわかりになりますか。

私は、このことを誰にも話してませんし、話す気にもなれませんが、遠からず噂は××支部にとどまらず、支社全体にひろがってゆくと考えられます。

私がそうであるように、噂が事実としたら、多くの外務員が仕事をする気を失《な》くすことになるのではないかと心配です。十一月は保険月で、重要月であるだけになおさらです。

どうか、然《しか》るべくご処置願います。

かしこ

文字はともかく文章はしっかりしている。支部長を「戦友であり、心の支え」と書くあたり説得力もある。

厳太郎は直感的に単なる中傷ではなく、宮脇と竹下ひろ子の恋愛は事実ではないかと思った。

「主婦の外務員の中には、支社長や支部長に夫を重ねあわせて見てる者もいます、気をつけてくださいよ」と冗談めかして荒川が言ったことがあるが、それが宮脇なら〝仮想夫〟として、理想像として映るかもしれない。

厳太郎は、憂鬱《ゆううつ》だった。三好問題が片づいた直後に、今度は宮脇が問題を起こしてくれたのである。

神ならぬ人間のことだから、支部長と外務員に男女の関係が生じたとしても不思議はないし、往々にしてあり得ることである。社内恋愛は、両者が独身で結婚することを前提としない限りご法度《はっと》だから、秘密保持に自信がなければ危険は冒すべきではない、と厳太郎は思うのだ。

ひそかに社内恋愛を愉《たの》しんでいる者がいないとも限らないが、隠し通すことはほとんど不可能に近いのではあるまいか。

ちょっとしたしぐさや、まなざしに思いが出てしまうものだし、ましてや相手がハンサムな宮脇なら、女性の側にそれをひけらかしたい思いが芽生えないとも限らない。

竹下ひろ子の顔は思い出せないが、主婦であることは間違いなかろう。

厳太郎は、荒川に相談してよいものか悪いものか迷った。教育担当副長は支部長や外務員の相談相手でもあるのだから、荒川に下駄《げた》をあずけてしまう手もあるし、荒川なら悪いようにはしないだろうとも思う。しかし、踏み切れなかった。

つぎの日、厳太郎は支部回りの予定を変更して、朝礼に間に合うよう××支部に直行した。

「おはようございまーす。広岡でーす」

例によって、厳太郎は手を振りながら支部の大部屋へ入って行った。

三十人ほど居合わせた外務員のおばちゃんたちは一斉《いっせい》に起立して拍手で迎える。

宮脇もその中にいた。

厳太郎は、拍手の中を窓際の支部長席まで進み出て、皆んなを着席させた。

「さあ、坐ってください。十一月の保険月もあますところあと一週間しかありませんが、月曜日の支部長会議の報告では、皆さん大いに頑張ってくださってるということですから、目標突破は確実だと確信してます。渡辺典子《わたなべのりこ》さん、ご苦労さまです。いかがですか、目標は達成できそうですか」

厳太郎は、上位優績者の氏名を呼びあげた。

「はい。二十日現在ですでに突破してますが、あとは、いくら上積みできるかです」

渡辺典子は起立して、誇らしげに答えた。

吉松幾子《よしまついくこ》も円城寺絹子《えんじょうじきぬこ》も島田光江《しまだみつえ》も、渡辺典子と同じように自信に満ちた受けこたえぶりであった。

「竹下ひろ子さんはどうですか」

厳太郎が外務員たちを見回すと、ドアに近い右の隅にいた女が起立した。突然名前を呼ばれて、うろたえている。

「竹下さんはまだ研修中でしたね。渡辺さん吉松さんのようにはなかなかいかないと思いますが、やれそうですか」

「はい。頑張りたいと思います」

竹下ひろ子は顔を赤らめて答えた。

竹下ひろ子の顔を見て、彼女が三カ月前に入社した養成職員であることに、厳太郎はすぐさま気づいた。齢《とし》は三十五、六であろうか。ショートカットの髪型で、下ぶくれの可愛《かわい》い女という印象である。おばちゃん外務員の中では目立つ存在だ。

厳太郎はさりげなく宮脇のほうに眼をやったつもりだが、偶然、眼と眼がぶつかったので、急いで顔をそむけた。眼を逸《そ》らしながらこれではっきりした、と厳太郎は思った。宮脇のほうは厳太郎以上に狼狽《ろうばい》していた。見ると、竹下ひろ子はまだ立ち尽くしている。

「竹下さん、坐ってけっこうです。先輩の皆さんに負けないように、頑張ってください」

竹下ひろ子は一礼して着席した。

厳太郎は、われながら声がうわずっていることを意識した。

朝礼のあとで、応接室に宮脇を呼びつけた。これはいつものことだから、どうということはないはずなのに、厳太郎は緊張した。

宮脇はさぐるように上眼づかいで厳太郎をとらえた。

「僕が竹下ひろ子さんの名前を呼んだことでびっくりしてるようですね」

「………」

「僕はこういうことは苦手なんですが、支社長として管理能力を問われてるんです。きみも知ってるように三好問題でひと揺れしたばかりやから、必要以上にナーバスになってるかもしれませんが、あんじょうやってくれな困るじゃありませんか」

厳太郎は笑いながら話しているが、胸はざわついていた。

「支社長がなにをおっしゃりたいのか、わたしにはさっぱりわかりません」

語尾がふるえている。せいいっぱい強がってるつもりらしいが、そんなおろおろ声で言い抜けられるわけがない――。

「きみが××ホテルから竹下さんと出てくるところを見たんです。さきおとといの夜十時ごろやったかなあ。人違いなら、それでいいのですが……」

厳太郎は、カマをかけていることにやりきれない気持になっていたが、手紙を見せるわけにはいかなかったから、こう言うより仕方がない。外務員の日誌を読んでいる宮脇なら、字を見れば誰が書いた手紙か見当がつくはずなのだ。

それ以上に、宮脇がシラを切ったことに対する反発が厳太郎にあったというべきかもしれない。

「人の恋路の邪魔などしたくはありません。野暮の骨頂や。しかし支部長が特定の外務員とねんごろになって、それが支部で噂になったらどうなるんですか。きみの経歴に傷がつくんですよ。支部長は、支部を統括する管理者なんです」

支部内勤の若い女性が緑茶を運んで来たので、厳太郎は話をやめて礼を言った。

「ありがとうございます」

女子職員が一礼して退室するのに、目礼を返しながら厳太郎は湯呑《ゆの》みに手を伸ばした。

喉が渇《かわ》いていたので茶が旨《うま》い。

「ほんま言うと、きみと竹下さんのことは、この支部で噂になってるふしがあるんです。気色悪いので白状してしまうが、僕がきみたちを見たというのは嘘《うそ》なんです。勘弁してください」

厳太郎はいさぎよく頭を下げてから話をつづけた。

「僕のところへ投書があったのです。それを見せるわけにはいきませんので、僕がホテルから出てくるきみたちを見たように言うたのですが、外務員のおばちゃんの誰かに見られたいうことでしょうね。宮下花子と差し出し人にはあったが、そんな名前の外務員は京橋支社にはいてないから、匿名いうことになる……」

厳太郎はまたセンターテーブルから湯呑みを口へ運んだ。

「いま気づいたんですが、宮脇の宮と竹下の下をつなげたんでしょうね。竹下さんはまだ養成職員やから、きみとのことはそう永いことはないのでしょう」

宮脇はかすかにうなずいた。そしてうつむき加減の顔をそっとあげて、厳太郎を見た。

「ご心配をおかけして申し訳ありません。わたしは彼女と結婚してもいいと思ってます」

「えらい思い詰めたものやなあ。結婚するって、奥さんはどうするんですか」

「別れます」

宮脇は挑《いど》むように、ぐいと顎《あご》を突き出した。

厳太郎はたじたじとなった。まるで勝手が違う。なにかしら、喧嘩《けんか》を売られているような感じなのだ。

「きみは、幼稚園児と二つのお嬢ちゃんがいるんでしょう。そんな可愛いお嬢ちゃんを捨てるようなむごいことができますか。だいいち、竹下さんかてミセスやないですか。なにを血迷ったこと言うてるんです。きみ一人がとりのぼせてるのと違いますか」

「……………」

「奥さんは、このことを知ってはるの？」

宮脇はかぶりを振った。

厳太郎はいくらかホッとした。

「ほなやっぱり、きみの独り相撲《ずもう》やな。あんな素晴しい奥さんを悲しませたらだめですよ。奥さんには、どんなことがあっても話したらいけません。竹下さんかて、ご主人と別れてきみと結婚できるとは思うてはいないでしょう。八月にきみのお宅にお邪魔したが、ほんとうに明るい家庭やった。よけいなことかもしれませんが、あのころちょうど三月《みつき》前になるが、きみはまだ竹下さんとわりない仲になってなかったんでしょう」

宮脇は落着きを取り戻し、初めて湯呑みに手を伸ばした。

「竹下さんとは、まだひと月ぐらいのつきあいです」

「それで女房と別れるとまで思い詰めるもんですか。人間なんて弱いもんやから、女房以外の女に懸想《けそう》することだってあるとは思うけれど……」

「支社長に、わたしの気持はわかってもらえないと思います」

「おっしゃるとおりなんやろうが、ここはよく考えてください。僕がよけいな口出ししたばかりに、きみを竹下さんのほうへ追いやるようなことをしたんやないかと心配してるんですが、竹下さんはきみが考えてるよりもっと大人いうか、現実的なんではないかな。きみの家庭を壊すような人とは思えません。そうでしょう？」

「彼女はご主人と別れたいと言ってます」

「でも、きみと結婚したいと言ってるわけではないでしょう。きみの奥さんは郷里が同じやったなあ」

「ええ。苫小牧《とまこまい》です」

「それなら、札幌支社か苫小牧支社に転勤したらどうですか。きみは大阪へ来て二年になるから、そろそろ転勤の時期だし、いちど郷里へ帰って、それから大阪本社に戻って来たらいいじゃないですか。大阪が鬼門いうなら東京総局という手もある。こんどのことは、決して失点にはならん。奥さんと別れるなどと短絡したことを言うたらいけませんよ。竹下さんのことは忘れることです。な、ぜひ。そうしてください」

厳太郎はじっと宮脇を見据《みす》えた。

「少し考えさせてください」

「そうですね。頭を冷やして、よう考えてください」

厳太郎は、ソファから腰をあげて、ぽんと宮脇の肩を叩《たた》いた。

4

宮脇は、あくる日、日曜日の昼過ぎに竹下ひろ子と逢《あ》った。心斎橋に近いデパートの前で落ち合って喫茶店でコーヒーを喫《の》みながら話した。

「厳太郎さんってほんま素敵な人やわあ。皆んなが騒ぐのようわかるわ」

宮脇の気も知らないで、ひろ子は蓮《はす》っ葉《ぱ》な口調でつづけた。

「きのうはほんまびっくりしたわ。厳太郎さんに名前呼ばれたとき、背中にぞくっと電流が走ってんよ。しびれたわ。そやけど、厳太郎さん、なんでわたしの名前知ってはったんやろう」

「厳太郎さんなんて莫迦《ばか》に親しげに呼ぶんだね。仮にも大日生命の取締役支社長だぜ」

宮脇はふくれっつらで返した。

「そない言わはるけど、おばちゃんら皆んな厳太郎さん言うてはりますよ」

ひろ子も頬をふくらませている。なにを無粋なことを、と言いたげである。

「支社長があんたの名前を呼んだのは、竹下ひろ子がどんな女性かたしかめたかったからや」

「なんでえ」

「わからへんのか。あんたと僕のこと支社長は知ってはったんや。支社長に投書があったそうだが、ホテルから出て来るところを見られたっていうわけや」

「支部長とまだ三回しかホテル行ってへんのに、運が悪いなあ」

あっけらかんとしたひろ子の言いように、宮脇は急激に気持がしぼんでいくのを意識した。

宮脇はコーヒーをすすりながら、懸命に気持を立て直した。

竹下ひろ子は、近所に住んでいたベテランの外務員に声をかけられて大日生命京橋支社××支部に養成外務職員として登録されたが、「支部長さん、相談に乗ってえ」とひと月ほど前にひろ子のほうから宮脇に近づいてきた。ラブホテルへ誘ったのか、誘われたのか、はっきりしないが、三度目に逢ったとき宮脇は、ひろ子ともうそんな関係になっていた。

支部長研修などで、外務員との男女関係について繰り返し注意を受けていたが、アルコールの勢いで、ゆきつくところまでいってしまったのである。

「あんた亭主と別れたい言うてたけど、ほんまの気持はどうなんや」

「そない怖い顔せんといてなあ。別れたい思うたこともあったけど、わたしひとりで決められへんし、あんたかて奥さんと別れることでけへんやんか」

「僕は、あんたがその気なら考えてもいいよ」

「きついこと言わはるやんか」

「支社長から転勤をすすめられて、札幌か苫小牧言われたが、従《つ》いて来る気はないんか」

ひろ子は、コーヒーカップをテーブルに戻して、含み笑いを洩《も》らした。

「支部長さんが本気でそんなこと言わはるとは思われへんわ。奥さんがいてはるのに……。奥さんとほんまに別れたら、考えへんでもないけど。そやけど、ウチの亭主はきっと別れへん言うやろうなあ」

「……」

「北海道なんて寒いとこ、わたしよう行かんわ」

「やっぱり僕のひとり相撲だったんだね。支社長の言いはったとおりや」

宮脇は、口惜しそうに言ってひろ子を横眼でとらえた。

「支部長さんとは、初めから大人のつきあいや思うてました」

「わかった。きょう限り、あんたとはおしまいやね」

「そやかて仕方ないやないの」

宮脇は気持がふっきれたような気がした。というより、竹下ひろ子に鼻づらを引きまわされたような悔しさが残った。

翌日月曜日の支部長会議のあとで、宮脇は厳太郎に会議室に残ってもらった。

「転勤の話ですが、受けさせていただきます。支社長がおっしゃったとおりまさにひとり相撲を取ってました。恥ずかしいです」

「竹下さんと話したんやな」

「ええ。彼女は大人です。眼からウロコが落ちた思いです」

「よかったなあ。十二月一日付で小規模な人事異動があるんや。そこにきみをまぎれ込ませるわ。きみから、札幌支社へ転勤したいと希望があったことにしよう」

「父が躰の具合が悪いらしいので、助かります」

「そらええ口実や。人事に話さないかんな」

厳太郎は、さっそく西野と荒川に、宮脇から転勤の希望があったことを話した。

「お父さんが病気がちらしいのです。親孝行させてやろうじゃありませんか。宮脇さんはようやってくれたし、京橋支社も二年になり、そろそろ異動期ですから、ちょうどいいでしょう」

異論はなかった。厳太郎が人事に話して、了承を取りつけるまで、さして時間はかからず、十二月一日付で、宮脇は札幌支社に転勤することになった。

宮脇が後任の支部長との間で引き継ぎを終えて、札幌へ出発したのは十二月上旬の日曜日の午後だが、厳太郎は大阪空港まで見送った。餞別《せんべつ》はすでに渡してあるが、夫人や娘たちの様子が気がかりだったのである。

空港のロビーには荒川と数人の外務員が来ていた。夫人が明るい顔で応対している。

宮脇も見違えるほど生気を取り戻していた。

搭乗《とうじょう》ロビーへ入る前に、宮脇がそっと厳太郎に近づいて来た。

「いろいろお世話になりました。ご恩は生涯《しょうがい》忘れません」

「僕のほうこそ、宮脇さんにはずいぶん助けてもらったね。京橋支社がレベルアップできたのは、きみたちが素人《しろうと》の支社長をバックアップしてくれたからです。元気になってよかった。きみの奥さんは、ほんま明るい人やな。奥さんを大事にしてあげてください」

「はい」

「札幌は地元だから、しっかり頑張ってください」

「ええ」

宮脇の眼にうっすら涙がにじんでいる。

宮脇一家が搭乗ロビーへ移動したので、厳太郎は、荒川たちをティルームへ誘った。

コーヒーを喫みながら、おばちゃんの一人が言った。

「竹下さんに会《お》うたけど、あの人宮脇支部長を見送りに来たんとちごたん。ロビーにいてはると思うたのに……」

「わたしは見なかったわよ」

「人違いじゃあらへん」

「誰かを出迎えに来はったのかしら」

おばちゃんたちは口々に話している。

厳太郎には、彼女たちが宮脇と竹下ひろ子の関係を承知していて話題にしているのかどうかわからなかったが、ひとりだけ口をつぐんでいる皆川康子《みなかわやすこ》という外務員に気づいて、どきりとした。匿名投書の張本人ではないかと思ったのである。康子は伏眼がちにレモンティをすすっていた。

おそらく竹下ひろ子は、宮脇を見送りに来たに相違ないが、俺がこの場に居合わせなかったら、見送り人の輪の中に入って来たのだろうか。いや、宮脇をひと眼見たさにやって来たに違いない――。厳太郎はいやな気分ではなかった。むしろ、さわやかでさえあった。

荒川は、おばちゃんたちと談笑しているが、どうやら宮脇と竹下ひろ子のことには感づいていないようだ。事情通の荒川がわかっていないくらいだから、このことは俺と投書した本人しか知らないことなのだろうか。

そう思うと、厳太郎は荒川に対して優越感に浸れるような気がしてきた。

荒川さんの知らないこともあるんですよ、と厳太郎は胸の中でつぶやいて、ひとりにやついた。

5

厳太郎が京橋支社長を委嘱《いしょく》されてから一年以上経過し、約束の任期が過ぎていた三月中旬のことだ。

支社幹部会の閉会後、荒川が浮かぬ顔で支社長室へやって来た。

「支社長は、城東支部の服部芳子をご存じですか」

「よく憶《おぼ》えてます。初めて、僕に直接応援を頼んできた人やから。服部さんがどうされたんですか」

「会社から二百万円借金したいと申し込んできたんですが、あの人の勤続年数は五年ほどなので、退職金見合いでやっと五十万円がせいぜいらしいんです」

「たしか、ご主人は会社が休職扱いで入院中でしたね」

「ネフローゼいいましたかねえ。腎臓《じんぞう》病ですがなかなか治癒《ちゆ》しにくいらしいですね」

「差額ベッドとか、入院費がかかりますよね」

厳太郎がつぶやくように言うと、荒川は手を振った。

「病人を抱えて大変なことは大変でしょうが、入院費じゃないみたいですよ。お子さんが慶応の医学部に合格したと聞きましたけど、その学費が要るということやないんですか」

「慶応の医学部に合格したんですか。それは大変なことや。なんとしても二百万円は工面せないけませんよ」

厳太郎は眼を輝かせてつづけた。

「たしか、慶応医学部の学費は国立並みに異常に安いはずです。だからこそレベルも高く、東大理Ⅲ並みの偏差値になるわけや。それでも入学金、初年度の授業料、施設費、実験実習費などもろもろで二百万円近くかかるんでしょうね」

荒川は眼を剝《む》いた。

「東大並みの偏差値ですか」

「東大以上かもしれませんよ。僕が用立ててあげます言うたら、なんかおかしくとられますか」

「お気持はわかりますけれど、やり過ぎでしょうねえ」

荒川は眉をひそめた。

「それにしても、服部さんのお坊ちゃんは、ようできる子やなあ。朗報ですよ」

厳太郎は明るい顔で言った。

服部芳子の人なつこい丸顔が眼に浮かぶ。

厳太郎は、荒川が退室したあと、矢も盾もたまらず、城東支部に電話をかけた。

今夜はめずらしく予定がなかったから、なんなら食事に誘ってもよい――。

服部芳子は在席していた。

「京橋支社の広岡です」

「広岡さんって、厳太郎支社長ですか」

「はい。広岡厳太郎です」

「まあ」

芳子は絶句した。

「おめでとうございます。お子さんが慶応の医学部に合格されたそうですね」

「まあ」

芳子はもう一度、間投詞を発し、ややあってから「ありがとうございます。支社長からそんな言うていただけるとは思ってませんでした」とつづけた。

「今夜、なにか予定がありますか。よろしかったら、未来の医学博士と一緒に食事でもしませんか」

「うれしいですわ。そやけど支社長はお忙しいかたなのに、ほんまによろしいんですか」

「かまいません。今夜はあいてます」

「ほんま、お言葉に甘えてよろしいんでしょうか」

「ええ。ご子息の合格祝いにぜひ一席もたせてください。ご子息の都合が悪いようなら、二人で乾杯しましょう」

「それではお言葉に甘えさせていただきます。ただ、息子の都合が悪いようでしたら、お気持だけいただかせてください」

芳子の声も弾んでいる。厳太郎は久しぶりにいい気持になった。

息子は在宅していたとみえ、すぐに芳子から電話がかかった。

「息子もよろこんでおります。ほんまあつかましいと思いますが、お言葉に甘えさせていただきます」

「そうですか。では、Hホテルのロビーで六時半に待ってます」

服部芳子との電話が終ったあとで、厳太郎は自宅へ電話をかけた。美紀子が出てきた。

「すまん。今夜も遅うなるよ」

「子供たちががっかりしますよ。久しぶりにパパと食事ができると愉《たの》しみにしてましたのに……」

「すまんなあ。日曜日に埋め合わしますから、堪忍《かんにん》してほしいな」

厳太郎は電話機に向かってお辞儀をした。

その夜、厳太郎は服部親子と食事をして別れたあと、久しぶりに北新地のバー恵《めぐみ》に顔を出した。恵は物産時代からプライベートに使っている店で、稲井以外に連れて行ったことはなかった。ひとりで息抜きに来られる店は、ここしかない。

恵のママは、厳太郎と同年配だが、しっとりとうるおいのある女で、いい雰囲気《ふんいき》を持っていた。もちろん、多少面喰《めんく》いなところのある厳太郎がかよってくる店のママだから、美形である。おでこが広く、えりあしのきれいな女で、着物がよく似合った。

九時を過ぎていたが、恵には二人連れひと組しか客がいなかった。

「いつも混んでるのに、めずらしいな」

「一段落したところなの」

ママは、巌太郎に腕を絡《から》ませるようにして指定席のカウンターの奥の隅に連れていった。

「巌ちゃん、なにかいいことあったんやないの。今夜はとくにうれしそうやわ」

「当たりや」

巌太郎はウインクをして、バーテンから手渡された蒸しタオルで顔を拭《ふ》いた。

「教えて？」

「僕の部下のぼんが慶応の医学部に合格したんや。そのお祝いをしてきたところなんや。気分がええわ。部下というても、服部さんいうて、外務員のおばちゃんやねんけど、かしこそうなええ子やった」

「巌ちゃんの後輩になるわけやねえ」

「医学部と法学部では、ここがぜんぜん違うわ」

巌太郎は人差し指で、自分の頭をつっついて、話をつづけた。

「阪大も受けてるそうやけど、僕としては慶応に行ってもらいたい思うてるんや。

お父さんがネフローゼいう病気で入院してるそうやが、医学部を志望した動機も、そのへんにある言うてたな。儲《もう》け主義の医者になりたいいうのとはわけが違う。入学金の工面がつかんそうやから、厳太郎資金を出すいうて、胸をたたいてきたんや」

厳太郎は、ちょっと反り返って胸をたたいてみせた。

「奨学金やな。出世払いで二百万円都合してあげるつもりなんやが、それをどう工面しようか考えてるとこや」

スロージンフィズのグラスをぶつけあったあとで、ママが言った。

「厳ちゃん、いつだったかしら、銀行から八十万円借金したって言うてませんでした?」

「そんなことママに話したんか」

「ええ、聞いてますわ」

「女房にも話しとらんことを、ママに話すなんて悪い子や」

厳太郎は、げんこつで自分のおでこをこつんとぶった。

「あら、まだ奥さんにお話ししてないんですか。あきませんねえ」

「ついでに女房に内緒で、ゴルフの会員権を処分しようと思うとるんや。十月に借りた八十万円もそのままにしておくわけにもいけへんし、奨学金も用意せないかんやろ」

「そんな、だめですよ」

ママが厳太郎の背中をぶった。

「だめって、会員権を処分することがあかんの」

「違います。奥さんに内緒にしておくことが、です」

「そやなあ」

厳太郎は、スロージンフィズを口に含んで考える顔になった。

「八十万円のことも女房に話さなあかんかな」

「当然ですよ。サラ金にひっかかった支部長さんを助けてあげはったんでしょう」

「そんなことまで、ママに話したかなあ。口が軽いわ」

「別に北の女に入れあげてるわけやなし、奥さんに話せないってことはないでしょう」

ママはしなのある眼でとらえながら、厳太郎の右手の甲をつねった。

「それとも、どなたかええお女《ひと》がいてはるのとちがいます?」

「そんなことあらへん。僕は愛妻家やからね」

「まあ、憎らしい」

ママの手が襲いかかる前に、厳太郎は両手をカウンターから膝へおろした。

厳太郎が帰宅したのは十時過ぎであった。

ひと風呂浴びてから、美紀子の給仕でお茶漬《ちゃづ》けを食べる。

ダイニングルームからリビングルームに移って、俊一郎と恵美子の日記を読み、感想を書いて、日記帳を戻しに子供部屋へ行き、子供たちの寝顔を見てから、就寝する——というのがいつものパターンだが、今夜はお茶漬けを食べたあと、一時間近くも美紀子とおしゃべりをした。もっとも美紀子はもっぱら聞き役である。厳太郎は、服部親子のことを夢中でしゃべっている。

「服部さんのご主人はサラリーマンや。会社を長期休職中やから、会社に借金申し込むのも言いづらいんやろうな。ようわかるわ。どうにもならんかったら、会社に話すとは言うてはるそうやが、奥さんとしては病人にそこまで心配させるのは切ないから、なんとかしたいと思うてるんや。服部さんのぼんがけなげな子なんや。家庭教師のアルバイトは率がええから、東京へ出てもアルバイトで生活費は稼《かせ》ぐし、うまくいけば学費も少しは負担できるかもしれん言うとった。しかし、医学部はほかの学部とちがって、勉強せなあかんから、アルバイトもそうそうやってられんと違うやろうか」

美紀子が厳太郎の湯呑みに、番茶をつぎ足しながら訊《き》いた。

「服部さんという人以外にも、受験生を抱えている人は、いるんじゃありませんか」

「そりゃあ、いてると思うよ。荒川さんにやり過ぎだと言われたし、えこひいきになるかもしれんが、聞いてしまった以上、なんとかしてやらないかんと思うんや」

「外務員のかたたちは、皆さん経済的に恵まれないかたばかりなんですか」

「中には、ご主人が一流会社の重役なんていうのもいてるが、ほとんどは生活費の足しにするために働いてると思う。服部さんには、出世払いで二百万円貸してあげるつもりなんや。ママに賛成してもらわんと困るんだよ」

厳太郎は番茶を飲みながら、美紀子の顔色をうかがっている。

美紀子は表情を変えなかった。

厳太郎はここぞとばかりに言った。

「北のバーとクラブに百万円ほど借金してるんや。それと、銀行に八十万円借りとる」

「銀行の八十万円ってなんですか」

「サラ金にひっかかった支部長に用立てたんや。これは、返ってくるカネや」

「さあ、あまりあてになさらないほうがいいわね」

「そうやな。S銀行の定期預金を解約するか」

「それでも足りないじゃありませんか。あなた、物産からいただいた退職金は、結局残りませんでしたね。交際費をどのくらいおつかいになってるか、ご存じですか」

美紀子が現実的なことを口にした。

厳太郎はしかめっつらをして、湯呑みを口へ運んだ。

「物産の課長時代のほうが交際費は潤沢やったな。山口副社長に、支社長の交際費はないから心しろと言われとったのに、ちょっとゆるふんやった。反省してるわ。ひきしめなあかん」

「仮にも重役なんですから、体面にかかわることもできませんしね」

「いや、これからは割り勘でいく。ケチ厳と言われるくらいでちょうどええのや」

「ケチ厳なんて、厭ですわ」

美紀子は、厳太郎の言いかたがおかしくてクスッとやった。

黙って番茶を飲んでいた厳太郎が不意に声をひそめて言った。

「ゴルフ場の会員権を一つ処分するか」

「……」

「東京でゴルフすることもないやろう。東京どころか、ここ半年ほどコースに出てないから、いまコースに出たら大たたきするやろうなあ」

厳太郎は一時期シングルに近いところまで手をあげ、物産でも五指に入るほどゴルフは強かった。

「東京のゴルフ場は、あなたが慶応に入学なさったときにお義父《とう》さまが、お祝いに買ってくださったんではなかったんですか」

「そうや。いま売れば二千万円ぐらいにはなるやろうな」

「お父さまがお悲しみになりますよ」

「もちろん、親父にもおふくろにも内緒や」

「そんなにまでしなければいけませんかねえ」

「ママはやっぱり反対？」

「そうねえ……」

美紀子は、美しい顔を伏せて考えている。

二人は食卓をへだてて向き合っているが、厳太郎は番茶をすすりながら、美紀子の返事を待った。

「パパのお気の済むようになさったらどうですか。どうせわたしが反対しても、そうなさるんでしょう？」

「反対や言うてるのと同じやな」

「いいえ。必ずしも反対ではありません」

「ま、服部さんのことはともかく、手もと不如意やから、処分しよう」

「外務員のかたがたの中にお入りになるのはよろしいのですが、どこまでが限度なのか、どこで線を引くかは難しいですね。いちど、健治に相談なさったらどうかしら」

「健ちゃんは、生保人としては僕の先輩やけどね、そんなもの人さまざまで、人によってやりかたが、違うやないか。健ちゃんに相談したかて始まらん思うがなあ」

「………」

「ゴルフ場の会員権の処分については健ちゃんにたのんだらいいか。あしたさっそく電話入れとくわ」

厳太郎はすっかりその気になっている。

6

四月一日付で、厳太郎は本社の企業保険部長を委嘱された。京橋支社長在任期間は一年二カ月に及んだ。山口副社長と約束した任期より二カ月延びたことになるが、通常の部課長クラスの異動期にタイミングを合わせただけのことである。

厳太郎は、支社長職を一年ではいかにも短過ぎると思っていた。できれば二年やりたかったので、とぼけていたわけではないけれど自分から言い出すことはしなかったが、三月の初めに山口に呼ばれて、「四月にポストを代ってもらうよ」と申し渡されたのである。

「あっという間でした。やはり最低二年はやりませんといけませんね。一年では現場を覗《のぞ》いた程度で、大きなことは言えませんよ」

「なんと言っても、約束は実行してもらう」

「仕方ありません。どうして二年で頑張らなかったのかと後悔してますよ」

「いや、きみの一年は、普通の人の二年分に匹敵する。実によくやった。わずか一年で京橋支社をあそこまでレベルアップした功績は、永く語りつがれることになるだろうな」

「荒川副長はじめ皆さんが協力してくれたからこそ、ボロを出さずに済んだのです」

「荒川君はよくやってくれたかね」

「パーフェクトです。献身的に尽くしてくれました」

「そうか」

山口は満足そうに眼を細めた。

「きみの嵌《は》め込み先については、安西常務と二人でいろいろ考えたんだ。副長にしっかりしたのがついておらないかん。そうかといって、年齢がきみより上でもやりにくいだろうから、同年か齢下でなければいけない。荒川君を呼んで、きみのお守《もり》役を頼んだら、意気に感じてくれて、全力でやると約束してくれた」

「そんな話は初めて聞きます。荒川さんにはほんとうに助けてもらいました。それに外務員の人たちの質も抜群によかったと思います」

「それは、きみの功績だよ。われわれとしてはトラブルのないことだけを祈る心境だった。きみを傷つけたら、それこそ社長に顔向けできんからな。新聞ダネになるようなモラル・リスクの問題も起きなかったのは、ほとんど奇蹟《きせき》に近い」

モラル・リスク（道徳的危険）とは疾病《しっぺい》特約等にからんだ不正のことで、保険事故別にみると①死亡保険事故②傷害給付金事故③災害または疾病入院事故④手術給付金事故に大別できる。

「ついていたという以外にありません」

「経営者の資質について、人は判断力とか先見性とか包容力とかいろいろ言うが、わたしは運の強いことが第一だと考えている。その意味でもきみは経営者として申し分ないということになるな。それにしても大過なく、とばかり願っていたのに、京橋支社をあそこまで強化、拡充してくれるとは思いもよらなかった。われわれは、きみを甘く見過ぎていたかもしれんな。脱帽するよ」

「褒《ほ》め過ぎですよ」

さすがに厳太郎は照れくさかった。全力を尽くした、全力で走ったという思いはあるが、果たしてそれほどのことなのかどうか――。

「大阪周辺の支社は、このところどこも成績がいいんだ。京橋支社に刺激されて、競争原理が働いたんだろうな。安西君が、こんなことなら厳太郎君に東京の支社長になってもらうんだった、なんて欲張ったことを言ってたが、販売担当常務の気持としてはわからんでもないがね」

山口の話に実感がこもっているのは、大日生命がシェアで日本一、いや世界的にも新契約高、保有契約高では第一位を誇っているにもかかわらず、首都圏では業界三位に甘んじていることの口惜しさが滲《にじ》み出てしまうことによるとみていい。

「それでは、東京の支社長職を一年やらせていただきましょうか」

厳太郎が真顔で言うと、山口も至極まじめくさった顔で手を振りながら返した。

「それは駄目だ。今度は、社長を説得できる自信がない」

二人はしばらく顔を見合わせていたが、山口がにらめっこに負けたように声をたてて笑い出し、厳太郎もつられて破顔した。

「企業保険部長の使命はもっともっと重いぞ。団体保険で他社の後塵《こうじん》を拝してるから、企業の多い東京で遅れを取ることになる。それと社長の念願の国際化戦略だ。今度こそ、きみの本当の出番だ。しっかり頼む」

「頑張ります」

厳太郎は力強く言い切った。

三月下旬に、厳太郎の送別会が京橋支社五階の大ホールで催された。会費制だったが、三百人を超える人が集まった。

厳太郎は千円の会費を徴収されたほか、高級スコッチウイスキーを一本幹事からねだられたのでよろこんで進呈した。

荒川の音頭で乾杯したあと、厳太郎はさっそくマイクの前に立たされた。

「一年二カ月があっという間に過ぎてしまいましたが、わたしにとってこれほど充実した月日はなかったと思います。なぜかと言いますと、実に気持よく皆さんと一緒に働かせていただけたからです。寛容と忍耐と言いますと、どこかの国の首相の言葉になってしまいますが、ほんとうに皆さんは、現場のことはなに一つ知らないわたしを、寛容と忍耐とを以《もっ》てやさしく導いてくださいました。右も左も知らないわたしの手を取り足を取って、道の真ん中をまっすぐ歩かせてくださった。皆さんの友情をわたしは生涯忘れることはないと思います。七月の重要月に外務員の皆さんが厳太郎を男にしてやろうと言って死にもの狂いで頑張ってくださったことを荒川副長から聞きましたが、皆さんの心のあたたかさ、思いやりの深さに涙がこぼれました。これからも、京橋支社で過した一年二カ月のことを折にふれて思い出すことにします。どんなにつらいことや苦しいことがあっても、それを思い出すことによって、勇気がわいてくると考えるからです……」

そこここですすり泣く声が聞こえる。厳太郎自身しゃべっているうちに胸が熱くなっていたが、懸命に笑顔をこしらえ、ぐっとくだけた口調で話をつづけた。

「ごめんなさい。こんなはずやなかったんです。僕は、遠く外国へ行ってしまうわけではありません。すぐそこの御堂筋《みどうすじ》の本社におるんやから、いつでも遊びに来てください。僕にできることでしたら、なんなりと申しつけてください……」

やにわに荒川が厳太郎に近づき、マイクを両手でつかむようにして横あいからしゃべり始めた。

「厳太郎重役は、ああおっしゃってくださいましたが、企業保険部長というポストは大変忙しいポストです。ですから節度とけじめを以て接触していただきたいと思います。どうしても厳太郎重役のお力を借りたかったり相談したい人は、必ず荒川を通すようにしてください。以上！」

「副長、それはないわ」

「荒川副長は、厳太郎さんの秘書やないのよ」

「でしゃばりなんだから」

黄色い声が飛び交い、荒川は首をすくめて、厳太郎に助けを求めた。

厳太郎はにこにこ笑っていた。考えてみれば、ひとこと多かったかもしれないし、荒川の老婆心《ろうばしん》もわからなくはない。

司会役の男が気を利《き》かせて、次のプログラムへ進行させた。

花束贈呈と記念品贈呈である。記念品は、外務員のおばちゃんたちが有志で贈ってくれたネクタイ、タイピン、カフスボタンのセットであった。

7

役員会が終了したのは午前十一時十分過ぎであった。定例役員会は毎週水曜日の午前九時から始まるが、広岡厳太郎が企業保険部長を委嘱されてから二回目の定例役員会で、四月の第二週のことだ。

昨年の五月、厳太郎より一年遅れで取締役に選任された広岡慶一郎とふたこと三こと言葉を交わしながら、二階の役員会議室を出て三階の企業保険部へ戻ってくると、フロア全体がざわついていた。

白い布地で覆《おお》われた取締役部長席の右手にあるソファを占領していた五人の男たちが、厳太郎を認めると一斉《いっせい》に腰をあげて、挨拶した。

次長の岩越《いわこし》と課長の三上《みかみ》は軽く会釈《えしゃく》した程度だが、あとの三人は硬い顔で自己紹介した。

「阿倍野《あべの》支社長の田原《たはら》です。以前支社長会議でご挨拶してると思いますが……」

「はい。よく存じてます」

厳太郎は丁寧に挨拶した。

「副長の森川《もりかわ》です。よろしくお願いします」

「昭和町支部長の桑田《くわた》です」

「広岡厳太郎です。ご苦労さまです」

挨拶が済んだところで、岩越が田原の顔を見ながら言った。

「会議室で話しましょうか」

「ええ」

田原が返事をしたが、厳太郎は気を利かせて「僕のほうはかまいませんよ」と、岩越に言った。

「いや、ちょっと込み入った話ですから」

岩越は、田原たちに会議室のほうを手で示した。厳太郎に聞かれて困る話ではなかったが、できたら聞かせたくなかったのである。

名残《なごり》惜しそうに、田原と桑田が厳太郎のほうをふり返った。

五人が立ち去ったあとで、厳太郎は浅見《あさみ》という若い職員に訊いた。

「岩越次長も、三上課長もずいぶん怖い顔をしてたが、どうしたのかな」

「よくわかりませんが、阿倍野支社でなにかトラブルがあったみたいです。きのうも、課長が電話で阿倍野支社長とやりあってました」

「そう」

厳太郎は背広を脱いで、椅子に着せた。いったん着席して未決裁の書類をひろげたが、会議室のほうが気になって、気持が書類に向かわなかった。

厳太郎は、部長付の西尾《にしお》みどりが煎茶《せんちゃ》を淹《い》れて運んできたのをいいことに、岩越を呼ぶように指示した。

ほどなく岩越がやって来た。

「なにかトラブルのようですが、どうしました？」

「たいしたことではありません。部長をわずらわせるまでもなく、わたしの段階で処理できると思いまして……」

岩越は持ち前のゆったりした口調で言ったが、明らかに言葉を濁している。

「それはいいとして、話の内容はどういうことですか」

厳太郎の濃い眉が動いた。

岩越はためらいがちに話し始めた。

天満《てんま》にある大手家電メーカーの下請のパーツメーカーの社長が企業保険の契約締結を条件に大日生命に融資を求めてきた。外務員は契約を取りたい一心で色よい返事をし、このことを支部長の桑田に報告した。桑田がすぐに支社長に話して、本社につなげばその段階で中小企業貸付金制度の条件を満たしていないことがわかったはずだから、保険の契約の件も見合わせたのであろうが、契約を結び一回目の保険料の払い込み後、融資の件を催促され、あわてて財務部と掛け合ったものの、ごく基礎的な調査で、融資に応じられないことが明らかになった。くだんのパーツメーカー経営者は、大日生命から融資を受けられることを前提に資金計画を詰めているので、いまさらノーと言われても対応のしようがないとねじ込み、本社の然るべき責任者に責任ある説明を要求し、損害賠償の要求も辞さないと強硬に迫ったので、支社長以下、蒼《あお》くなって企業保険部へ泣き込んできたというわけだ。外務員のおばちゃんは本社にとりつぐとは言ったが、融資を約束した憶えはないと言い張っているという。

「僕も一緒に話を聞かせてもらいましょう」

厳太郎はすぐに起ちあがった。

「部長、大丈夫ですよ」

岩越は押しとどめようとしたが、厳太郎の巨体は会議室に向かって突進していた。

ノックと同時に厳太郎があらわれたので、四人とも弾《はじ》かれたように起立したが、厳太郎はにこやかに、皆んなを坐らせた。

「いま、岩越次長からおおよそのことは聞きましたが、明らかに大日生命側に落度があるようですね」

「申し訳ありません。お恥ずかしい限りです」

桑田は青菜に塩といったうちしおれようであった。

「ミスは誰にでもありますよ」

厳太郎が笑顔で言うと、桑田は一層身を縮めた。

「桑田君だけの責任ではありません。支社長のわたしにも責任があります」

田原もうなだれている。

三上が追い討ちをかけた。

「阿倍野支社の尻《しり》ぬぐいを本社がやらなければならないという法はないでしょう」

「それはよくわかってますが、何度も申しあげてるように相手が本社の責任者を出せと強硬なんです」

森川がいくらかきっとした顔で言い返した。

三上は、厳太郎の手前もあるのか居丈高に言い募った。

「あなたがたは外務員をどう教育してるんですか。契約を取りたいばっかりに、できもしないことを調子よくできるように言うなんて、ペテンじゃないですか」

厳太郎は、隣りの岩越のほうへ首をねじった。

「岩越さんの意見はどうなんですか。三上さんは尻を本社に持ち込まれても困るという意見のようですが……」

「阿倍野支社が対応に苦慮されてるのもわかりますから、わたしが一度、その経営者に会って中小企業貸付の基準を、よく説明して理解を取りつけたいと思ってるのですが……」

「岩越次長がそこまで言ってるのに、この人たちは取締役でなければ、相手は納得しないの一点張りなんです。広岡取締役にそんなことを頼みにくる人たちの気がしれません。甘ったれるにもほどがあります」

三上は上体を反り返らせて、あてこすりを言った。

田原が面《おもて》をあげて、厳太郎のほうへ哀れっぽいまなざしを向けてきた。

厳太郎が京橋支社長として、阿倍野支社の外務員にまで応援に駆けつけてくれたのはついきのうのことである。厳太郎ならわかってくれるのではないか、と考えたからこそ、こうして三人が雁首《がんくび》そろえてやって来たのだ。甘ったれるなと言われればそれまでだが、厳太郎へ取りつぐことさえ拒み続けている岩越と三上に、三人は内心腹を立てていた。

岩越と三上にしてみれば、迂闊《うかつ》に厳太郎を出して傷つけるようなことになったら大変だ、と思っている。まして、厳太郎は企業保険部長になって半月にもならないのだ。厳太郎が社長の御曹司《おんぞうし》でなければ、あるいはもっと気軽に対応していたかもしれないが、どうしても保守的になりがちで、それは仕方がないとも言える。

厳太郎にも、岩越たちの気持はわかるから多少の迷いはないではなかったが、田原をやわらかく見返して言った。

「僕でよかったら、行きますよ。天満なら京橋支社の近くですね。間違っているのはわがほうなんやから、きちっと頭を下げるべきです。取締役以上でなければ相手が納得してくれないんなら、仕方がないじゃないですか」

「部長、それはおやめになったほうがいいですよ」

「部長が行かれるくらいなら、安西常務にお願いします」

三上と岩越がほとんど同時に言った。

厳太郎はゆっくりと首を左右に振った。

「安西常務をわずらわせるなんて、話があべこべですよ」

「相手はどんな言いがかりをつけてくるかわかりません。部長が社長のご子息であることを承知してて、部長を特定してきたとも考えられます」

厳太郎は、三上に向けていた視線を田原のほうへ移して訊いた。

「僕を特定してるんですか」

「ええ、まあ」

田原は伏眼がちに蚊《か》の鳴くような声を洩らした。

「それじゃあ、行かざるを得ないやないですか。これも勉強の一つです。善は急げというやないですか。いまからでも行きましょう。すぐに連絡を取ってください」

「はい」

森川が席を起ち、会議室の電話の前に立った。

「部長、ほんまによろしいんですか」

「心配ないですよ。僕は支社長をやって外務員のかたたちの苦労がよくわかりました。皆んな一生懸命やってるんやから、できる限りの応援はしてあげましょう。たまにはフライングもありますよ」

森川が電話を終って厳太郎の前へ戻って来た。

「先方は待ってると言ってます」

「そうですか。行きましょう」

厳太郎は腰をあげた。

駐車場に待たせてあった阿倍野支社の専用車に四人が乗り込んだのは十一時五十分過ぎである。厳太郎が助手席に坐り、田原、森川、桑田の三人が後方シートに並んだ。

十二時十五分にパーツメーカーの本社工場に着いたが、大手家電メーカーの下請といっても、下請の下請のような小さな町工場である。

二十坪ほどの事務所にスチール製のデスクが六つ一カ所にかためて並べられ、社長席なのか窓際に一つ木製のデスクがあり、その脇《わき》に三点セットのソファが据えられている。

昼休みだからなのだろう、事務所には中年の女性事務員が一人いるだけだった。女性事務員にソファをすすめられたが、四人はドアの前で待っていた。

作業服の男が事務所に入って来た。

桑田が一礼して、男のほうへ躰を寄せた。

「三島《みしま》社長、わたしどもの広岡取締役です」

「広岡です。よろしくお願いします」

厳太郎が受けとった名刺には、サンライト電機工業株式会社　代表取締役社長三島雅司《まさし》とある。

田原も三島と初対面で、名刺を交換した。

ソファは四人でいっぱいになり、桑田はあいていた椅子をデスクから離して、センターテーブルのほうへ寄せて腰をおろした。

三島と森川が並び、三島と向かい合って厳太郎、その隣りに田原が坐った。桑田は厳太郎と田原の背後にひかえている。

「このたびは、わたしどもの手違いでご迷惑をおかけしてしまいました。申し訳ございません」

厳太郎はソファから腰をあげて、深々と頭を下げた。

「生保会社から、簡単に融資を受けられるとは思わなんだが、おたくの外務員さんがえらい調子のいいことを言わはるんで、その気になってしまいましてん。駄目《だめ》なら駄目、あかんならあかんともっとはよう言うてもらわな……。それを気をもたせるようなこと言わはって。四十日も経《た》ってから、書類出せ言うから、出したら貸付の基準に合わんとけんもほろろの返事や。本社のえらいさんに、ひとこと言わな気いすまへんがな。そうでっしゃろ。人をおちょくるのも大抵にしてもらわな……」

三島は、ぼそぼそした調子でしゃべっているが、言っていることは筋道が通っている。

「社長さんのおっしゃるとおりです。弁解の余地はありません。平身低頭、お詫《わ》びするだけです」

厳太郎がもう一度頭を下げたので、田原たちもうなだれた。

「つね日頃《ひごろ》、外務員には厳しく教育してるつもりですが、まだまだ不足してることを痛感します。これを機会に、教育の徹底を期したいと存じます」

「そうや、熱心に保険を勧誘するのもけっこうやが、人をあざむいたらあかんわな」

「騙《だま》すつもりはなかったと思いますが……」

桑田がうしろから口を挟《はさ》んだので、厳太郎はそれをたしなめるように、背後を振り返った。

「わたしども上に立つ者にも責任がございます。今後、二度とこういうことが起こらないように注意します」

「本社のえらいさんが、わざわざ頭下げに来てくれたんやから、腹の虫もおさめないかんわな」

結局、三島は態度を軟化させ、団体保険の解約についても思いとどまってくれた。厳太郎が詫びを言いに足を運んで来たことを多としてくれたわけである。

三島は、車の前まで見送って、厳太郎たちを恐縮させた。

車の中で、田原が言った。

「広岡重役になんとお礼を申しあげてよいかわかりません。いち時はどうなるかと思いました」

「取締役企業保険部長として当たりまえのことをしただけやないですか。ただ田原支社長が、三島社長にきょうが初対面いうのは感心しませんね。なにはともあれ、駆けつけるべきやないですか。説教がましいことを言えた義理ではありませんけど」

「はい」

田原が小さな声で返事をした。田原と森川に挟まれて坐っている桑田が「わたしの判断ミスです。本社の責任者やなければ会わん言われたものですから」と、窮屈そうに頭を掻《か》いている。

「お腹《なか》すいてませんか」

助手席から厳太郎が後方シートを振り返った。

「僕はぺこぺこです。京橋支社の前に、おもろい店があります。そこでランチ食べていきましょう」

「恐縮です」

田原が答え、三人一斉に厳太郎の背中に会釈した。

ロンの前で車を降りるとき、厳太郎が運転手に言った。

「車を京橋支社の駐車場に置いていらっしゃい。あなたも一緒にどうです」

「ありがとうございます」

ロンは一時を過ぎていたので、五人ともテーブルにありつけた。

「支社長さんやありませんか」

一オクターブ高い声に、田原がびっくりしたが、呼ばれたのが厳太郎だとわかって、照れ笑いを浮かべている。

「天満まで来たので、ゲンタロウランチ食べに寄せてもらいました」

厳太郎は、田原たちをママに紹介し、そしてゲンタロウランチの曰《いわ》く因縁《いんねん》を説明しなければならなかった。昼食を二度食べたことも話してしまい、皆んなを大いに笑わせた。

「どうします？　ゲンタロウランチいきますか」

「ええ、ぜひ」

「しかし、恐れ多いですねえ」

そんなことを言いながらも、田原たちは全員ゲンタロウランチを食べることになった。

しかし、さすがに大盛を注文したのは厳太郎だけだった。

ゲンタロウランチを食べる前に、ビールの大瓶《おおびん》を一本あけてもらい、運転手を除く四人で乾杯した。トラブルの一件落着で、皆んなホッとしていたので、ビールの旨さは格別だった。

「広岡重役にお出ましいただけなかったら、こんなええ気分にはなれなかったと思います」

田原が厳太郎に向かって頭を下げると、桑田が「辞表出さないかんかと思ってました。ほんま、お礼の申しようもありません」と、直立不動の姿勢で言って、最敬礼した。

「ありがとうございました」

森川も起立して、低頭した。

なにやら芝居がかっているようにも見えるが、当人たちは大まじめだった。けったいな人たちや、と言いたげな眼で、ほかの客がこっちを見ている。厳太郎がそれを気にして、「もう、たいていにしてください」と手を振った。

「逃げたらあかんのです。誠意を尽くし、人事を尽くすことがいちばん大切なんやないですか。それが相手に伝わらんはずはないと思います」

厳太郎は、きまりわるそうな顔で言って残りのビールをあけた。

空腹も手伝っているのだろうが、ゲンタロウランチは、田原たち阿倍野支社の者にも好評だった。

食事を終えて、ロンの前で厳太郎は皆んなと別れた。ついでに、京橋支社の荒川たちに挨拶していこうと思ったのだ。眼と鼻の先にいながら素通りするのは、いかになんでも水臭いと考えたのである。

田原が車を使ってほしいと申し出たが、厳太郎は断わった。

歩道で立ち話しているとき、ロンのママが顔を出し、厳太郎を手招きした。

「ほなら、ここで失礼します」

厳太郎は、四人と別れてママのほうへ近づいて行った。

「支社長さん焼芋なんて食べはりますか」

「焼芋？」

「そうです。お母ちゃんが美味《おい》しいさかい、ぜひ食べてもろうたらええ言うてはりますけど。お腹がいっぱいなら、またにしはりますか」

「またって、こんどいつ来られるかわからんし、せっかくやからいただこうか。お腹はいっぱいやけど、入らんことはないわ」

厳太郎は、ママの母親の好意は無にしたくなかったし、子供のころ食べたような気もするが、久しくお目にかかっていない焼芋に関心がないでもなかった。

ママの母親が、昨夜買った石焼芋の残りを思い出して、厳太郎に食べてもらったらどうか、と言い出したそうだが、オーブンで温め直した石焼芋は、ほくほくしていてなるほど美味しかった。

「ランチ食べる前やったら、もっと美味しかったやろうな。栗《くり》だかさつまいもだかわからんほど、ごっつう美味しいわ」

「一つしかおませんねん。お連れさんが仰山おられましたさかい、出しそびれてしまいましてん」

ママが首をすくめて、ちょろっと舌を出した。

厳太郎は、大ぶりの焼芋をぺろりとたいらげたが、近ごろの大食漢ぶりはわれながらあきれるほどで、運動不足も加わって、体重の増えかたも驚異的であった。

第五章　革　新

1

企業保険部長を委嘱《いしょく》された広岡厳太郎が最初に取り組んだ仕事は、国際保険の制度化問題である。

厳太郎は就任早々、企業保険部内に国際保険を担当するグループを設置するため、自ら人事部に何度も足を運んでメンバーの人選を急ぎ、人事部がリストアップした部次長、課長の候補者の中から、沢木《さわき》をピックアップした。沢木は大阪外語大出で英会話に堪能《たんのう》である。当時、地方の支社次長だったが、明るい性格でいつも周囲に笑いをふりまいているような男だから、将来海外に駐在させることになったとしても、環境にも順応できるに違いない、というのが厳太郎が沢木に会ったときの第一印象であった。

年齢は三十八歳だが童顔で、五つほど若く見える。沢木が課長待遇の部長付で着任したときのことだが、沢木は初対面とは思えないもの怖《お》じしない態度で、堂々と自分の意見を押し出してきて、厳太郎をして頼もしがらせた。

「日本は経済大国といわれ、世界の至るところに進出して、経済活動を続けているにもかかわらず生保の国際化だけが大きく遅れているんです。多国籍企業は年々増え続けています。ドメスティック（国内）専一などという時代ではありません。世界人口の六分の一、七〜八億は生保の対象として考えられるんですから……」

「どうして生保の国際化は遅れてるんですかね」

「上のほうが国粋主義者ばっかりなんですよ」

沢木は真面目《まじめ》くさった顔で答えた。

厳太郎は噴き出したくなるのを堪《こら》えて返した。

「さしあたり、団体保険の再保険協定をアメリカの有力生保企業と結びたいと考えてますが、沢木さんとしてはその程度ではあき足りないでしょうね」

「ええ。現地法人を買収するか、直接資本進出して大日生命の一〇〇パーセント子会社を設立するか、あるいは海外に支店網を張りめぐらすか、この三つの方法が考えられますが、いずれの方法も国粋主義者にはひどくドラスティックに映るでしょうね。いきなり三つの方法を突きつけても、上のほうを説得するのは無理だと思います」

「つまり、将来のあるべき方向としては三つの方法が考えられるが、とりあえずは再保険協定でも仕方がない、というわけですか」

「まあそうです」

「沢木さんもご存じのようにトラベラーズ、エクイタブル、プルデンシャル、メトロポリタンなど八つのアメリカの生保会社から当社に業務提携の申し入れが寄せられてきてます。着任早々で申し訳ないが、さっそく渡米して、国際保険制度の調査とこれらの企業との予備交渉をお願いしたいのです。ご都合はどうですか」

「願ってもないことです。よろこんでやらせていただきます」

「ひとりで大丈夫ですか」

「アメリカは学生時代にひとり歩きしてますから」

「第一物産のニューヨーク支店に頼んでアテンドさせましょうか」

「ご心配なく。ひとりのほうがかえって楽です」

沢木は、見そこなうなとでも言いたいのか、やんちゃ坊主《ぼうず》のように唇《くちびる》をとがらせた。

「僕は三週間あとから渡米します。できれば五月中に、一社か二社と業務提携に調印ができればいいのですが……」

「承知しました。わたしの使命は、八つの中から一社か二社ピックアップすることと、国際保険制度の仕組みについて勉強することですね」

沢木は四月中旬に渡米した。

渡米後、電話と手紙で密接に連絡してくるが、沢木の張り切りぶりが厳太郎には眼《め》に見えるようであった。一種の躁《そう》状態に近く、その反動で鬱《うつ》状態になりはしないか、と心配したほどだが、五月初めにニューヨーク入りした厳太郎は、ケネディ空港で、真っ黒に陽焼《ひや》けした沢木の出迎えを受けて、それが取り越し苦労に過ぎないことがわかった。

厳太郎と沢木はウォルドルフ・アストリア・ホテルに一泊して、翌朝、コネチカット州ハートフォード市のトラベラーズ社の本社に向かった。ニューヨークの国内線専用のラガーディア空港からハートフォードまで飛行機でひと飛びだが、沢木は一度搭乗《とうじょう》して懲《こ》りたのでタクシーを手配した。

「ピルグリム航空のツインエンジンの小型機で、ドアが鎖をひっかけただけのひどい飛行機なんです。広岡重役がお乗りになるようなしろものではありません」

「僕はポートランドで三年もグレイン（穀物）の買いつけをやってましたからね。小型機には何度乗ったかしれません。小型機を飛ばして作柄《さくがら》を空から観察するんです。それで値段をつけるわけです。なつかしいなあ。久しぶりに小型偵察機《ていさつき》に乗るのも悪くなかったですね。沢木さんは高所恐怖症ですか」

「わたしは一度で懲りました。別に高所恐怖症ではないんですけど」

沢木は首をすくめた。

車は有料ハイウェイを疾走している。

のどかな田園風景が果てしなく続く。純白の木蓮《もくれん》が眼に痛いようにあざやかだ。

三時間足らずでハートフォードのトラベラーズ本社に到着した。

すでに、沢木は国際電話と手紙でトラベラーズ社を提携企業の第一候補にあげてきていたが、同社のウィルキンス会長、モリソン社長、国際保険担当のパジョレス、モーリィ両役員らに厳太郎が会って親しく懇談した限りでも、堅実経営をモットーとするトラベラーズ社の社風を反映して、相互信頼関係を保持していけそうな印象を受けた。

トラベラーズ社は資本金一億ドル（二百億円）、保有契約高八百七十七億五千三百八十八万四千ドル（十七兆五千五百八億円）、総資産百三億九千六百三十万五千ドル（二兆七百九十三億円）で、世界有数の生命保険会社である。とくに団体保険分野ではきわだった業績を挙げていた。

同社は、大日生命との業務提携を熱心に希望したが、問題はエクスクルーシブ（独占）を契約協定書の中に織り込むかどうかであった。大日生命本社の意向は米国内のトラベラーズ以外の生保企業との提携も考慮していたので、エクスクルーシブに固執するトラベラーズ社に対して、厳太郎は強硬に同条項の削除を要求して譲らなかった。

いわばタフネゴシエーションというか、強談判《こわだんぱん》、膝詰《ひざづ》め談判に近いやりとりが行なわれたが、厳太郎は策を弄《ろう》したり、駆け引きしたりせず、正々堂々と正面から押してゆくので、トラベラーズ社幹部は心証をよくしたようであった。

「われわれは米国内の生保企業の一社ないし二社との業務提携を考えており、貴社をその第一候補にあげています。結果的に複数にならずトラベラーズ一社に限定される可能性もありますが、エクスクルーシブ条項を受け入れることはできません」

厳太郎はこう主張してやまなかった。トラベラーズ社としては大日生命が米国内で同業他社と提携することは、トラベラーズ－大日生命両社の提携効果をより高めるためにも回避したいところだ。しかも日本一の生保会社で、保有契約高では世界一の大日生命と独占契約を結ぶことのPR効果は少なくない。

一方、大日生命は必ずしも独占のほうが有利とは考えておらず、むしろトラベラーズ一社に拘束されることは不利ではないかとする見方が強かったのである。

引く手数多《あまた》の大日生命側からすれば、売り手市場である。独占契約に固執するならばトラベラーズとの提携は見送ると高飛車に出て出られないことはないが、厳太郎は、大日生命もトラベラーズとの提携を切望しているという態度をとりつづけた。しかし、エクスクルーシブは困るというわけだ。厳太郎と沢木はハートフォードに三日間滞在して、トラベラーズ社と交渉をつづけたが、この段階で合意が得られるまでには至らなかった。

交渉を通じて、沢木は厳太郎の洗練された英会話のたしかさと紳士的な態度に、惚《ほ》れ惚《ぼ》れした。第一物産で世界を股《また》にかけて活躍したワールドビジネスマンの面目躍如たるものがある——。沢木は胸がわくわくするほど興奮し、厳太郎のカバン持ちに過ぎない自分までが、世界の檜《ひのき》舞台に躍り出てきたような錯覚に酔ったほどだ。

ハートフォードからニューヨークへ戻る車の中で、沢木が訊《き》いた。

「ノン・エクスクルーシブでなければトラベラーズ社と契約を締結するつもりはありませんか」

「僕自身は、アメリカはトラベラーズ一社でもかまわないように思うのだが、メンツにこだわる人もいますからね。とにかくトラベラーズを有力候補の一つにしておきましょう」

「トラベラーズが譲歩してくるような気もしますが」

「そうだといいですね」

厳太郎は後方シートに凭《もた》せかけていた上体を沢木のほうへひねった。

「緒戦につまずくことは避けたいですね。実質的にはともかく心理的にダメージを受けることになりますから。僕は国際化戦略を推進するために大日生命に入ったようなものです。多少のわがままは通させてもらうつもりですが、波風を立てないに越したことはありません。沢木さん、大日生命をワールドエンタープライズ（世界企業）にするための布石を打つことがわれわれの使命だと思うんです」

厳太郎の声は気迫に満ちていた。それは、トラベラーズとの交渉では見せなかったものだが、沢木は聞いているだけで力が漲《みなぎ》ってくるような気がした。

ある夜、ニューヨークのセントラル・パークにほど近いピエール・エセックス・ホテルのレストランで、第一物産ニューヨーク支店の幹部が一席設けてくれたことがあった。沢木もお相伴《しようばん》させてもらったが、物産幹部の上原《うえはら》に沢木を紹介したときの厳太郎の言いぐさがふるっている。

「大日生命きっての国際通です。生保に置いておくのは勿体《もつたい》ないような人ですよ」

上原がすかさず返した。

「それじゃ物産にスカウトさせてもらうかな。広岡厳太郎を商社マンにしておくのは惜しいといってスカウトされたお返しにね」

「ヤブ蛇《へび》でしたね。それは困りますよ。大日生命のエースをむざむざスカウトされるくらいなら僕が物産に戻ります」

「恐れ入りました。しかし、厳ちゃんもいい部下に恵まれてなによりだね」

「そうなんです。僕がついてるのか、大日生命の人材の層が厚いのか、どこのポストに就いていても素晴しい部下に恵まれるんです」

沢木は二人のやりとりを顔が赤らむ思いで聞いていたが、自分のような者を立ててくれる厳太郎の思いやりがうれしかった。

ホテル住いでコストが高くついて仕方がないと沢木がこぼすと、コスト軽減の秘《ひ》訣《けつ》をあれこれ伝授してくれる。たとえば「洗濯物《せんたくもの》はホテルのランドリーに出さずに、街中のクリーニング店を使うとだいぶ安いですよ。ホテルから汚れ物を出す際、スーパーマーケットの紙袋を保管しておくといいと思います」というように厳太郎は知恵を出してくれた。

厳太郎は「海外へ出たら、見聞をひろげるためにもよく学びよく遊べの精神が大切です」と言っていたが、一日の日程を消化すると「あすは朝八時にホテルの食堂で会いましょう」とひと晩だけだが行方不明になったことがある。

厳太郎と沢木は、ニューヨーク、デトロイトを中心にアメリカの生保企業八社を訪問し、ハワイ経由で五月中旬に帰国、厳太郎の滞米期間は十日であった。

沢木の希望的観測が的中して、トラベラーズ社がエクスクルーシブ条項の削除に同意するとレターで伝えてきたのは七月に入ってからだ。同月中旬、厳太郎と沢木は再度渡米し、トラベラーズ社との国際業務提携契約に調印した。提携の骨子は①トラベラーズ社は自己の取引先企業の要請に基づき、その在日支店、子会社等の団体定期保険、企業年金の契約締結を大日生命に依頼する。大日生命は団体定期保険が成立した場合、トラベラーズ社へその五〇パーセントを再保険する（五〇パーセント出再方式）、②大日生命は、自己の取引先企業の要請に基づき、その海外支店、子会社等の団体定期保険、企業年金の契約締結をトラベラーズ社に依頼する。トラベラーズ社は、依頼を受けた団体定期保険が成立した場合、大日生命へその五〇パーセントを再保険する（五〇パーセント受再方式）、団体定期保険以外の契約が成立した場合には大日生命へ手数料を支払う――となっている。

トラベラーズ社との提携によって企業保険分野での国際化へ向けて大きく一歩を踏み出した大日生命は、トラベラーズ社に沢木を出向させ、アメリカにおける生命保険会社の実務に関する調査、研究に従事させることになるが、資産運用の一環としてニューヨーク取引所上場の外国株式の売買を開始、海外投融資に対する本格的な取り組みを始めるなど、国際業務は拡大していく。

さらにイタリアのＲＡＳグループ、オランダのナショナーレ・ネーデルランデン社、ベルギーのパトリオーティク社、スイスのスイス・リー社などと次々に提携し、全世界にネットワークをひろげていくことになる。

2

大日生命では、厳太郎が企業保険部長を委嘱される四年前から、同部内に企業保険業務課を設け、各支社ごとの販売指標を設定して企業保険の販売促進に取り組んでいた。

企業保険は、団体保険と企業年金保険に大別できる。在職中の保障、すなわち従業員に万一が生じた場合の遺族の生活保障を目的としたものが団体保険である。一方、企業年金保険は厚生年金基金（調整年金）制度および適格退職年金など従業員の退職後の生活保障を目的としている。

企業の従業員福祉制度の充実化志向に伴って、生命保険会社の受け皿づくりに対するニーズが高まってきたが、支社・支部の優績外務員に依存していた従来の販売体制では拡大する企業保険市場に対応しきれない、という問題が生じていた。いわば、生保市場は大きく変化し企業保険市場の拡大期を迎えて、大日生命としても組織的な対応を求められていたということができる。

ターニングポイント、すなわち時代の変り目に、厳太郎は企業保険部長という重要なポストに就かされたことになる。

企業保険部が、同部長就任早々の厳太郎に突きつけた課題は、本部機構として東京と大阪に法人営業部を設置してはどうか——というものであった。

東京、大阪などの大都市における広大な法人市場を掘り起こしていくためには、顧客である大企業との間に、株式の取得、融資、さらには不動産部門での提携なども含めた総合的な取引関係の中で、企業保険販売を進めていく必要があり、そのためには本部直轄《ちょっかつ》の企業保険専門の販売機構の創設が不可欠であり、焦眉《しょうび》の急である——というわけである。

しかし、従来の支社・支部機構による販売制度を根底からゆるがしかねない危険を孕《はら》んでいる。つまり法人営業部の新設は、七万人に及ぶ外務員、職員の士気阻喪《そそう》をまねき、従来の販売制度を崩壊に導きかねないリスクと裏腹な関係にある、とする考え方が社内に根強く存在していた。むしろ、社内の大勢は法人営業部の新設にきわめて懐疑的であった。

こうした厚い壁を突き崩していくためには相当なエネルギーとパワーが必要だが、厳太郎なら推進力の役割を果たしてくれるのではないか、と企業保険部を中心とする一部の法人営業部設置推進派は期待していたのである。

厳太郎は、次長の岩越や業務課長の三上たちと議論を重ねているうちに、まさに法人営業部の設置は焦眉の急である、との思いを強くしていた。

　さすが岩越や三上があらゆる角度から研究、検討を重ねただけのことはあって、その結論は正鵠《せいこく》を射ている。問題は、これをどう具体化していくかである。

　厳太郎は、家で仕事の話を俊《たかし》にすることを固く戒めていた。なぜなら、それがゆるされるならば社長の俊と同居している厳太郎は、ほかの役員に比べて、社長と対話し、社長に直訴する時間がはるかに多いのだから、一人だけが途方もなく有利なハンディを与えられたことになる。ただでさえ、親の七光を笠《かさ》に着て、と見られがちなのだ。組織を守り、組織を乱さないためにも、神経質過ぎるほどに俊との距離を置いてちょうどよいのだ、と厳太郎は考えていた。

　しかし、法人営業部の新設問題で、厳太郎は初めてタブーを破った。厚い壁を打ち破るためには、トップダウン方式でやる以外になさそうな気がしたのである。

　八月中旬の日曜日の午後、厳太郎は俊の書斎に出向いて行った。二人とも半袖《はんそで》の白いスポーツシャツを着ている。

「本社勤めになってまだ半年足らずですが、わが社の人材の層の厚さに意を強くしてます。とくに企業保険部に人材が集まっているわけでもないんでしょうが、岩越さんにしても三上さんにしても皆《み》んな優秀ですね。若い人もよくやってくれます。第一物産も人材にはこと欠きませんでしたが、管理者にとって優秀な部下に恵まれることほどうれしいことはありませんね」

ソファで、冷たい麦茶を飲みながら話しているが、俊の温顔が一層ほころぶ。

「僕の前任者もなかなか立派でしたね。法人市場の拡大化を見通して、しっかり布石を打とうとしてます。多様化する保険に対する企業のニーズに、生保の受け皿づくりが遅れてますが、本社機構としての法人営業部の設置は、早ければ早いほどベターと思います。多少拙速といわれても急ぐべきですね」

俊の表情が動いた。

「法人営業部の話は以前聞いたことがあるが、時機尚早《しょうそう》ということではなかったのかね」

「それはいつごろの話ですか」

「常務会の議題になったことはないが、山口副社長から、三月ごろだったか、聞いた記憶がありますねえ」

「企業保険部が、どうしてそういう方向づけを行なうに至ったか、詳しくご存じですか」

「いや、詳しいことは聞いてません」

厳太郎はここぞとばかり力説した。

企業保険部が、法人営業部を志向するに至った背景と経緯を詳細に話して聞かせ、

「社長のツルの一声で推進することはできませんか」と水を向けた。

俊は返事をしなかった。しかし、黙って麦茶を飲んでいる俊から否定的なニュアンスを汲《く》みとることは容易である。

「いま、生保業界は変革期を迎えてると思います。外務員による販売制度にノスタルジアを持つのもけっこうですが、新しき酒は新しき革袋に盛れ、ではありませんけれど、新しい時代にはそれに相応《ふさわ》しい機構づくりをドライに割り切ってやらなければ、いかんのやないですか」

「従来からの販売体制を否定することにならないかね」

「違和感はあるかもしれませんが、二つの機構は融和し、共存共栄の関係でいけると思います。大企業の複雑かつ多様化するニーズを従来の家庭をベースとする個人保険と同じ感覚でとらえることには限界があります。ここはトップの決断が必要です。ためらっていてはいけません」

「………」

「トップダウン方式というわけにはいきませんか」

「そういうわけにはいきませんね。無理は禁物です。必ずしこりが残るものです。社内のコンセンサスがなければ……」

「結果がよくてもですか」

厳太郎は、自分が二年前に第一物産から大日生命に転じたときのことを思い出していた。あのときは、俊の強力なリーダーシップで、それを実現したのではなかったのか――。あのとき社内のコンセンサスがとりつけられていたとは考えにくい。しかし、いま俺《おれ》の大日生命入社が社内にしこりを残していることはないと思いたい。あるいは、それはひとりよがりなのだろうか。

そんな思いが頭の中をよぎって、厳太郎はつい複雑な笑みを浮かべてしまったが、物産から俺をスカウトしたときの馬力を俊にもう一度出してもらえないか、と思ったのは事実である。

厳太郎はそのことを口にしようかどうか迷ったが、さすがに言い出せなかった。とくに、俊は、戦後外務員による生保の販売体制を確立した功労者である。法人営業部の設置について、人一倍危機感を持つのも当然と考えなければならない。

だが、厳太郎は一層気持がふるい立った。

しがらみや旧《ふる》いものにとらわれずに済む立場だからこそ、推進力になれるのである。壁は厚いが、法人営業部設置の実現に、自分は使命感をもって取り組まなければならない、と厳太郎はわが身に言い聞かせた。

「社長は法人営業部の設置に反対ですか」

「いや、反対ではない。慎重にやってほしいとは思うが、反対はしません」

「それを聞いて安心しました。社長が反対の意向を持ってることがわかれば、それだけで皆んな消極的になります」

厳太郎は微笑を浮かべて、つづけた。

「わが企業保険部は、皆んな燃えに燃えてます。法人営業部が陽《ひ》の目を見ないようでは、大日生命の組織は活性化しないと思います」

「えらい張り切りようだが、そのことのプラスとマイナスのバランスを慎重に考えてもらいたいなあ。なんといっても、現在の販売体制との対立機構という印象はぬぐえないからねえ」

俊はめずらしく硬い顔で答えた。

厳太郎はすぐに言い返した。

「マイナスがあるとすれば心理的、感情的な問題です。決して対立機構ではありません。その点は説明すれば、わかってもらえると思います。もちろん、心理的、感情的な面を無視することはできませんから、丁寧に説明するつもりですが、遠からず常務会に案件として諮《はか》りますけれど社長がネガティブでは困ります。常務会で強い反対が出ないように、根まわしは慎重にやります。僕は憎まれ役になるかもしれませんが、それは仕方がないと思ってます」

「常務会のコンセンサスが得られるなら問題はないと思います」

「最後はトップに決断してもらわなければならないかもしれませんよ」

「うむ」

俊は気のない返事をした。

厳太郎も気が重かったが、この程度で悲観していたのでは先へ進むことはできない。

3

厳太郎は、さっそく社長を除く山口副社長以下十一人の常務会のメンバーに対する事前説明を開始した。常務以上で絶対反対を表明した者はいなかったかわりに賛成意見も聞かれなかった。

専務に昇格していた安西は、最も消極的であった。

「四年前まで、団体定期保険の保有契約高は業界七位に甘んじていたが、団体定期保険交通災害特約を発売したのを機に、拡販に乗り出したので、去年は二位に進出できた。支社ごとに毎年、企業保険の目標を定めて積極的に取り組んでもらってるが、まずまずの成績をあげてるじゃないか。欲を言ったらきりがないが、きみが支社長をしていた京橋支社にしても企業保険で好成績をあげてる。屋上屋を重ねるような組織が必要とは思えんなあ。企業年金にしても、責任準備金で業界首位の地位を確保してる。法人営業部の発想は、わからなくはないが、時機尚早ということはないかね」

「支社まかせ支部まかせでは、大企業のニーズに対応できなくなりますよ。いや、すでに対応が難しくなってきてます。時機尚早どころか遅過ぎるくらいです。旧態依然たる販売体制にしがみついてますと、企業保険市場の変化、拡大期にバスに乗り遅れ、他社の後塵《こうじん》を拝することになるんです。対立機構と考えるのは間違いで、大企業に限って本社なり総局の直轄の機構で、対応するということなんです。支社で対応しきれない面を補うということで、むしろ新旧の機構が相互に補完しあうことのプラスは非常に大きいはずです」

「対立機構ではないというのは詭弁《きべん》ではないかね」

「詭弁なんてとんでもない。もはや論議の段階ではなく、実行のときです」

　厳太郎は、安西のもとへは三度足を運んだ。

　あきらめずに同じことを何度も繰り返し主張しているうちに、相手の反応が変ってくる。

　山口副社長とも二度話し合った。

「安西専務に、法人営業部は従来の販売制度との対立機構ではないと申しあげたところ、詭弁ではないかと言われましたが、副社長はまさか、そんなひどいことはよう言わんでしょうね」

　厳太郎に先手を打たれて、山口は渋面《じゅうめん》をあらぬほうへ向けた。

「きみは、社長とこのことで話したことがあるのかね」

「あります」

「社長の意見はどうだった？」

　山口の口ぶりには、すでに社長からなにか聞いているふしがある。

「あの人は調和を大切にする人ですから、賛成とか反対とかの態度表明は簡単にはしませんよ。しかし、理屈はわかってると思います」

「さあ、どうかな。社長はいちばん危機感を持ってるような気がするが」

「それは副社長の過剰反応ですよ。社長はともかく、副社長はどうお考えですか」

「にわかには賛成できんな。外務員のおばちゃんたちにヘソを曲げられたら、大変なことになるぞ。おばちゃんたちにしてみれば、それこそ死活の問題と受けとめかねない。大企業に食い込んでる優績外務員は仰山《ぎょうさん》おるんや。おばちゃんたちを敵に回すわけにはいかんじゃないか」

「そういう考え方はおかしいですね。まだアプローチもしないうちから負けを宣言してるようなものです。敗北主義に与《くみ》するわけにはまいりません」

　山口は憐《あわ》れむような眼で厳太郎を見た。

「どうして、きみが泥《どろ》をかぶらなければいかんのかね。きみは火中の栗を拾おうとしていることがわかっていない。外務員による販売制度は何十年もの歴史を積み重ねて、定着した制度だよ。大日生命だけではない。生保業界全体が、その上に成り立っている事実を認めないわけにはいかんだろう」

「副社長ほどのかたでも、法人営業部を対立機構ととらえるんですか。外務員の皆さんにも丁寧に説明すればわかってもらえると思います」

「七万人の外務員にどうやって説明するのかね。支社だけでも百以上あるんだよ」

「その気なら一カ月もあれば回れます」

「とにかく急いではいかん。厳太郎君の気持はよくわかるが、きみが外務員たちの恨みを買うことはないよ」

山口は、猪首《いくび》を左右に振りながら嘆かわしそうに言った。

山口と話した日の夜、厳太郎はさすがに寝つきが悪かった。壁の厚さを思い知らされ、途方に暮れるばかりであった。

しかし、ここで諦《あきら》めたりしてはそれこそ男がすたる。いや個人的なメンツの問題ではない。大日生命にとって、法人営業部の設置はなんとしても必要なのである。

厳太郎は部下と話していて、「いつまでも旧いものを引き摺《ず》ってはいけません」

「論議より実行のデッサンこそ先決です」「創《つく》り出すということは勇気をもって捨て

さることです」などと激越とも思える言葉が口をついて出ることがあった。

「旧い価値観や秩序や制約が前面に立ちはだかることがあるかもしれません。しかし、それに挫《くじ》けて、目標を失うようなことがあってはならないと思います」

壁の厚さに辟易《へきえき》する部下をそう言って叱咤《しった》激励してきた。

いまさら、後へは引けない。大義のために引いてはならないのだ。ここで法人営業部構想を撤回してしまったら、大日生命百年の大計を誤ることになる。

百年の大計を誤る――ちょっと大袈裟《おおげさ》かなと厳太郎は思ったが、急いでその思いを否定した。そのくらいの思い込みがあってちょうどいいのだ。

厳太郎は、何度も輾転《てんてん》反側を繰り返した。そのたびにベッドがかすかながらも軋《きし》む。

「パパ、どうなさったの？」

なかなか鼾《いびき》が聞こえてこないので、美紀子は心配したようだ。

「ちょっと仕事のことを考えてたんや。起こしてしまったようだね」

「わたしは大丈夫よ。お仕事、大変なんですか」

「新しいことをやろうとすれば、必ずリアクションがあるものや。たいしたことやないと思ってたが、けっこうきついんや」

「お義父《とう》さまに協力していただいたら？」

「その親父がいちばん問題なんや」

「まあ」

「なんとかなるやろう」

階下で置時計が午前一時を告げている。

厳太郎は、ベッドから抜け出て、やにわに美紀子のベッドに侵入した。美紀子の甘やかなにおいが好きだった。美紀子を強く抱きしめたあと、頰《ほお》ずりしながら厳太郎が言った。

「これで眠れるやろう」

自分のベッドに移動した厳太郎から盛大な鼾が聞こえてくるまで、さして時間はかからなかった。

4

予想されたことだが、組合が法人営業部制度に難色を示し始めた。

外務員から反発があれば、それを汲みあげる立場にあるのが組合である。

まだ常務会にも諮っていない段階で組合に反対されるとは、前途多難を思わせるのに十分ではないか。

「PR不足なんです。正しく理解していないから、早とちりして組合が騒ぎ出すんです」

厳太郎は、岩越や三上に組合幹部との意見調整を行なうよう指示した。

部次長の岩越は非組合員だが、課長の三上は組合員だから、仲間うちの話である。

三上は組合本部に乗り込んで、熱弁をふるった。

「団体保険、企業年金保険などの法人市場は、今後急速に拡大する見通しにあります。大企業につきましては、株式の取得、融資、あるいは不動産部門などの関連部門を含めまして総合的な取引関係の一環として企業保険販売を進めることがより効果的であると考えられます。つまり、支社・支部の外務員の個人プレーでは限度がありますから、チームプレー、すなわち法人営業部による組織的な取り組みが要請されてるわけです。しかし、法人営業部が、支社・支部とコンペティティブの関係になるということではありません。大阪、東京など大都市の大企業に限って、法人営業部が対応するわけですから、新しい市場を掘り起こすための手段と考えていただきたい。大日生命は、個人保険が強大であり過ぎるために、ともしますと企業保険への傾注がおろそかになりがちでした。大企業に対する取り組みを誤るようなことになれば、生保業界トップの座を明け渡す恐れなしとしません。トップの座は決して安泰ではないのです。法人営業部をつくることはトップの座を守り続けていくためにも不可欠だと、われわれは信じて疑いません」

もちろん、こうした大上段にふりかぶった演説ばかりしていたわけではない。ときには一杯飲みながら、意見を交換したこともある。

大阪周辺の主だった支社には厳太郎自ら足を運んだ。

「わたしは京橋支社長をやらせていただきました。わずか一年二カ月とはいえ、皆さんと同じ釜《かま》のめしを食べ、苦楽を共にしたという思いを持ってます。皆さんの戦友であったと自負してるんです。つまり、支社、支部幹部である皆さんの気持をよくわかってるつもりです。そのわたしが、どうしてあなたがたの不利になることをするでしょうか。あなたがたの苦労を一番よく知ってるわたしが、あなたがたの不利益になることを考えたり、したりするはずがないではありませんか。外務職員あっての大日生命であることを、わたしは肝に銘じております。なぜ、皆さんがわたしを信頼してくださらないのか、なぜわたしが皆さんに敵対視されるのか――わたしは支社長在任中皆さんと手を取り合って微力を尽くしてきたつもりです。その戦友であった皆さんが、広岡厳太郎は外務員を裏切った、と噂《うわさ》してると聞いて悲しくなりました。しかし、よく考えてみますと、わたしは皆さんと直接対話していないのです。法人営業部がいかなる仕組みのもので、従来の販売機構とどういう関係に位置づけられるのか、なんの説明もしなかったわたしの怠慢こそ責められなければならない、そうわたしは気づいたんです……」

厳太郎は、何カ所かの支社で大会議室に支社、支部の幹部を集めて、諄々《じゅんじゅん》と説き、法人営業部が対立機構ではないことを訴えた。東京へも岩越と二人で何度も出向いた。組合の反対論が聞こえなくなると、本社の××常務が猛反対している、といった雑音が聞こえてくる。

かまびすしい社内雀《すずめ》はどこにでもいるものだが、広岡慶一郎が法人営業部の設置に批判的だという噂を耳にしたこともある。

「厳太郎は身のほど知らずにもほどがある。屋上屋を重ねるような法人営業部が必要だと本気で考えてるとしたら、度しがたい」と慶一郎が言っているというのである。

新しもの好きな慶一郎も相手がライバルの厳太郎では意地でも賛成できんだろう、この問題で厳太郎は大きなダメージを受け、両者の立場は逆転するかもしれない――といった類《たぐ》いの他愛ない噂だが、噂はともすると一人歩きを始め、手に負えない怪物に発展しないとも限らない。

厳太郎とて生身の人間だから、ためにするデマゴギーとは思いながらも、もしやと考えぬでもなかった。役員会で顔を合わせたときなど気のせいか、慶一郎の態度がよそよそしいようにも思えてくる。

慶一郎と直接話す手もあるが、大人げないような気がしないでもない。

しかし、厳太郎派と慶一郎派が反目しているなどと、派閥めいた話を耳にして、厳太郎は黙っていられなくなった。

厳太郎は九月中旬の夕方、財務部に慶一郎を訪ねた。

ワイシャツ姿で、ぶらっとあらわれた厳太郎を、慶一郎は「やあ」と手をあげて迎えた。

「ちょっといいかしら」

「どうぞ。あっちで話しますか」

慶一郎が応接室のほうを顎《あご》でしゃくった。

「いや、ここでけっこうです」

厳太郎が、取締役部長席の脇《わき》にしつらえたソファに腰をおろそうとすると、慶一郎は起《た》ちあがった。

「むこうへ、どうぞ。ちょっとこみ入った話もあるんです」

厳太郎は、慶一郎に続いて応接室へ入った。

「わたしのほうから、伺おうかと思ってたんです」

慶一郎は、会社では厳太郎に敬語をつかった。会社では、厳太郎のほうが上席役員だから、言葉遣いに気をつけているのだろう。

「組合もわかってくれたようなので、法人営業部の件を常務会の議題に載せたいと思ってるのですが、財務部長に反対されるとちょっとつらいですね。なにしろ影響力のある人ですから……」

　厳太郎はさぐりを入れるように冗談めかして言った。

「困るなあ。企業保険部長にそんなふうに思われてるとしたら、立つ瀬がないですよ」

　慶一郎はあからさまに顔をしかめて、つづけた。

「わたしが法人営業部に反対してるみたいに言う者がこのあたりにもおるんで、冗談やないと叱《しか》りつけてやりました。わたしは大賛成です。だいたい組織や機構は、どんどん新しいものを採り入れていかなんだったら、疲弊し、腐《くさ》ってしまいます。まして企業保険市場が拡大基調にあることは誰の目にもはっきりしてるのやから、在来機構で対応できるわけがないんです」

「このあたり」のところで慶一郎は財務部の大部屋を手で示すようにぐるっと回した。

　厳太郎は胸がわくわくしてきた。

「財務部長のわたしが出過ぎてもいかんけど、そろそろ社内で声高に言い立ててやろうと思ってましたのや。法人営業部の新設は急がないけません」

「ありがたいなあ。あなたにそう言ってもらうと、なんだか勝負がついたような気がしてきますよ」

「さすが企業保険部長や思ってます。これをごりごり推し進めることができるのは、わが社に一人しかおらんですよ」

「おこがましい言いかたになりますが、僕はそうしがらみがあるわけではないから、主張しやすい立場ですよね。自分の役目であり使命だと思って、しゃにむに突き進むことに決めてました」

「おこがましいことなんて、ひとつもありません。いじいじやっとったら、こういうことはできませんよ」

「ワーテルローの戦いにおけるウェリントン将軍のような心境です」

「百万の援軍いうわけですね。しかし、それはオーバーですよ」

慶一郎が呵々大笑《かかたいしょう》し、厳太郎の相好《そうごう》もくずれた。応接室のドアは閉っているが二人の笑い声は、大部屋の隅々《すみずみ》まで聞こえた。

改まった口調で慶一郎が言った。

「ところで、すでにお気づきかもしれませんが、勤労者財産形成促進法が成立しましたね。遠からず生保の財形参入も認められることになると思います。この点はウオッチしておいたほうがよろしいと思います。財形参入の面からも、法人営業部の創設は不可欠や思います」

「いいえ、気がつきませんでした。それは、いいことを聞きました」

厳太郎は考える顔になった。

「山口副社長が頑固《がんこ》なんです。副社長の都合を訊いてみますが、いまから一緒に会ってもらえませんか。その話をぜひ聞かせてあげてください」

「そうですね。善は急げですか」

慶一郎は腰をあげ、部長付の女性を呼んで秘書室に連絡して、山口副社長の都合を訊くよう指示した。

在席しているので、いますぐなら来室してけっこうという返事だった。

厳太郎は背広を取りにいったん自席に戻ってから、二階の秘書室へ行き、そこで慶一郎と落ち合って副社長室へ入った。

「どうした？　おそろいで」

「副社長にどうしても聞いていただきたいことがありまして」

厳太郎は笑いながらソファに坐《すわ》った。

「団体交渉とは、怖《おそろ》しいことになったな。こっちも社長に応援してもらわんと、太刀打ちできんかな」

冗談を飛ばしながら、山口がソファに腰をおろした。

「わたしは、企業保険部長の付き添い人に過ぎません」

慶一郎はにこりともせずにやり返した。

厳太郎と慶一郎の話を聞いていた山口が咳払《せきばら》いを一つ放って言った。

「社内のムードが変化してることは承知している。安西君あたりも少しく考えを変えてるようだ。もともと反対してる者は一人もおらん。ただ、心配してただけのことなんだが、こんなに早く社内の空気が盛りあがってくるとは思わなかった。厳太郎君を中心に企業保険部が一枚岩となって、社内のコンセンサスづくりをやってくれたお陰だな」

「ひと月ほど前、副社長にハネ返されましたとき、こんちきしょうと思ったのがよかったのかもしれません。あの日は悔しくてさすがに眠れませんでしたが、よくよく考えてみますと、副社長にしてやられたという気もします」

「どういう意味だ？」

山口はいぶかしげに厳太郎を見上げた。

「僕の反発を逆に引き出すように仕向けたのではありませんか」

「そんなつもりはさらさらない。だいいち、わたしはきついこと言った憶《おぼ》えはないがなあ」

山口はにやつきながらつづけた。

「それともきみは、わたしに花を持たせてやろうと思って、そんなふうに言ってるのかね」

厳太郎は手を振りながら、間髪《かんはつ》を入れずに返した。

「それこそ、そんなつもりはさらさらありません。だとしたら、怪我《けが》の功名というやつですかね」

「ま、強力な応援団まで動員してきたんだから、無視するわけにはいかんだろう」

山口が慶一郎のほうへ眼を流した。

慶一郎が、厳太郎の横顔を見ながら言った。

「応援団がついてくるまでもありませんでしたね」

5

法人営業部設置問題が常務会をパスしたのは十月初めのことだ。残る問題は労使の意見調整の場である経営協議会で、組合がどう出るかである。

事前に根まわしはしているし、外務員の誤解も氷解したとは思うが、中途入社の俺に対する感情的な反発がないとも限らない――。

厳太郎は、緊張して経営協議会に臨んだがそれは杞憂《きゆう》に終った。

ただ、法人営業部の新設に伴う労働条件、賃金体系、さらには部の構成など細目について意見のすり合わせに時間をとられ、経営協議会は深更に及んだ。それも一日では終らず二日にわたった。

会社側が組合に方針を説明し、提案したあと、組合はそれを本部に持ち帰って、対応策を検討する。その間、待ち時間がやけに長く感じられる。

厳太郎は、岩越にも経営協議会に説明要員として出席してもらっていたが、チャルメラの音を聞いて役員会議室から抜け出した。

ひとりで抜け出したものの、気が引けたので、岩越を手招きして廊下へ誘った。

「お腹《なか》すきましたなあ。岩越さんもどうです」

厳太郎は蕎麦《そば》をかき込む恰好《かっこう》をして、にこっと笑いかけた。

「いいですね」

本館の裏通りに屋台が出ている。

ラーメンをフーフーやりながら岩越が言った。

「きょうで二日目ですが、なんとか決着がつきそうですね」

「いろいろありましたねえ。お互いよく頑張りました。僕が挫けそうになると、岩越さんと三上さんが僕の尻《しり》をたたいてくれたでしょう」

「逆ですよ。部長の凄《すご》い馬力に引っ張られてきただけです。部長のリーダーシップの強さにあきれる思いです。もてる力を全部引き出されてしまいました。今度のことで、いちばん教えられましたのは、あきらめずに何度も何度も丁寧に説明されたことです。さしもの安西専務が降参したんですから」

「支社へ駆けつけるように進言してくれたのは三上さんでしたかね」

「ええ。あの場面がハイライトだったかもしれませんね。支社、支部の幹部が水を打ったようにシーンと静まり返って聞いてる中で部長がわかりやすく嚙《か》んで含めるように話をされましたでしょう。話し終ったあとで、もの凄い拍手が返ってきたんです。どの支社へ行ってもそうでした。そのたびに、わたしは胸がいっぱいになりました。変な言いかたですが、これで勝ったと思いました」

岩越は箸《はし》の手を止めて話している。あれからわずかひと月かそこらしか経《た》っていないが、ずいぶん昔のことのように思える。

厳太郎は懐《なつか》しさが胸にこみあげてきた。

ラーメンの丼《どんぶり》を両手で抱えて、熱い汁をすすりあげてからしみじみとした声で厳太郎が言った。

「いい思い出になりますね。苦労が多ければ多いほど思いは強烈に残るものです。深夜こうして岩越さんとラーメンを食べたことも、きっと思い出として残りますよ」

「そう思います。部長と経協の待ち時間に抜け出してラーメンが食べられるとは思いませんでした」

「もう一杯いきたいところやが、そろそろ帰らないと経協が始まりますかな」

厳太郎はいくらか名残《なごり》惜しそうに、屋台から離れた。

懸案の法人営業部問題が片づいて、秋の部の旅行は愉《たの》しいものになった。厳太郎以下総勢三十二名がバスで有馬温泉に繰り出したのである。

ひと風呂《ふろ》浴びて、旅館の大広間に全員丹前姿でそろったところで、幹事に求められて厳太郎はごく手短に挨拶《あいさつ》した。

「本日はご苦労さまです。今夜、これから飲むビールの味は、格別だろうと思います。と申しますのは、皆さんに心配していただいた法人営業部の問題が今週、やっと解決したからです。企業保険部が一丸となってねばり強く努力したからこそ、短期間に、こういう結果がもたらされたのだと思います。皆さんに改めてお礼を申しあげます……」

厳太郎は、深々と頭を下げてから、オクターブを高めた。

「しかし本番はこれからです。法人営業部が名実ともに中心的な販売機構になって、初めて、われわれの苦労が評価されるわけです。法人営業部ができたあとのフォローアップをしっかりお願いしたいと思います。及ばずながら、わたしも力をふりしぼって頑張りたいと思います。簡単ですがこれをもちまして、わたしの挨拶に代えさせていただきます」

「大統領！」

「いいぞ巌太郎部長！」

やじが飛んできたほうへ巌太郎は手を振った。

宴会のあとはカラオケ組、マージャン組、トランプ組に分かれて二次会になった。トランプ組は女子職員だけだが、巌太郎は一時間ほどトランプにもつきあった。

クラブのカラオケ大会では、十八番《おはこ》の「瀬戸の花嫁」を一曲唄《うた》った。二時間つきあって、十一時過ぎに部屋を覗《のぞ》くと、四卓で熱戦をくりひろげている。

「部長もいかがですか」

岩越が声をかけてくれた。

「次長、そんな余裕があるんですか」

若い社員に茶々を入れられ、「豚は太らせてから食べるものなんだ」と、岩越が言い返した。

「岩越さん、そんなに負けが込んでるんですか」

巌太郎に訊かれて、岩越は渋い顔をした。

「形勢われに不利です」

「次長、まだ宵《よい》の口ですよ。時間はたっぷりあります」

奥のほうで、三上が言った。

「同病相憐れむですね」

さっそく誰かに言われているところをみると、三上も形勢われに不利の口らしい。

厳太郎は物産時代、部下とマージャン卓を囲んだことはあるが、自ら進んで誘うほうではなかった。賭《かけ》ごとは好きなほうではない。

しかし、つきあいの悪いほうではないから、メンバーが足りないときはよく駆り出された。

岩越がひと区切りついたところで、「部長、交代しましょう。ツキを呼び戻すために、一度休んだほうがいいようです」と、また声をかけてくれた。

「いや、僕はきょうは観戦させてもらいます。皆さんの打ちかたをよく見せてもらって、次回を期します」

厳太郎は遠慮した。岩越はマージャンが嫌《きら》いなほうではない。負けている者の心理としても挽回《ばんかい》するためにもここは抜けたくないはずなのだ。

厳太郎は見ているだけで夜中の三時までつきあった。

眼をしょぼしょぼさせながら、マージャン部屋から出ようとしない厳太郎に気がさして岩越が言った。

「部長、先に休んでください。われわれもそろそろ終りにしますから」

「まだ大丈夫ですよ」

「部長に見られてると、それが気になって、手が縮んでいけません。ほんとうに、お休みになってください」

冗談ともつかず岩越は言った。

「そうですか。僕が見てるから負けるんですか」

厳太郎が眼をこすりながらやっと腰をあげた。

厳太郎が退室したあとで、三上が言った。

「次長もきついことよう言いますね。部長はきっとマージャンが好きなんやないですか」

「いや、そうじゃない。部長はわれわれに気を遣ってくれてるんだよ。そういう人なんだ。ああ言わなければ、一緒に徹夜しかねない人だからね」

岩越に言い返されて、皆んなシーンとなった。

「たしかに部長は気を遣い過ぎますね」

「痛々しいくらいやな」

「恐縮して、かえってこっちがつろうなるわ」

「部長、近ごろ太り過ぎとちがうかな。ストレスで肥えるという話聞いたことがあるよ」

「それにしても、よう食べはるな。マージャンを観戦しながら、握りめしを三個も食べはったぜ」

「ほんまやな。きっとストレスがたまってるにちがいないな」

若い社員が口々に話している。

厳太郎の体重については、岩越も気にならないではなかった。二年半ほど前、物産から大日生命に転出してきたばかりのころは、すらっとしていて、いかにもスポーツマンといった印象があった。それが、いまや百キロに近い体重をもてあましている。

厳太郎は、あとから寝る岩越を気にしながらも、三時過ぎとあって、すぐに寝入ってしまった。岩越たちは徹夜マージャンで、厳太郎の鼾に襲われることはなかった。

6

東京総局の人事部門と法人営業部の構成人員のことで打ち合わせを行なうため、新幹線で厳太郎と岩越が上京したときのことである。

その日、厳太郎は昼に会食の約束があったので、外出先から新大阪駅へ直行した。午後一時三十分のひかりに乗車することになっている。

新幹線の上りホームの売店で、厳太郎は四周《まわり》をちょっと気にしながら、幕の内弁当を買って手提げ鞄《かばん》に仕舞った。

岩越が十メートルほど後方から、こっちに近づいて来るのに厳太郎は気づいていない。厳太郎はゆっくり売店を離れて、所定の乗車口を示すホームへ歩いて行った。

岩越が小走りに厳太郎に接近した。

「部長！」

「やあ」

「昼食はまだですか」

「いいえ。このとおり顔が赤いでしょう。ビールも飲まされました」

厳太郎は右手で頰のあたりをさすった。

岩越は怪訝《けげん》そうな顔をした。駅弁はおやつがわりにするつもりなのだろうか。

車中、厳太郎は弁当を食べなかった。仕事の話を夢中でしているうちに、岩越はそのことを忘れてしまった。グリーン車はすいていて、四人用のシートを二人で占め、向かい合って坐っている。

「法人営業部は大成功するでしょうね。本社機構として企業向けの直販部門を持つことのメリットは計り知れないと思います。組織が生き生きとしてくるんではないでしょうか」

「僕も期待してるんです」

「同業他社もあと追いしてくるでしょうね。いつもそうなんです。ウチがやると、よそも真似《まね》をするんです」

「リーディングカンパニーとはそうしたものですよ。しかし、先発のメリットは享《きょう》受《じゅ》できるはずでしょう。というより、いかに先発、先行のメリットを享受するかが問題ですね」

「同感です。同業他社が追随してくるまでにどこまで水をあけられるか。しかし、いくらなんでも、他社が法人営業部的なものをつくるとしても一年やそこらはかかるでしょう。ウチでも、われわれがアプローチを始めてからまる二年半はかかってますから」

「二年半ですか……」

厳太郎は、窓外に眼をやった。

列車は、京都駅に近づいてスピードを落した。窓からの景色は厳太郎の眼に入っていない。大日生命に転じて二年半になるが、来《こ》しかたを振り返ると、感慨無量である。

「部長が来られたからこそ、二年半でできたんです。部長のような強力な推進者がおられなかったら、まだもたもたしてましたよ。いや、永久に陽の目を見なかったかもしれません」

「少しはお役に立てたんですかねえ」

厳太郎はまぶしそうに岩越を見やった。岩越は厳太郎と同年配だが、部下に称揚されてくすぐったいのかもしれない。

「少しどころか、部長以外にこのプロジェクトを推進できる人はいなかったと思います。三上君とも話したのですが、入社以来こんなに燃えたことはありません」

岩越は心底《しんそこ》からそう思う。厳太郎なかりせば、法人営業部は誕生していなかったに違いない。

「僕は立場上、向こう見ずにまっしぐらに前進できる立場にありましたから……。中途入社のメリットでしょうか」

厳太郎は白い歯を見せて、話をつづけた。

「しかし、なんといっても発想が素晴しかったんです。こういう柔軟な発想が出てくることに驚きを感じますよ。生保業界は体質的に保守的だし、まして業界トップともなればリスクは冒さず、トップの地位を守りたくなるものでしょう。こういう発想は出てこないと思ってました。活力を感じます。発想の素晴しさに僕はやる気になったんです」

こんどは、岩越のほうがまぶしそうな顔をした。

「同業他社は、ウチの法人営業部がスタートしたら、アッというでしょうね」

「ウチの業績を横眼で睨《にら》んで、これは凄いということになって初めて、大あわてでプロジェクトチームをつくり検討に乗り出したとして、やっぱり最低一年はかかりますよ」

岩越は興奮気味に声を弾ませている。

「当社が投じる一石が業界全体の活性化に寄与できるんやったら、それこそリーディングカンパニーとしてこれほどうれしいことはありませんよ。しかし、他社があわてふためくほどの成績があげられるかどうか、そうなにからなにまでうまくいくとは限りませんよ」

「いや、絶対に大丈夫です」

岩越は眼を輝かせて「絶対」にやけにアクセントをつけて返した。

「他社が切歯扼腕《せっしやくわん》するほどの成績をあげられるといいですね」

「そうなるに決まってますよ」

岩越のこの予想は見事に的中する。前後するが、法人営業部が設置されてから五年後に企業保険営業実績の三四パーセントは法人営業部の業績で占めることになる。そして同業他社の大手がこぞって、本社機構の法人営業部を創設し法人市場に参入するようになるのは二年ないし三年後のことである。

「部長はなにか心配なことがありますか」

岩越は、自分がひとりはしゃいでいるようで、いくらか気がさした。

「いや、そんなことはないんですが、強いチームをつくることが大事ですね」

「一流商社で鍛えてこられた部長の眼からご覧になると、われわれが頼りなく見えるかもしれませんが、生保のトップだけあって、けっこう人材の層は厚いですよ」

「その点は心配してません。人材の層の厚さについては、物産以上だと思ってます」

「そこまで言われると皮肉に聞こえます」

岩越は拗《す》ねたような顔をしたが、すぐに笑顔に戻った。

「問題はチームワークと、チームの総合力です。これが物産やったら、あるプロジェクトチームができたとするでしょう。チームのリーダーというか核になる男は、人事、業務と相談はするが、かなりの程度自分の好みというか意思でメンバーを集め、チームをつくることができます。大日生命では、人事からのあてがいぶちでやらなならんでしょう」

「かならずしもそうでもないと思います。たとえば広岡部長がこの男はどうしても欲しいということになれば、かなりの程度は希望がかなえられるんじゃないですか」

「問題はそこです……」

巌太郎は間を取るように、組んでいた脚をほどいた。

「仮に岩越さんの言うとおりだとしての話ですが、それにつけても中途入社のハンディの大きさには、途方に暮れる思いになるんです。人事についてはほとんど無力に等しい。なぜなら、どこの誰がどういう性格の人で、どういう分野が得意なのかといったことが、皆目わかっていないわけです。人事部に行ってカードを見れば経歴ぐらいはわかるやろうし、性格もある程度はわかるかもしれません。しかし、実際に一緒に仕事をしたり、一緒に仕事をしないまでも何度か話したことがあるというのと、顔を合わせたこともない人では、チームなりコンビを組むとしてもまるで違います。誰を押しつけられても人事部門の言いなりになるというか、こっちは知識が無いわけやから、鵜呑《うの》みにする以外ないわけです」

「……」

「どうもうまく言えんので、僕の言うてることがわかってもらえるかどうか心もとないのですが、社歴というのはだてに歳月を重ねてるわけやなくて、それなりに意味があるんです。人脈というと多少ニュアンスが違うかもしれませんが、社内で人を知らないハンディは大きいですよ」

「おっしゃることはよくわかります」

ぽつっとした調子で岩越が言った。

巌太郎は、窓外に向けていた眼を岩越のほうへ戻した。

「僕が社長の息子ということもあるんやろうが、いろいろ近づいてくる人はいてますし、意見を言ってくれる人もいてますけれど、その人がなにを目的に近づいてくるのか――会社のためを思ってか、自身の栄達のためだけなのか、それを見分ける能力もありません」

「その悩みは時間が解決してくれるんじゃないですか。部長は人脈とおっしゃいましたが、わが社には派閥めいたものもありませんから、そうナーバスになる必要もないと思うんです。わずか三年足らずで、部長は外野問題にも取り組まれたうえ、企業保険部長として国際化への布石を打ち、法人営業部を創設された。普通の人が十年かかってもやれないことをたった二年半で、いともあっさり片づけてしまった……」

「ちょっと失礼」

突然、厳太郎が岩越の話をさえぎった。車内販売のワゴン車が二人の前を通りかかったのである。

「喉《のど》が渇《かわ》きましたね。ジュースでいいですか」

「はい。いただきます」

厳太郎は缶《かん》入りのオレンジジュースを買って、一つを岩越に渡し、さっそく蓋《ふた》をあけた。

岩越は、オレンジジュースを飲みながら、どこまで話したか考えていた。そうだ、「いともあっさり片づけてしまった」までだった。

しかし、それは言い過ぎかもしれぬ、と岩越は思い、すぐに訂正した。

「いともあっさり片づけた、というのは違うかもしれませんね。おそらく部長は、われわれが想像もできないような苦労をされたんだろうと思います。しかし、とかく部長の着眼点のたしかさと実行力の凄さに魅力を感じ、しびれない者は一人もいません。正直に言いますが、わたしも中途入社の社長の御曹司《おんぞうし》になにができるか、と思わないでもありませんでした。違和感もありましたけれど、部長が自ら進んで支社長職を志願し、外野問題に取り組まれてから、すっかり気持が変りました。それは、わたしだけではないと思います。荒川君から聞いた話ですが、部長は支社長時代外務員の特別養成所の設置を進言したそうですね。〝外野でも会社がもっと責任をもって新聞広告したり研究して人を採用し、教育訓練すべきだ〟と主張されたと聞きましたが、外務員の人たちに対するあたたかい心くばりに荒川君は何度感動したか知れないと言ってました。かれは、部長のことを神様みたいな人だと言うんです。ずいぶんオーバーなことを言うなと思ってましたが、部長に仕えて、一緒に仕事をさせてもらって、荒川君の言ったことが理解できるようになりました」

岩越はごくっごくっと喉を鳴らしながらジュースを飲んで、話をつづけた。

「組合委員長の潮田君が、広岡社長にお会いしたとき〝わたしは息子を尊敬してる。よく見てやってほしい。きみたちの目矩《めがね》にかなわなかったら、いつでも辞めさせる〟といった意味のことを言われたそうですが、部長を物産からスカウトした社長は偉い人だと思います。潮田君は、なんにも言えなかったそうですよ。ひとことも反論できなかったと言ってました。立場上、組合としてああいう行動に出ざるを得なかったのでしょうが……」

「親父は組合委員長にそんなことを言ったんですか。親馬鹿《おやばか》もきわまれりです。あきれた人だ」

厳太郎は照れくささも手伝って、アクセントをつけた言いかたになっている。

「そんなことはありません。社長の炯眼《けいがん》と自信に頭が下がります」

「僕は中途入社のハンディを痛いほど感じてるので、多少は努力したつもりですが、まだ十分だとは思ってません」

「部長は全力投球し過ぎます。ときには力を抜くこともあっていいんじゃないですか。真摯《しんし》であり過ぎますよ」

自分に心をゆるして悩みを打ちあけてくれるのはうれしいが、部長は気を遣い過ぎる――岩越はそう思わずにはいられなかった。

二人は五時から七時まで東京総局で関係者と打ち合わせを行ない、食事のあとで、銀座のクラブを一軒回って、十時過ぎにタクシーで丸の内のホテルへ向かった。

タクシーの中で岩越はふと駅弁のことを思い出した。

「そういえば、新大阪駅で買った駅弁はどうされました？　十一月のこの時期ですから腐ることはないと思いますが……」

「えっ」

厳太郎はからからと笑った。

「岩越さんも人が悪いですね。僕は内緒のつもりだったんですよ」

「失礼しました」

「いや。夜中にお腹がすいてかなわんのです。二時か三時頃眼が覚めたときに食べるんですよ」

岩越は返す言葉がなかった。

厳太郎は会席料理を気持がいいほどきれいにたいらげた。お茶漬《ちゃづ》けのおかわりまでしたのに、夜中に空腹を覚えるなどどうにも考えられない。

ホテルでチェックインするとき、厳太郎がフロントの男に言った。

「両サイドがあいてる部屋があればお願いします。僕の鼾はちょっとしたものらしいんや。お客さんに迷惑かけてもなんやから」

コンピューターの端末機を操作していた男が首をかしげた。

「あいにく、きょうは満室で、そういう部屋はあいてません。金曜日はいつもそうなんです」

「なるほど。予約しておかなかったら、われわれも閉め出されるところだったわけですね」

岩越が厳太郎を見上げて、つづけた。

「いくら部長の鼾が豪快でも、隣りの部屋までは聞こえませんでしょう」

「それがそうでもないらしいんです。なるべく早く寝るようにしてください。僕は十二時までは起きてますから」

「わたしは至って寝つきのいいほうですから、ご心配なく」

岩越は気楽に答えたが、その二時間後、隣室から聞こえてくる鼾に寝入りばなを挫かれたのである。ベッドルームを仕切る壁の厚さに欠陥があるのではないか、と思えたくらいよく聞こえる。これが同室だったら、さぞかし大変だったろう、と岩越は苦笑した。気にすまい、と思うとかえって気になる。明朝、東京総局で会議があるので寝ておかなければ、と焦《あせ》れば焦るほど眠りに入れない。

間断なく続いていた鼾が急に聞こえなくなった。時計を見ると、午前二時を回っている。耳を澄ますと、かすかにもの音がし、人の気配がする。

わかった、駅弁だ。どんな顔をして弁当をつかっているのだろうか――。そう思うと微笑を誘われる。

職員旅行のマージャンの最中に「ストレスがたまってる」と言った若い職員の言葉が不意に頭の中をよぎった。

岩越はなにやら胸騒ぎを覚えた。

第六章　慟《どう》　哭《こく》

1

本社勤務になってまる一年経《た》った、その年の四月に広岡厳太郎は常務取締役に昇格した。

三年前の入社時に、〝労組世襲人事に反発〟の見出しで、「『厳太郎氏がすぐに常務になるようなら強い姿勢をとらざるを得ない』とめっぽう高姿勢である」とA新聞に書かれ、騒然としたことが嘘《うそ》のように、社内では厳太郎の昇格が当然と受けとめられた。それどころかわずか三年とはいえ、この間に見るべき実績を残したこともあって、人格、識見ともに次代のリーダーとして相応《ふさわ》しいとの評価が早くも定着したように見受けられた。

厳太郎の担当は内外の企業保険だが、行動力は相変らず旺盛《おうせい》で、大企業のトップから担当の係長に至るまできめ細かく訪問して、新設間もない法人営業部の強化拡充に力を注いだ。

海外にも何度か出かけた。

三週間の欧米出張から帰国した五月中旬に、巌太郎は美紀子に疲労を訴えた。

結婚して十六年になるが、こんなことは初めてである。物産以来、無遅刻とはいかないまでも無欠勤を続け、風邪ひとつ引かず、弱音を吐いたことのない巌太郎が

「疲れた。運動不足が祟《たた》ったんやろうか」と言って、美紀子を心配させた。

「二、三日休養したらどうですか」

「それほどのことはないやろう」

「顔色がよくないようですよ」

「気のせいや。それにいま会社を休むわけにはいかん。東京と大阪の大企業を回らなければならないし、海外出張で仕事もたまってるし……」

「せめて、あした一日ぐらい会社を休むわけにはいきませんか」

「無理やな。あしたは常務会に報告しなければならないし、木曜と金曜は東京へ出張することになってる。土曜日はふた月も前に健ちゃんと東京でゴルフをやることになってるんや。日曜日に一日寝てれば疲れもとれるやろう」

土曜日は、岳父の松尾治雄を含めた三人で武蔵野《むさしの》の名門コースへ朝早く出かけた

が、好天で一ラウンドハーフを楽にこなせるところなのに、巌太郎は一ラウンドで切りあげたい、と言い出して、パートナーを驚かせた。

ティアップするとき、屈《かが》み込まなければならないが、その動作がなんともぎごちなかった。ヨッコラショ、と拍子でもとらなければ屈むことができないのではないか、と思えるほど難儀している。

腰の切れが悪く、手打ちだからショットの飛距離は出ない。どうかすると、治雄にオーバードライブされることもある。かつて足もとにも及ばなかった健治は、いまは巌太郎を敵としていなかった。

往年の巌太郎の強いゴルフを知っているだけに、松尾父子《おやこ》には別人としか思えなかった。

アプローチ、パットは、なんとか誤魔化しがきくが、ティショット、セカンドショットは飛ばない上に左へひっかけたり、右へスライスしたりで、林間コースだから始末が悪い。

考えてみれば巌太郎が大日生命に入社してから、治雄も健治も一緒にゴルフコースに出たことはないが、それにしてもシングルクラスのハンディを誇っていたのである。年齢もまだ四十二歳と若いのに、なんという変りようであろう。

健治は、初めのうち巌太郎が花をもたせてやろうとわざと手を抜いているのではないか、と勘繰ったほどである。

昼食のとき、健治がハンディの修正を提案したが、厳太郎は応じなかった。

「健ちゃんにチョコレート取られた記憶はないからね。一度ぐらいいいでしょう。しかし、後半はどうなるかわからんぜ」

「いや、期待できませんね。救い難い状態ですよ。ちょっとやそっとで治るような崩れかたではないですもの。クラブが借りものというエクスキューズはあるけれど、そんな程度の重症ではありませんよ」

「健ちゃん、たまにチョコレートを取ったからいうて、莫迦《ばか》に辛辣《しんらつ》やなあ」

「いや、同情してるんです。眼《め》を覆《おお》いたくなりますよ」

「仕事のし過ぎやな。仕事をようしとる者と、してない者の差が出たいうところや」

「ハンディ、僕が五つももらっていいんですか。ハンディ泥棒《どろぼう》言われても仕方がないと思いますけど、逆ですよ。僕が五つあげてちょうどいいんじゃないですか」

「冗談やない。きみからハンディもらうなんて末代までの恥や」

厳太郎は冗談ともつかず言ったが、多少むきになっていた。

というより自分に腹が立って仕方がなかった。こんな惨《みじ》めなゴルフは生れて初めてである。

「厳太郎君、肥え過ぎと違うかね。しばらく会わないうちに、またひとまわり大きくなったような気がするが……」

治雄が心配そうに言った。昔から大食漢だったので、いくら食べても気にならなかったが、食べ過ぎもよくないに決まっている。こう太っては、心臓にも負担がかかるし、高血圧も心配である。

「運動不足なんです。ひまを見つけて水泳でもやって少し躰《からだ》を鍛え直します」

厳太郎は笑顔で返したが、過体重はやはり気になっていた。

昼食後、練習場に出てティショットの打ち込みをやったが、成果は少なかった。

この日の厳太郎のスコアはアウト五六、イン五四で、松尾父子に名をなさしめたが、その後も風邪をひいて体調を崩し、六月に入ってもぐずついた梅雨空のように気分が晴れなかった。

六月中旬に、新宿のKホテルの大広間で、恒例の優績外務員の中央表彰式が行なわれることになっていたが、俊《たかし》が厳太郎に上京を取りやめるようにすすめたのは、美紀子にそれを頼まれたからである。夏風邪は治りにくいというが、俊も風邪ぐらいならたいしたことはないと軽く考えていた。しかし美紀子の話では、夜咳《せ》き込むことが多いし、躰がだるくてどうしようもないと厳太郎がめずらしく弱音を吐いているという。「二、四日休ませて、お医者さまにも診てもらいたいのですが」とまで言われては、表彰式を休ませないわけにはいかなかった。

前日の夜遅く、俊は厳太郎と応接室で話した。

「風邪が治らんようだね」

「五月の海外出張以来、体調が思わしくないんですが、おまけに風邪をこじらせたらしいんです」

「あすの表彰式は休んだらどうかな」

「それほどではありませんよ」

「美紀子さんが心配してたが、食欲も落ちてるそうじゃないか」

「食欲は相変らずです。食欲がなくなるぐらいでちょうどいいんでしょうが……」

「とにかくあしたは休んで、病院へ行ってくることだね」

「常務になって初めての表彰式に欠席するなんてぶざまなことはできません。年一度のセレモニーやないですか」

「それなら、上京のついでに東京のT病院で診《み》てもらったらどうかな。オーバーホールしてもらって、たいしたことがなければ皆んな安心するでしょう」

俊は、T共済病院の沖田《おきた》院長と懇意にしていたので、病室の確保などで便宜を図ってもらえるはずであった。

「いや、まだそんな齢《とし》でもありませんよ」

厳太郎は笑って聞き流した。

中央表彰式には全役員が出席するのが慣例となっている。厳太郎も過去二回出席したが、外務員にとって晴れの舞台であり、中央表彰式に招待されることをめざして日夜保険の勧誘業務に励んできたのである。大日生命の役員の一人として表彰式に列席することは、全国の優績外務員に感謝の気持を表白する唯一《ゆいいつ》の機会でもある。

これに欠席するようでは役員の資格はないと厳太郎は考えていた。華やいだ雰囲《ふんい》気《き》の中で、おばちゃんたちの晴れがましい笑顔に包まれているときの充足感といったらない。中央表彰式に招待される優績外務員は一千名である。七十人に一人の狭き門であり、ひとりひとり名前を呼ばれ、万雷の拍手の中を演壇に進み出て広岡社長の握手を受けるが、社長は全員に「ご苦労さまです。ありがとうございました」とねぎらいの言葉をかける。おばちゃんたちの中には広岡社長の包み込むような笑顔に接し、温かい手のぬくもりを実感すると、生きていてよかった、生保の外務員になってよかった、という感慨にとらわれる、と述懐する人が少なくない。

白手袋などせず、素手で千人の人々と握手し終ると、俊の手は脹《は》れあがり、感覚が麻痺《まひ》してしまうが、これればかりは余人を以《もっ》て代え難い。代理というわけにはいかないのである。

表彰式のとき、役員は舞台に立ち並んでいなければならないが、胸の重苦しさで脂汗《あぶらあせ》を掻《か》きながらも、厳太郎は頑張《がんば》った。

足もとがおぼつかず、躰の向きを変えるときにふらついたこともあるし、ただ立っているだけで息遣いが荒くなる——。

京橋支社からは十五人もの優績外務員が表彰された。皆んなかつての戦友たちである。

その中に服部芳子の姿もあった。厳太郎は芳子に、慶応大学の医学部に入学した息子の学費として二百万円用立てたが、去年から芳子は月々相当額を返済するまでになっていた。

事前に表彰者リストに眼を通していたので、あらかじめわかっていたが、支部長の宮脇と問題を起こした竹下ひろ子の名前を認めたときは感慨無量であった。

体調が万全だったら、十五人の表彰者全員に電話ぐらいかけてやりたいところである。

服部芳子が社長と握手を交わしたあとで、厳太郎のところまで歩み寄って来た。いわばハプニングである。

芳子は厳太郎に一礼したあと、上気した顔で言った。

「厳太郎常務、おめでとうございました」

それはこっちの言うせりふだと思って、厳太郎は怪訝《けげん》な顔をした。

「常務に昇進されたおめでとうを言いたかったんです」

「ありがとう」

芳子からはすでに丁寧なお祝いの手紙をもらっていたので、妙な気もしたが、厳太郎はハンカチで脂汗を拭《ふ》きながら礼を言った。

芳子も含めて、厳太郎の異変に気づいた者は一人もいなかった。

歌謡ショーなどのアトラクション、披露《ひろう》パーティを含めて午後二時から夜九時過ぎまでセレモニーは続くが、厳太郎は最後までホスト役の一人として務めあげた。

パーティ会場では、服部芳子ら京橋支社の外務職員に取り囲まれることが多かったが、終始笑顔を絶やさず、話し相手になった。

立っているのがつらくなり、会場の隅《すみ》に用意された椅子《いす》席で休息をとっていると、評議員や社員総代などの招待客が挨拶《あいさつ》に来るので、おちおち坐《すわ》っていられない。

俊が、厳太郎のそばへやって来たのはパーティがそろそろおひらきになる九時前のことだ。

「具合はどう？」

「大丈夫ですが、沖田先生に電話を入れておいていただけますか」

「そんなに悪いのかね」

俊は眉《まゆ》をひそめて、まじまじと厳太郎の顔を見つめた。

カクテルを三杯ほど飲んで上気している厳太郎は、少なくとも顔色が悪いようには思えなかったが、クーラーが強めに入っているにしては、汗を掻き過ぎている。

「熱はどう？」

「ないと思います。ただ、この雰囲気ですからね。躰じゅう熱っぽいですよ」

厳太郎に笑いかけられて俊の表情も和んだが、すぐに真顔に戻った。

「沖田先生には今夜にでも電話を入れておこう」

「お願いします」

厳太郎の声は心なしか弱々しかった。

2

表彰式の翌日午前十一時に、厳太郎は虎《とら》ノ門《もん》のT共済病院に沖田院長を訪ね診察を受けた。前夜、俊と沖田との連絡がとれたのである。

内科病棟に個室を確保できたので、そのまま入院することになった。厳太郎は、二、三日のつもりだったが、沖田の判断で入院期間は三週間に及んだ。

パジャマ、浴衣《ゆかた》、下着類、洗面用具など身の回りのものを届けに美紀子が上京して来たのは入院当日の夕刻である。

「お義父《とう》さまからお電話をいただいたときは、眼の前が真っ暗になりましたけど、オーバーホールと聞いて少しは安心しました」

「胸が重苦しくて、息切れもするんで親父に沖田先生に連絡してもらったんや。病院とは縁がないと思ってたが、休養のつもりで二、三日ゆっくりさせてもらうわ」

ランニングシャツにステテコでベッドに横たわっていた厳太郎は、いまは浴衣を羽織って、ベッドに腰かけている。

「お義父さまは検査だけでも最低一週間はかかるとおっしゃってましたよ」

「一週間も？」

「ええ。最低一週間です。ですから十日ぐらいは覚悟したほうがいいですね」

「かなわんなあ」

「この際ですから、悪いところは徹底的に治してください。減量のほうもお願いしますよ」

「悪いところがそうそうあってたまるかね。過労ぐらいで、十日も入院しなければいかんのか」

「先生の言うとおりになされば、それでよろしいんです。会社のほうへは、わたしから連絡しておきましょうか」

「いや、僕が電話する。大袈裟《おおげさ》に伝わっても困るからな。あくまでオーバーホールなんやから、外部には伏せておいてもらわんと」

「目黒には話してしまいましたよ」

「心配させて申し訳ないな。念のための検査だけだから、お見舞いには及ばないと目黒のお義父さん、お義母《かあ》さん、それに健ちゃんにもくれぐれも言ってほしいなあ」

「そうはいきません。父がひどく心配してました。あなた、こないだのゴルフさんざんな目にあったそうですね。病人に無理をさせてしまったと父が悔んでました。きっと躰がきつくて、ゴルフどころではなかったに違いないと父が言ってましたが、もっと早くお医者さまに診てもらえばよかったわ」

窓際《まどぎわ》の棚《たな》と枕元《まくらもと》の二カ所に、カトレアとカスミ草が生けられ、殺風景だった病室が明るくなった。

美紀子は病院に一泊した。補助ベッドは一段低いので、いつもは横から聞く厳太郎の鼾《いびき》を上から聞くことになり、だいぶ勝手が違った。

あくる日の午後は、神戸から母の佳子が上京して来た。在京中の俊が佳子と連れ立って見舞いに顔を出し、目黒の松尾治雄夫婦も駆けつけ、広岡、松尾両家の両親が久しぶりに対面し、時ならぬ病室の交歓となった。

入院三日目から本格的な検査が始まった。

糖尿病関係の検査はこたえる。インシュリン検査は朝食抜きだから、大食漢の厳太郎には、絶食ほど過酷なものはない。ただでさえ病院食は少量、低カロリーである。しかし病院食の不味《まず》さはさほど気にならなかった。

母親のしつけがきびしくて、子供のころから食べものの好き嫌《きら》いがないように育てられている。

採血、検尿が繰り返し行なわれ、血糖値が正常値よりかなり高いことがわかった。眼科で眼底カメラによる眼底出血の有無が調べられたが、さいわい出血は認められなかった。

心電図、血圧の測定、胸部レントゲン撮影、肝機能、腎《じん》機能検査なども行なわれた。腎機能検査はPSP（フェノール・スルホン・フタレイン）試験、フィシュバーグ尿濃縮力試験、内因性クレアチニンクリアランス測定など本格的なものである。肝機能検査は採血だけで、腎臓も含めて組織の一部を採取する生検《バイオプシ》までは行なわれなかったが、相当ハードな検査である。これらの諸検査の結果、血圧は高めであり、軽い不整脈が認められ、尿蛋白《たんぱく》によってわずかながら腎機能の低下も確認された。血中のトランスアミナーゼ（酵素）の値を測定するGOT、GPTの肝機能検査でも正常値の二倍で、機能の低下が認められたが、急性腎炎、急性肝炎と診断されるまでには至らず、軽度の糖尿病も含めていずれも過労に起因していると考えられた。

糖尿病もインシュリン非依存型で、インシュリン注射をするまでもなかった。ただ、糖尿病が悪化すると、糖尿昏睡《こんすい》などで生命にかかわることもあり得るし、心筋梗塞《こうそく》、腎炎などの合併症も怖いので、軽いうちに治す必要があると、沖田院長から注意された。

　血糖降下剤、血管増強剤を服《の》むことになったが、薬の服用は補助的なもので、主力は食事療法だ。食事制限は厳太郎の泣きどころである。

　入院十日目の夜、松尾健治が見舞いに来た。

　厳太郎はパジャマ姿でベッドに腰かけて書類を読んでいた。

「そろそろ検査も終って退屈してるころだと思ってましたが、もう仕事ですか」

「貧乏性なんやなあ。じっとしてるのはかなわんわ」

　厳太郎は書類を枕元に放り投げて、健治に椅子をすすめた。そして、慣れた手つきで焙《ほう》じ茶を淹《い》れた。

「五月のゴルフはひどいわけですね。とてもゴルフをやれるような状態じゃなかったんでしょう。父子で、病人を相手にチョコレートを巻きあげるような真似《まね》をして、大いに反省してます。ゴルフのショックで入院騒ぎに発展したかと思うと、寝覚めが悪いですよ」

「その顔は反省してる顔じゃないな。人をおちょくって愉《たの》しんでる顔ですよ」

　厳太郎は、健治を軽く睨《にら》んだが、すぐに笑い出した。

「要するに鬼の霍乱《かくらん》や。お陰さまでいい休養させてもらってるわけです」

「顔色もすっかりよくなりましたね。ひとつも病人らしくありません。ゴルフのときは蒼《あお》ざめてましたけど」

「ゴルフの話はやめましょう。二、三カ月チョコレートあずけておきますが、こんどやるときは手心くわえないから、覚悟しといてよ。お父上にもお伝えしてほしいね」

「よく言っておきます」

「顔色悪くないって、ほんまそう思う?」

厳太郎は、健治がうなずくのを見ながらうれしそうにつづけた。

「医者の診断《みたて》違いかもしれないなあ。これでも不整脈とか糖尿病とか言われてるんです……。医者はオーバーに言うもんだから」

「それは事実でしょう。ただ、過労が原因のようですから、静養すれば本復するんじゃないですか。この際ですから、二、三カ月休んだらどうです?」

「美紀子も同じこと言ってたが、姉弟で示し合わせてるんじゃないですか」

厳太郎はいたずらっぽい眼をした。健治が眼を逸《そ》らした。

「そんなことはないですけど、病院で管理してもらうに限りますよ。わがままが出て、食事療法もくそもなくなりますからね」

「お腹すいたな。夕食は五時に済ませましたが、朝の待ち遠しいことといったらないですよ」

厳太郎は腹をさすりながら、思い出したように言った。

「まだ七時ですよ」

「量が少ないんです。空腹は辛抱《しんぼう》できませんね。発狂しそうです」

「でも辛抱してるんでしょう?」

「食わしてくれんのやから仕方がないでしょう。そのへんの花でも食べてやろうかと思うこともあるし、スリッパでも齧《かじ》りたくなります。食いものの話をしたら承知しませんよ」

「冗談言えるくらいですから、心配ないですよ。別に気が触れてるとは思えませんし……」

「お茶漬けを腹いっぱい食べたいなあ。ゲンタロウランチを思い出します。夢にまで見ますよ」

厳太郎は、腹部を両手で抱えるようにして切なそうに言った。

「そんな情けない顔をしないでください。なんですか、ゲンタロウランチって?」

「京橋支社長してたとき、よく食べに行ったんです……」

厳太郎は、ゲンタロウランチの曰《いわ》く因縁《いんねん》を夢中で話している。食いものの話をしたら承知しないと言っておきながら……。

しかし、健治は笑えなかった。厳太郎のほうもそれに気づいてバツが悪そうに顔をしかめた。

3

厳太郎は退院後、病院の処方箋《せん》どおり死ぬ思いで節制節食に努めたが、減量は思うにまかせなかった。水だけ飲んでいても体重が増えていくような按配《あんばい》なのである。ステロイド系の強い薬を服用しているわけでもないのに、顔が医学用語でいうムーンフェイスそのもので、満月のようにまんまるくなっている。浮腫《ふしゅ》ということではないにしても、健康的な肥満とはほど遠い印象を与える。薬の副作用ではないかと考えて、血糖値降下剤の服用をやめてみたが、効果はなかった。

どうしてこんなおかしな体質になってしまったのか自分でも不思議でならない。堂島のS病院に通院し、いろいろ検査もしたが、病院でも原因をつきとめられなかった。奇病というしかない。

節食しても減量の効果がないとなれば、逆療法でやけ食いをしてやろうかと思いたくもなる。ところがあれほど健啖家《けんたんか》だったのに、いざ節食を解除しようと思っても、胃袋のほうが受けつけなくなっている。

運動不足が大敵と考えて一度だけホテルのプールに行ってみたが、心臓のほうが過激な運動に耐えられなくなっていた。

努めて歩くことにし、早起きして散歩を試みもしたが、石段の昇り降りで、息切れしてしまう。突然不整脈に襲われて、吐き気をもよおすこともある。

胸の重苦しさと嘔吐《おうと》感が不整脈に起因していることは、脈搏《みゃくはく》でわかる。ときとして脈を搏《う》たないことがあるほど不整脈はひどくなっていた。それでも常務になって一年間は、なんとか躰をだましだまし職務をこなした。

じっとしていても、ぜいぜい荒い息遣いが相手に聞こえるほどで、痛々しい思いにさせてしまうが、宴席にも顔を出すようにしていた。

厳太郎は五月に、トラベラーズ社との協定改正交渉のため渡米することになっていたが、とてもそんな体調ではなかった。

念のため、S病院の主治医に意見を求めると自殺行為だと言われた。

協定改正交渉は、担当外の役員に交代してもらう破目になったが、六月中旬の中央表彰式だけは出席するつもりだったのに、不整脈に襲われて、S病院へ入院を余儀なくされる始末であった。

会社には定期検診ということで欠勤届を出したが、表彰式の欠席は、厳太郎が心配したとおり社内で深刻に受けとられた。たとえ這《は》ってでも出席しなければいけなかった、と厳太郎は後悔したが、それは不整脈がおさまったからこそ言えることで、あのときの胸苦しさは耐えられるものではない。

入院四日目に見舞いに来た稲井に巌太郎は「たいしたことはない。二、三日で退院できるやろう」と見栄《みえ》を張ったが、そんな自信はなかった。

「巌やんは働き過ぎなんや。手を抜くことを覚えんと、退院してもすぐぶり返して、また病院へ担《かつ》ぎ込まれることになる。一年ぐらい休んだらどうや」

「阿呆《あほ》ぬかせ。過労ぐらいで一年も休めるか」

「過労と心労やな。気を遣い過ぎるのや。美紀子さんから聞いたが、病院から毎日二度も三度も会社に電話かけてるそうやないか」

「法人営業部の連中が指示を求めてくるんや。こっちも、それで気が休まる面もあるんやし、ちょうどええんやないか」

「あかんあかん。そんなもん放《ほ》っとけ」

稲井は激しく手を振った。

「なんのために入院したかわからへんやないか」

「オーバーホールで入院したんやで。病人扱いしないでもらいたいわ」

「不整脈いうたら、立派な病気や。重病いうてもええ。せっかく神が休暇を与えてくれたのに静かにしてなければあかんやないか。要らん気を遣《つこ》うたらあかんのや」

「ブーやん、どないしたん？　なにをむきになってはるの」

て横になった。

　巌太郎はベッドに上半身を起こしていたが、疲れたのか、躰を稲井のほうへ向け
「むきになってなんかおらへんが、巌太郎には長生きしてもらわんと困るんや」

「心配せんかて大丈夫や。僕がそんなにやわにできてると思う？」

　巌太郎の頰《ほお》がゆるんだ。稲井には、巌太郎が痛々しいほど弱っているように思えてならなかった。

「過信したらあかん。一病息災いうから、ほどよい刺激になったと思うてたが、自分の躰をもっといとわなあかんがな」

「ブーやんは心配性やな」

「巌やんは自分の躰を過信しとる。ナーバスといわれるくらい注意してちょうどええんや」

　巌太郎と月に一、二度は顔を合わせている俺《おれ》でさえ、巌太郎の衰えぶりが気になるくらいだから、物産時代の颯爽《さっそう》たる巌太郎を知っている者が、四年ぶりにいま巌太郎に会ったらどう思うだろうか――。それこそ見間違えるかもしれない、と稲井は思うのである。

　巌太郎が、稲井に苦しい胸のうちを明かしたのは入院一カ月目のことだ。

「俺なあ、常務を辞任しよう思うとるんや。ブーやん、どない思う？」

「……」

「五月の海外出張も行けへんかったし、六月のおばちゃんたちの表彰式も出られへんかった。きっとガンなど不治の病に罹《かか》ったと思うてる人もようけおると思うわ。常務らしいこともできんのやから」

「潔癖な厳太郎らしいな。しかし……」

稲井は、次に用意していた言葉を呑《の》み込んだ。常務の責任が果たせないから、平取締役に戻るというのは、いかにも厳太郎らしいが、そこまで厳密に考えるのは、考え過ぎというものだ、と言いたかったのである。だが、厳太郎はまだ若い。これから先、挽回《ばんかい》のチャンスはいくらでもある。常務職を離れることで、精神的に楽になり、療養に専念できるのなら、そのほうが厳太郎のためになるのではないか、と稲井は思い直した。

「しかし」と言ってしまった手前、「賛成や」とつづけるのもちぐはぐだが、稲井は適当な言葉が浮かばず、「そう深刻に考えないかんかなあ」と言って、口をつぐんだ。

「健康を取り戻せるかどうかわからへんが、その努力はしようと思うてる。常務にとどまってるのは心苦しいわ」

「そうやな。仕事から離れることがこの際必要なんや。そうしたらいい。厳やんがいま取り組まなければあかんのは昔の体質に改善することや。この前も言ったが、一年いや二、三年非常勤役員に回って、のんびり過せば、必ず元の躰に戻るはずや」

「なんぼなんでも非常勤はないやろう。ヒラ取ぐらいの仕事はこなせるがな」

「あかん。非常勤でええのや」

「ブーやん、きつい言いようやな」

「ちょっと僭越《せんえつ》やな。大日生命の役員人事に俺が口出しするのもおかしな話や。ただなあ、ほんま仕事のことは忘れなあかん思う」

「仕事しないで寝とったら、ぶくぶく肥えるだけや。ま、第一段階として常務からヒラ取に降格して、様子を見るということかな」

「そうやな。これ以上肥えたら、ブーやんのニックネームは厳太郎に交代してもらわなければあかんいうことになるわ」

稲井は、自分の冗談が気に入ったとみえ、躰をゆすって笑いころげた。

二日後、日曜日の午後、俊が子供たちを連れて、病院へやって来た。厳太郎のS病院入院後、子供たちが見舞いに来たのは初めてだから、佳次郎ははしゃいで厳太郎にまつわりついた。

長男の俊一郎はもう高校一年生で、すっかり青年らしくなった。長女の恵美子は中学二年、次男の佳次郎は小学校三年生である。

病室で佳次郎が恵美子にかまってもらえず髪を引っ張るような乱暴をしたとき、

厳太郎は「こらっ、静かにしなさい」と叱《しか》りつけた。それで静かになったと思うと、また、皆んなの気を引きたいのか、すぐに悪ふざけをする。

「佳次郎、言うことをきかないと、パパはもう家へ帰らないぞ」

「パパごめんなさい」

「聞こえない。もっと大きな声で」

「ごめんなさい」

佳次郎は厳太郎の耳もとで繰り返した。

「パパは、おじいちゃんと大事なお話があるんや。静かにしてない子は、外へ出てもらうぞ」

「パパ、佳次郎と外で遊んできます」

恵美子が気を利《き》かせて言うと、俊一郎も「よし、そうしよう」と応じ、三人は病室から出て行った。

「表彰式に出られなかったのはこたえました」

「仕方がないだろう。毎年のことだから、そう気に病まなくていい」

「いや、気になりますよ。常務として恥ずかしいです。それで、いろいろ考えたんですが、このまま常務にとどまっているのは心苦しいんで、取締役に戻してもらいたいと思うんです」

「そんなに入院は長びきそうなのか」

「いいえ。いまのところ不整脈もおさまってます。一過性のものと考えたいところですが、また会社に迷惑をかけるのも忍びないですから、体力に自信がもてるようになるまで、常務職を返上させてください」

「もう少し様子を見たらどうかね」

「いや、精神的にもそのほうが楽です」

「それで気が済むんなら、おまえの言うとおりにしようか」

俊は浮かぬ顔で答えた。

翌朝、俊はさっそく山口副社長に厳太郎の申し出を伝えた。

「賛成できませんねえ。厳太郎君のお気持はわかりますが、一度常務を降りてしまいますと、今度はカムバックしにくいものですよ。役職役員が病気療養のために会社を休んだ例はこれまでにもありますが、そのたびにヒラ取に降格してるということはありません」

「わたしも慰留したんですが、本人の意思は固いようなんです」

「厳太郎君らしいですね。いちどわたしから話してみましょうか」

「…………」

「入院してまだひと月にしかなりませんよ。厳太郎君にしては、莫迦に弱気ですね」

「大事をとって五月の渡米は見送ったが、先月の表彰式に出席したかったようです。

間が悪いことに不整脈が出てしまって、出席できなかった。それでひどくまいってるんじゃないですかね」

「まだお見舞いにも行ってませんから、きょうは時間がとれませんが、あすの午後にでも病院へ行って、わたしから話してみましょう」

「山口さんにはご迷惑をかけます」

俊は膝《ひざ》に手をついて頭《こうべ》を垂れた。俊の莫迦丁寧さはいつものことだが、それでも山口は恐縮してしまう。

つぎの日、昼下がりに山口が見舞ったとき、厳太郎は午睡を取っていた。付き添いで来ていた美紀子が緑茶を淹れてくれた。

美紀子は俊から山口の来院を聞かされたので、挨拶がてら病院に詰めていた。

「出直しましょうか」

「いいえ。せっかく副社長さんにお越しいただいたんですから起こしますわ」

「いや、もう少しこのまま寝《やす》ませてあげましょう」

山口と美紀子は小声で話していたが、厳太郎は眼を覚ました。

「あなた、副社長さんですよ」

「これはどうも」

厳太郎はあわてて、躰を起こした。

「起こしてしまってすまないねえ。気持よさそうに寝てたのに」

「つい、うとうとしちゃって。ご心配をおかけして申し訳ありません」

「あまり気を遣わないで、ゆっくり養生してください。社長から、きみが常務を辞めたいと言ってると聞きましたが、そんな必要はありませんよ」

美紀子がそっと席を外した。

「そんな前例もないしね。要らんことは考えずに……」

「前例は関係ありません」

厳太郎はおっかぶせるように言って、かぶりを振った。

「けさも主治医から、長期戦を覚悟するように言われました。入院が長期になるということではなく、出たり入ったり入退院を繰り返すことになると思うんです。糖尿のほうもどうもはっきりしませんし」

「一年や二年休んでもかまわんよ。きみが路線を敷いてくれた法人営業部は快進撃を続けている。きみは、相談に来た連中にたまにアドバイスを与えてくれればそれでいいんだ」

「……」

「それに、ここで常務を降りるということはまるで不治の病に罹ったような印象を皆んなに与えてしまうことになる。そうではない。きみの病気は必ず治るんだから」

「ありがとうございます。しかし、僕だけが甘えているのはいさぎよしとしません。体力に自信がもてるようになったら、また常務にしてもらいます。とにかく、いまはすっきりしたいんです」

厳太郎の気持は変らなかった。

山口が引き取ったあとで、厳太郎は美紀子に言った。

「常務としての責任がもてんのやから、辞任するのは当然やろう。給料は下がるが、体力が回復するまでこらえてや」

「はい」

美紀子は、夫が闘病生活に滅入《めい》っていないだけでも救われると思う。

厳太郎は七月二十日付で、常務取締役を解かれ取締役になった。

4

厳太郎は七月末にS病院を退院し、その年は勤務に復したが、年が明けてから、糖尿病が悪化し、三月に再び入院した。不整脈も思わしくなく、心筋梗塞の病名が新たに付け加えられた。

入院は長期化し、早くも五カ月目に入ろうとしていた七月中旬に、東京から松尾健治が見舞いに来てくれた。

「暑い中を申し訳ないなあ」

「わざわざ来たわけでもないんです。出張のついでです。もっと病人らしくしてると思ってたんですが、そうでもないですね。これなら、そのうちゴルフぐらいできますかねえ」

「そうやなあ。病院にこんな長居するつもりはなかったんや。涼しくなったら退院できるやろう。健ちゃん、少しは手が上がったの？」

「往年の厳兄ほどではありませんけどね」

「相当な言いようやな」

「いや、これでも謙遜《けんそん》してるんですよ」

「よし、いまのせりふ忘れたらあかんぜ。僕もテークノートしとくわ」

厳太郎は笑顔を絶やさず、上機嫌《じょうきげん》だった。健治は、美紀子から、元気づけてやってほしいと言われていたので、これでも気を遣って気持を引き立てているつもりだったが、想像していたよりも厳太郎は元気そうに見えた。長い病院暮らしで、陽《ひ》に当たらないから、顔が白っぽく見えるのは仕方がないが、やつれているということはないし、むしろ相変らず太めで、お世辞ではなく病人らしくなかった。

「東洋生命さんも、頑張ってるようやな。法人営業部も軌道に乗ったそうやないの」

「恐れ入ります。また、大日さんの後追いをさせてもらってます。まだまだ軌道に乗るまでは行ってませんけどね」

「たまたまウチは一歩早かったが、企業保険は時代の趨勢《すうせい》やから、法人営業部の発足は当然で、おたくもずっと前から考えてたことでしょう」

「皮肉を言わんでください」

「皮肉に聞こえた？」

厳太郎は顔をしかめた。

「そんなつもりで言ったんやないんだが……」

「いや、気にしないでください。二位、三位に甘んじてると、ひがみっぽくなっていけません。それにしても大日さんの布石の打ちかたにはいつもながら感心してます」

「ウチの社には、関西生命さんが荒っぽくシェア競争を仕掛けてきてることにナーバスになってる者もいてるが、僕は競争原理が働くことは悪いことやないと思ってます」

厳太郎は、すっかり話に熱が入っている。男兄弟のいない厳太郎は、健治を実の弟のように可愛《かわい》がっていたし、健治も二つ違いの厳太郎を実兄のように敬慕していた。

「厳ちゃんが早く元気になってくれないと、生保業界は活性化しませんよ。トーチカの中からしか生保業界を見ようとしない人ばかりでしょう。厳ちゃんは、客観的かつ、国際的な視野で、業界が見えるし、また見ようとしてますよね。広岡厳太郎の存在は、いまや大日生命という一私企業のためだけではなく、業界全体のニューリーダーとして、評価され期待されてるんです。厳太郎さんのリーダーシップによって生保業界は、もっともっと活性化していくと思うんです」

「ずいぶん褒《ほ》められたもんやなあ。身内の健ちゃんに褒められても、このへんが……」

厳太郎は脇腹《わきばら》のあたりに手をやって、つづけた。

「くすぐったいように思うけれど、悪い気はせんな」

「いまのは、ウチの幹部の受け売りで、僕が言い出したことじゃありませんよ」

「ありがとう。二位、三位の東洋生命、関西生命が頑張ってるお陰で、大日生命もうかうかできん。正々堂々と競争することはいいことや」

「そう思います。早く元気になって生保業界のために、ひと肌《はだ》もふた肌も脱いでください」

「ありがとう。きょうは、気分がええなあ」

厳太郎はうっすらと眼に涙をにじませた。

健治は午後二時にやって来て、夜七時過ぎまで話していった。夕食のときは、病院の売店で菓子パンを買って来て一緒に食べた。

別れ際《ぎわ》に握手したとき、厳太郎はいつまでも離さなかった。

「今度厳ちゃんに会うときは、グリーンの上にしたいですね」

「よし、約束するわ」

厳太郎は、やっと離した手をまた伸ばしてきた。

健治が、それを両掌《て》で包み込んだ。

四月一日の人事異動で神戸支社長になった岩越が、病室へ顔を出したのは、健治が来院したつぎの日のことである。

「神戸支社は名門支社ですが、就任三カ月の感想はどうですか」

「ありがとうございます。広岡重役が推薦してくださったお陰です。やっと仕事にも慣れてきました」

厳太郎は、はにかんだような顔をした。岩越の次のポストは一級支社の支社長職が妥当ではないか、と山口副社長に具申したことは事実だが、それは一年も前のことである。

岩越がこれから大きく伸びるためにも支社長ポストを経験しておくことはプラスになると考えて、それとなく岩越にもその旨《むね》を伝えておいたが、法人営業部のサポートで発令が遅れたのだ。

「わたしは、一年間、広岡重役の直属の部下として薫陶《くんとう》を得てますから、神戸支社長は大任ですけれど、なんとかやっていけそうな気がしてます」

「ありがとう。そんなに言うてもらって、うれしいです」

このときも厳太郎は涙ぐんだ。岩越も胸が熱くなったが、厳太郎が長い闘病生活で涙もろくなっているとは思わなかった。もともと心の優しい人なのだ。

「岩越さんにはお世話になったから早く退院して保険の応援をしたいですよ」

「ありがとうございます。しかし、広岡重役には会社のためにほかにしていただくことがたくさんありますから、わたしのことは心配しないでください」

「なにはともあれ、病院から早く出なければいけませんね。こんなところにくすぶってたら、なんにもできません」

厳太郎は苦笑したが、岸和田支社長に昇進していた荒川が見舞いに訪ねて来たときも、「荒川さんの応援ができないのは残念なことこの上もない」と言って、悔しがった。

5

厳太郎が突然激しい心臓発作に襲われたのは七月二十九日の午前十時過ぎのこと

だ。

厳太郎の容態が急変したという病院からの知らせを受けて、美紀子は学校へ電話をかけて子供たちを呼び寄せ、病院へ急いだ。俊と佳子はひと足先に病院へ駆けつけた。

美紀子たちが病室にたどり着いたとき、厳太郎は昏睡状態であったが、点滴注射と胸部マッサージでいったん意識が戻った。

「あなた！」

「パパ！」

「厳太郎！」

美紀子が、子供たちが、俊が口々に呼びかけると、厳太郎はさわやかな笑顔をみせた。毎朝そうしているように、けさもきれいに髭《ひげ》を当たっている。血色はよかろうはずはないが、死に直面している者とは到底思えぬきれいな顔である。

「あなた、よかったわ」

涙声で美紀子が言った。事実、病院の適切な処置によって、死の淵《ふち》から生還したように思えた。

しかし、美紀子たちの安堵《あんど》はつかの間で、わずか三十分後には二度目の心筋梗塞が厳太郎に襲いかかった。

「ううっ」と、呻《うめ》き声が聞こえたほど苛烈《かれつ》な発作で、点滴注射も人工呼吸も拒絶しつづけ、巌太郎の鼓動がふたたびよみがえることはなかった。正午ちょうどに死が確認された。

「パパ！　僕、いい子になるよ。お約束するから死なないで！　パパの言うことをきくから、ねえパパ！　お願いだから死なないで！」

佳次郎が泣きじゃくりながら巌太郎に取りすがった。ベッドの傍《そば》にひざまずいていた恵美子から嗚咽《おえつ》の声が洩《も》れる。

必死に悲しみを堪《こら》えていた俊一郎の眼からも、はらはらと涙がこぼれた。それでも、俊一郎は、背後から弟をそっと抱きかかえ、遺体から引き離した。

美紀子はあまりの衝撃に、茫然《ぼうぜん》と立ち尽くし、しばらくは涙も出なかった。

佳子がそっと涙を拭き、ハンカチを口へ押しあてた。

俊は、遺体に向かって合掌した。滂沱《ぼうだ》と溢《あふ》れ出る涙を拭《ぬぐ》おうともせず、ひたすら胸の中で念仏を唱えた。

その日の夕刻、巌太郎の訃報《ふほう》に接した故人ゆかりの人々が鴨子ヶ原の広岡邸へ続々と弔問に集まって来た。

松尾健治は、夏休みを家族と日光で過していたが、別荘で電話連絡を受け直《ただ》ちに家族ぐるみ鴨子ヶ原へ向かった。「信じられない」と健治は何度つぶやいたかわからない。

広岡慶一郎も夏季休暇を取っていた。蝶《ちょう》の収集を目的に中国地方をひとりで山歩きしていたが、その夜、投宿中の旅館へ戻ってから厳太郎の急逝《きゅうせい》を知った。慶一郎はとるものもとりあえず、夜汽車で大阪へ向かったが、健治同様通夜《つや》には間に合わなかった。

稲井は、午後三時過ぎに会社へ連絡を受けた。

稲井は放心状態で、友達への連絡を思いつくまで一時間近くも費さなければならなかった。神はなんと無慈悲なことをするのだろう――。稲井は神を呪《のろ》いたくなった。

あのまま第一物産にとどまっていたら、厳太郎はもっと伸び伸びとした生活をして長生きできたのではなかったろうか――ふとそんな思いが稲井の頭の中をよぎった。相談を持ちかけられたとき、あくまで反対、絶対反対と言ったところで、厳太郎が自分の意見に従ってくれたかどうか大いに疑問だが、いまとなってはそうしなかったことが悔まれてならない。友達甲斐《がい》がなかった、という思いが稲井の胸をさいなむ。こんなつらい悲しい思いをしたことはなかった。

それとも寿命と考えなければいけないのだろうか。

あんなにいいやつはこの世に二人といないと稲井はいつも思い続けてきた。

厳太郎、厳太郎、厳太郎……稲井は口に出して厳太郎の名前を呼んだ。悲しみが胸につきあげてくる。

通夜で厳太郎の遺体と対面したとき、稲井は子供のように泣いた。

密葬は、七月三十一日の午後、鴨子ケ原に近い常順寺で行なわれた。

本葬は、八月五日の午後、北御堂《きたみどう》の本願寺津村別院で大日生命の社葬を以てとり行なわれた。

二時過ぎ、司会役の総務部長に導かれて、葬儀委員長の山口副社長が祭壇の前に進み出た。

切々と訴えかける山口の弔辞が参列者の胸に滲《し》みわたるようにマイクに乗って斎場に流れてゆく。


……さらに君は変化する生保市場に対応するため、新しい企業販売システムとして法人営業部制度の開発に努力され、企業保険市場で新しい道を拓《ひら》かれたのであります。

当時、君は来る日も来る日も全国の支社や企業を駆け回るといった激務に耐え、ただ一途《いちず》に社業に邁進《まいしん》されたのであります。

私どもは、君の若さと旺盛な意欲にただただ驚嘆するばかりでありました。

しかし、今にして思えば、当時このような激務があれほど強靭《きょうじん》であった君の

せん。身体《からだ》を病魔につけこませるきっかけとなったかもしれず、まことに残念でなりま

……今や時代はあわただしい変動を重ね、会社にとってもさらに新たな方向を目指す重要な時期を迎えております。

このような時期に、今後の発展の柱とも頼む君を四十四歳の若さで失ったことは喪心痛惜に堪《た》えません。

しかしながら君が生前、大日生命に遺《のこ》された発展の芽は、本社の土壌《どじょう》の中で今力強く伸びようとしております。

君が命を賭《か》けて経営に吹き込んでくださった、あの新しい風と、職員一同に与えた感化は永久に生きつづけ、永久に語り伝えられ、本社の将来の発展に無限の力を添えてくださると確信しております。

志半ばにして急逝された広岡厳太郎君、君の霊にむくいる途《みち》は、遺された私たちが君の遺志を引き継ぎ、一層の社業発展へひたすら努力を続けることしかないと思います。

どうか遥《はる》か天界からわれわれの進むべき道をいつまでも見守ってください。

今、永遠のお別れにのぞみ、大日生命役職員一同を代表し、謹んで哀悼の意を

表しお別れの言葉といたします。

友人代表の稲井の弔辞は、それにも増して参列者の胸を搏《う》ち、涙を誘った。

或《あ》る者は、あたたかい幼心を胸に抱き、又或る者は君と過した多感な青春時代の追憶を嚙《か》みしめながら、又特に世界を相手の戦争という未曾《みぞう》有の大事件が我々にもたらした数奇な運命の中を、君といっしょに力を合わせ、耐えぬき成長して来た君の友人一同、今この悪夢のような悲しい現実を前に、涙をおさえながら君に今生のお別れを申し上げる為《ため》、西から東から集まって来ました。

それにしても、小学校では勉強も一番なら運動も一番の厳ちゃん。走るのも跳ぶのも投げるのも鉄棒も平均台も、水泳はクラスの誰よりも早く進級し、遠泳でも遠足でも疲れた顔一つ見せず、剣道は何時《いつ》も大将か副将か、長ずるに及んではこれに加えてテニスにゴルフにラグビーに、そして登山にスキーに、とにかく何をやらせても可ならざるはなかった万能スポーツマンの君が、どうして多数の友人に先がけて病魔に侵され、闘病空しく遂《つい》に帰らぬ人となったのでしょうか。どうして回復し、元気な姿を再び我々の前に現わしてはくれなかったのでしょうか。

君の死に顔は綺麗《きれい》でふくよかで、ちっともやつれた様子は見えませんでした。

君の柩《ひつぎ》は重かった。暑くて汗びっしょりになりました。誰が見てもこの重労働は、勝手な話だがお互にもう少し歳《とし》をとってから、君が僕の為にして当然でした。

思えば君と僕とが最初に出会ったのは、甲南幼稚園入園時の、言葉もたどたどしい満四歳の春でした。その後程なく、君は僕のことを、役所登録の本名では呼ばなくなりました。君がくれた僕のあだ名。最初の頃《ころ》僕はそれが相当侮辱的なものと感じ、かなりの拒否反応を示しました。それがおかしいと君は笑いました。しかし僕が腹を立てようが顔をしかめようが、以来四十年の君との絶えざる交際の間、友は友を呼び、このあだ名で親しく僕を呼んでくれる友人の数も、遂に何百人かを数えるに至りました。僕の本名が何であったか時々忘れそうになる程の通り名となったこの名前を、生涯《しょうがい》有難《ありがた》く、大切に頂戴《ちょうだい》します。

爾来《じらい》甲南幼稚園、小学校、そして旧制甲南尋常科、高校と実に十五年間、戦前戦中戦後を通じて同じ学窓に学び、旧制高校卒業後君は新制慶応義塾《ぎじゅく》大学の三年に入られ、又僕は新制京都大学の一年に入学した為、君の大学卒業は結局僕より二年も早いものとなりました。お互いに東京、京都と分かれても、君は大学時代殆《ほと》んど毎週のように僕の京都の下宿先に手紙をくれ、近況を細大もらさず知らせてくれたものでした。この間も僕が上京すれば会い、君が関西へ帰京すれば又会い、一体何度語り合った事でしょうか。

昭和××年の春、君は短い慶応での学業を終え、早速僕の所へやって来て、

「おい、卒業したぞ、俺の修学旅行に行こか」

「大学卒業の修学旅行なんて聞いた事もないなあ」

と悪態をつきながらも一も二もなく、たった二人で満員の汽車に飛び乗り、紀州熊野《くまの》の山奥へ出かけましたね。その時君は、後年君の奥さんとなった美紀子さん、君が東京で見つけた美紀子さんの事を喋《しゃべ》りまくりました。

その後暫《しばら》くしてアメリカへ留学した君は、これ又勉学の為渡米した僕を、待ちこがれていたように彼《か》の地で迎えてくれました。厳ちゃんとはよくよく縁のある幸運に感謝し、海外での再会を手に手をとって喜び合ったものでした。ニューヨーク大学での最初の慣れない期末試験を悪戦苦闘の末何とか受け終った僕を、その当夜、君は徹夜で運転してフィラデルフィアの君の住いへ連れ帰り、ゆっくり休めという君のねぎらいのままに、それから一週間も居候《いそうろう》をきめ込んだものでした。

アメリカでの学業を終え、帰国して第一物産に復職されてからの君の実社会における目ざましい成長振り、その実力の程について証言するに僕はふさわしい者ではありませんけれど、君はとにかく自分自身を苛酷《かこく》なまでに鍛え、向上を図った人でした。第一物産を退職され、大日生命に役員として迎えられた君が、その留学時代、第一物産時代に培《つちか》われた他に類を見ない豊かな国際感覚を以て今や活

躍せんとされる時、志半ばにして倒れられた事、君自身もさぞ無念だったろうと思います。

君は、何よりも友に対し思いやりがあり、親切で、誠実な人でした。

厳ちゃん。御両親も悲しみにくれてはおられても、なお御健在です。美紀子さんも頑張っています。立派な御親戚《しんせき》も大勢居《お》られます。そして君には友が居ます。君の一番気懸りであろう三人の遺児も立派に成長して行かれるに違いありません。

厳ちゃん、又会いましょう。「君とは必ず再会できる」と言うバイブルにある様な、希望と確信無しに、僕はこの悲しみに耐えて行けそうにありません。神がもし限りなく慈悲深く公正な御方であるのなら、君と僕とが又会えない筈《はず》がありません。

思い出はつきませんが、お別れの言葉と致します。


炎天下を焼香者の列はいつ果てるともなく延々と続いている。

服部芳子ら京橋支社の外務員たちの姿も多数認められた。喫茶店ロンのママも、蕎麦《そば》屋の老夫婦も、北新地のクラブのママも……。

厳太郎の遺影に向かって合掌しながら、人々は思った。

厳太郎さんはわたしたちの胸の中に生き続けている——と。

解説

高成田 享

この小説を読みながら、「理想の上司」という言葉を思い浮かべた。日本で最大手の大日生命に勤める主人公、広岡厳太郎の振る舞いをみていると、こんな上司がいたら仕事はやりやすいし、やりがいもあるだろう、と思う場面が何度もでてくるからだ。

大手商社、第一物産の輸出部門の課長として活躍していた厳太郎は、父親で大日生命の社長をしている広岡俊の強引ともいえる引き抜きで、この生保の取締役として転身することになる。社内は世襲人事ではないかと騒然となり、人事には口をはさまない労組までもが「好ましい人事ではない」と会社に人事の撤回を申し入れる。

低姿勢で臨んだ俊社長の根回しもあって、三九歳で取締役に就任した厳太郎は、生保会社の仕組みを一通り学ぶと、営業の最前線である支社での勤務を希望し、大阪の中位の支社長として赴任する。本社の次長クラスが就くポストで取締役の役職ではないが、商社マンから生保人になりきるためには、「生保のおばちゃん」と呼ばれる外務員たちと働く必要があると、巌太郎が強く求めたのだ。

総支社員の八割が外務員という職場で、巌太郎は現場の士気と成績を高めようと張り切る。外務員から契約しそうなお客に会ってほしいと言われれば喜んで挨拶に出向き、支社の下にある支部をまとめる各支部長の自宅には、休日を返上して夫婦そろって菓子折り持参で訪問する。子どもが医学部に入った外務員には奨学金を出すなど、部下に寄り添ったきめ細かな対応をする。そうなると、外務員からは「支社長を男にする」という目標と一体感が生まれ、保険の契約高でずば抜けた成績をあげる支社に生まれ変わる。

「理想の上司」は危機管理にも強い。ノルマを果たすために自腹で多数の架空契約をつくるうちサラ金地獄に落ちた支部長には、個人的に返済金を用立てたり、外務員と恋愛関係になった別の支部長には、故郷の支部への転勤をあっせんして不倫関係を解消させたり、スキャンダルが大過になるのを防いだ。

「理想の上司」にはコストもかかるのが自然で、巌太郎は商社の退職金を使い果たしただけでなく、親から譲られたゴルフ場の会員権まで売却する。そこまでがんばる巌太郎の努力のモチベーションは何だったのだろうか。

入社前、巌太郎が子ども時代からの親友、稲井純に転職の相談をしたときに、稲井はこんなことを言う。

「厳太郎は全力疾走しなければ気が済まないほうや。どんなものごとに対しても、おまえは全力で取り組もうとするやろう。大日生命に入社したら、過年度入社のハンディを取り戻そうとして、それこそ寝食を忘れて仕事をするに決まってる」

転職を迷っている厳太郎は稲井にこう答える。

「苦労することは厭わん。なんでもない。いや、だからこそやり甲斐があるんやないか。しかし大日生命に入るとしたら、社長になるつもりでやらなあかん。それがかなわんのや」

広岡家は大日生命の創業家であり、跡を継がせようとする父の思いがアナクロニズムだと厳太郎は言いながらも、それを「宿命」と受け入れるしかなかった。スピード出世とやっかむ周囲からのプレッシャーに対して、厳太郎は周囲から愛される「理想の上司」となることではねのけようとしたのだろう。

入社後の厳太郎が支社で働きたいと、従兄で先に大日生命に入っていた広岡慶一郎に相談したときに、慶一郎は厳太郎の本気度を確かめようと、こう答える。

「絹のハンカチは絹のハンカチらしくせなあかん。帝王学を勉強したらええやないか」

それに対して厳太郎は言い返した。

「僕は絹のハンカチやありません。帝王学なんて勉強するつもりもないですよ」

絹のハンカチではぬぐえない現場の汗は、雑巾で拭くしかない。厳太郎の決意があらわれた会話だった。

親の跡を継ぐだけなら、帝王学を学ぶことでよかったかもしれない。しかし、古い体質の保険会社を改革し、会社を発展させていくには、親を乗り越えなければならない。支社長としての「理想の上司」物語は、自分をいじめ抜き、生保マンとしての自分を鍛えることで、同族経営を乗り超えようとする「父殺し」の物語でもあった。

支社長を一年余で本社に戻された厳太郎は企業保険部長として保険業の国際化に取り組む。米国の保険会社との間で、お互いの取引企業が相手国でビジネスをするときに、相手と保険契約を結ぶよう誘導するとともに、その保険は再保険の形にして両社で折半する、という業務提携を結ぶことに成功する。この提携をきっかけに欧州の保険会社とのネットワークも広げ、日本の保険会社として多角的な海外ビジネスの先鞭をつけた。商社マンだった厳太郎の面目躍如というところだ。

日本の生保会社が巨額の運用資産を背景に、国際金融市場を動かす機関投資家として登場し、ザ・セイホと呼ばれるようになったのは一九八〇年代後半のことだ。厳太郎はザ・セイホの足がかりをつくったともいえる。

厳太郎が国際化戦略の次に手掛けたのは、法人営業部をつくることだった。企業から団体保険の契約を取ってくるのは支部・支社の外務員の役割だが、保険会社が顧客企業の株式を保有したり、融資をしたり、さらには不動産投資などで提携したりといった総合金融会社に転換していくには、法人営業部の設置が不可欠だった。

しかし、保険会社の本体が直接、企業と契約することになれば、外務員の営業に依存する保険会社の土台を揺るがすことになる。厳太郎の提案に、社内の抵抗は大きく、厳太郎は自ら課したタブーを破ることを決意する。それは、同居する社長の父に仕事の話を持ち込まないということだった。親の威光を笠に着て、組織を乱している、という批判を避けるためだった。

自戒を破り、トップダウンで法人営業部を設置するように迫る厳太郎に俊は「社内のコンセンサスがなければ」と渋る。しかし、「慎重にやってほしいとは思うが、反対はしません」という言質を俊からもぎ取ると厳太郎は、自分が率いる企業保険部を動員した社内や組合への説得工作を進め、他社にさきがけて法人営業部の新設にこぎつける。

ともすれば現状維持になりがちな大組織のなかで、大胆な改革を進めるには、トップのお墨付きが必要だ。そして同族経営である場合には、創業家の承認も不可欠だ。厳太郎は、ここ一番の勝負時とみて、禁じ手で得た「反対はしない」という俊の言葉を利用したに違いない。

「理想の上司」は、部下にやさしく頼れる存在だが、次の代の社員までがその恩恵に与れる「理想の上司」は、長期的なビジョンを持っている人物ということになり、厳太郎はそういう意味でも「理想の上司」だったことになる。

現実の企業社会では、こんなスーパーヒーローがいるわけはない、と思うが、この物語には実在のモデルがいる。日本生命保険五代目の社長だった弘世現《ひろせげん》の長男、源太郎で、一九七五年、四四歳で病死する。高杉がこの作品を「いのちの風」と題して世に出したのは一九八五年だから、源太郎の死後一〇年ということになる。いつものことだが、作者は綿密な取材をしているからだろう、一九八七年に文庫化した際には、副題に「小説・日本生命」と付けている。

高杉は、取材しているうちに弘世源太郎という男に惚れたのだろう。創業家の嫡男という宿命を背負い、理想の上司として息が絶えるまで全力疾走せざるをえなかった男の美学に「まいった」と思ったのではないか。彼が六代目の社長になっていれば、この小説を手がけただろうか。絹のハンカチを雑巾に代えた彼の生きざまをいくら描いても、結局は社長の出世物語のエピソードとして矮小化されてしまうからだ。

若きエースを失った日本生命はどうなったのだろうか。弘世現は、息子に代わる後継者を見つけることができなかったのか、一九八二年まで三四年間にわたって社長を務め、社長から会長になったあとも、生保業界の重鎮として君臨、相談役名誉会長だった一九九六年に死去した。

一九九〇年代になってバブル経済が崩壊すると、保有する株式や投資した不動産の下落で生保業界は経営が悪化、一九九七年に日産生命が経営破綻して以降、二〇〇〇年代初めにかけて、いくつもの中堅の保険会社が市場から消えた。日本生命を含め日本の保険業界は、それまでの攻めから守りの姿勢に転換するしかなく、海外に名をとどろかせたザ・セイホの勢いも名前も消えた。同族経営が許される環境ではなくなったのだろう、弘世現のあと、弘世を名乗るトップは現れていない。

高杉はこの物語の続編を『小説・巨大生保 王国の崩壊』と題して二〇〇四年から二〇〇六年にかけて週刊誌に連載、『腐食生保』と改題して単行本にしている。そこでは、広岡俊が社長や会長の座に固執したのは、厳太郎の遺児を社長にしようという思惑があったからだと書かれている。しかし、「理想の上司」を失った巨大生保は、トップにへつらう人間が出世し、改革派は排除される組織に変貌していた。

明治安田生命は毎年、就職を予定している学生らを対象に、芸能人やスポーツ選手、文化人のなかから「理想の上司」を選ぶアンケート調査をしている。二〇一九年の理想の男性上司ベスト10は、内村光良、ムロツヨシ、博多大吉、設楽統、所ジョージ、長谷部誠、明石家さんま、イチロー、大泉洋、タモリの順だった。

それぞれについて、選んだ理由を挙げさせていて、内村光良は「親しみやすい」、ムロツヨシは「おもしろい」、博多大吉は「知性的・スマート」がもっとも上位の理由だった。理由を選ぶ選択肢には「熱血」の項目もあるが、トップ10のなかに、「熱血」を評価された人はゼロ、「指導力」が高得点で評価された人も少なかった。

バブル崩壊以降、日本経済を再生するビジョンは、アベノミクスに至るまで生まれては消えていく泡のようなものばかり。企業のなかでも、ビジョンを熱く語り、それを実行しようとする人材は、現状を維持することに汲々とする上司には嫌われ、楽しく仕事をしたい部下からも敬遠されているのではないだろうか。カムバック厳太郎、寒風ふきすさむ荒野の中で、そう叫びたくなった。

（ジャーナリスト）

文春文庫

世《せ》襲《しゆう》人《じん》事《じ》

定価はカバーに
表示してあります

2020年1月10日　第1刷

著　者　高《たか》杉《すぎ》良《りよう》
発行者　花田朋子
発行所　株式会社 文藝春秋

東京都千代田区紀尾井町 3-23　〒102-8008
TEL 03・3265・1211㈹
文藝春秋ホームページ　http://www.bunshun.co.jp

落丁、乱丁本は、お手数ですが小社製作部宛お送り下さい。送料小社負担でお取替致します。

印刷製本・凸版印刷

Printed in Japan
ISBN978-4-16-791427-1